JN311779

江戸の検屍官 女地獄

川田弥一郎

祥伝社文庫

目次

第一章　寒地獄　7
第二章　熱地獄　72
第三章　刃地獄　156
第四章　毒地獄　190
第五章　泥地獄　232
第六章　圧地獄　287
第七章　絵地獄　330

本書の関連地域図

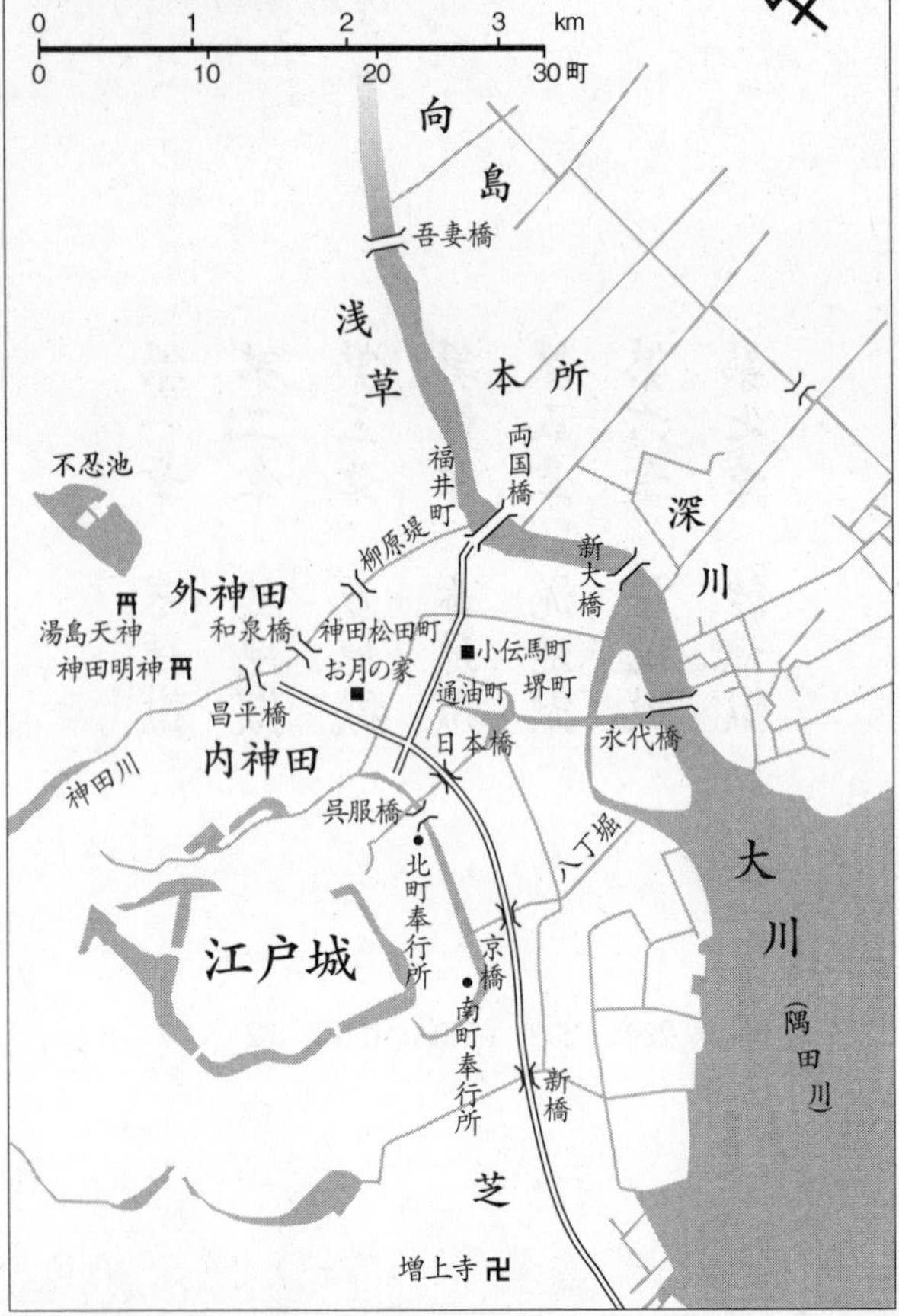

0 1 2 3 km
0 10 20 30町
北
向島
吾妻橋
浅草
本所
福井町
両国橋
深川
新大橋
不忍池
柳原提
外神田
湯島天神
神田明神
和泉橋
神田松田町
小伝馬町
お月の家
通油町
堺町
昌平橋
内神田
日本橋
永代橋
神田川
呉服橋
八丁堀
北町奉行所
大川
京橋
江戸城
(隅田川)
南町奉行所
新橋
芝
増上寺

第一章　寒地獄

一

「検屍《けんし》に行ってくれ。柳原《やなぎわら》堤の和泉《いずみ》橋の辺《あた》りだ」

定町廻《じょうまちまわ》り同心《どうしん》の北沢彦太郎《きたざわひこたろう》が朝五つ（午前八時）に北町奉行所の同心詰所に入ると、青木久蔵《あおききゅうぞう》の指図が待っていた。

「若い男の死骸《しがい》に雪が積もっていた。酒の匂《にお》いがしたそうだ」

青木は古参の臨時廻りで、彦太郎より二十年上である。

「殴《なぐ》られた疵《きず》はございましたか？」

彦太郎は尋ねた。

「三五《さんご》がざっと視《み》たところでは、大した疵はない。金を盗まれた様子もない。まずはただの凍え死にだろうが……」

「ただちにまいります」

彦太郎は腰を上げた。

彦太郎は医者の古谷玄海《ふるやげんかい》と絵師のお月《つき》に使いをやってから、奉行所を出た。御用箱を担《かつ》がせた中間《ちゅうげん》の磯吉《いそきち》と小者《こもの》の新次《しんじ》を従えて呉服《ごふく》橋を渡り、賑《にぎ》わい時の日《に》本《ほん》橋を渡って、北の大通りに入っていく。

雪は明け方には降り止《や》んで、青白い冬の空には、寒そうな日が姿を現わしていた。雪が積もっている所もあれば、凍り付いたような壁や土が連なっている所もあり、一月も半ばの江戸の町は、雪と氷の入り交じったような様相を呈していた。人も荷車も滑らないように、そろそろと進んでいるように見える。彦太郎の一行も、普段よりゆっくりと歩いていった。

今日は絶好の検屍日和《びより》とまでは言えないが、これだけの日の光があれば、屍《しかばね》の隅々まで、改めることができそうだ。検屍においては、どんな優れた道具も日の光に勝るものではないし、日の光だけは、いくら金を払っても買えるものではない。

検屍の教典ともいうべき『無冤録述《むえんろくじゅつ》』の教えるところによれば、検屍というものは、屍のある場所に行き着く前にすでに始まっているのである。途中でうっかり貴人や怪しげなる風体《ふうてい》の者に出会うと、心を惑わされてしまうことになるゆえに、歩き方、歩く道筋からして気をつけねばならない。彦太郎は道行く人々に惑わされないように心して、検屍のことだけを考えながら歩いていった。

夜の柳原堤は、夜鷹《よたか》の稼ぎ場所である。昨晩はもの皆凍り付きそうな寒さで、夜中には雪も降っていたが、商売熱心な夜鷹の中には、いつも通り、稼ぎに出た者もいたことだろう。死んだ男は、その夜鷹の客ではなかったかと彦太郎は考えてみた。

死んだ男は、昨日一日の仕事を終えてから、どこかの店で酒を飲み、体も暖まったので、家に帰ろうと歩いていたのだろう。

ところが、柳原堤まで来たところで、夜鷹に声を掛けられた。男は酒のせいで気も大きくなり、寒さもさほど感じなくなっていて、並び建つ葦簀《よしずば》張りの小屋の陰で、夜鷹を抱き始めたのではないか。

男も、夜鷹の体の暖かさに包まれているうちは、極楽に昇った心持ちであったことだろう。

だが、事が終わったあと、寒さに慣れた夜鷹は、さっさと立ち上がり、早い足取りで、次の客を探しに行くことができたのに、疲れ果てて、体の冷え切った男は、立ち上がるのが精一杯であったとしたら……。

男はどうにか歩き出したものの、ほどなく再び坐《すわ》り込み、地に引き込まれるように倒れてしまったのではないか。

そして、男は二度と覚めることのない眠りへと落ちていったのではないか。

もしも、この当て推量の通りなら、寒い夜に夜鷹を買った男の自業自得というべきであって、事件とはならない。

だが、早合点は禁物だ。どこかの悪党が、男に多量に酒を飲ませて柳原堤まで連れていき、凍り付いた土の上に放《ほう》り出して来たというのも、充分ありうることなのだから。

水死の中には、ただの水死に見せ掛けた殺しが少なからず含まれている。同様に、凍死の中には、ただの凍死に見せ掛けた殺しが含まれていることを忘れてはならない。

悪人の小細工に騙《だま》されないためには、凍死の屍といえども、『無冤録述』にあるように、『随分親切に』(ていねいに)吟味し、『仔細《しさい》に』(細かく)考えなければならないのである。

須田《すだ》町を過ぎて、柳原堤の筋違《すじちがい》橋際に出た。

東に曲がって、和泉橋のほうへ歩いていくと、堤に沿って、延々と葦簀張りの店が続いている。夜になれば、店の主は家に帰り、夜鷹の園と化してしまうこの辺りも、明るいうちは、賑やかに古着や古道具が売られて、道行く人の足を止めている。店の背後の堤と、柳の木の下には、まだ夜中の雪が残っていた。

和泉橋が近付いてきて、人の集まっているのが見えてきた。その人垣の中から、背の低い男が姿を現わし、彦太郎達のほうへ歩いてきた。この辺りを縄張りとする岡っ引きの三五であった。

「北沢様、足元の悪い中を、ご苦労さまでございます」

三五が頭を下げた。

「誰が死骸を見つけたのだ？」

彦太郎は尋ねた。

「近くの古着屋でございます。六つ（午前六時）に店に出てまいりました。死骸は見つかった場所からは、少し堤よりに移してあります」

「男の素性はわかったか？」

「ええ、見物人の中に、男を見知った者がおりました。死骸の男は松永町《まつなが》に住む駒七《こましち》という車引きでございます。馬喰町《ばくろ》一丁目の大見屋《おおみ》に雇われております。歳《とし》は十九とか」

松永町なら、和泉橋の向こうになる。やはり家への帰り道に、柳原堤を通り掛かったということか。

見物人達が、通路を開き、彦太郎の一行は奥のほうへと入っていった。そこには、少し泥濘《ぬか》るんだ土の上に筵《むしろ》が敷かれ、その上に屍が載せられ、その上に、さらに筵が掛けられていた。

新次が磯吉から御用箱を受け取り、筵の近くに置いた。屍の苦手な磯吉は、見物人の整理に向かった。

三五が、年の頃四十ぐらいの古着屋を連れてきた。彦太郎は屍を目にする前に、その男から話を聞いておくことにした。

「死骸の男は知り合いか？」

「これまで見たこともありません」

古着屋はいささか迷惑そうに答えた。

「雪を被《かぶ》っていたそうだな？」

「被っておりました。退《ど》けてみましたら、死骸が出てまいりました。右を下にして倒れておりました」

「近くに足跡はなかったか？」

「ございません」

古着屋は当たり前のように答えた。

たしかに、男が雪の降り出す前か、降り出してから息絶えてしまったのなら、近くに足跡がなくとも、何もおかしくはない。

彦太郎はこの辺りで、いつからいつまで雪が降っていたのか、三五に尋ねてみた。

三五は、八つ（午前二時）に降り始めて、七つ（午前四時）には降り止んだ、と答えた。

着いたばかりの駕籠《かご》から、十徳《じっとく》を着た、坊主頭の玄海が降り、見物人を分けて、彦太郎のそばまでやってきた。

彦太郎より二つ年上で、今年数え四十一になる。小太りの、女好きの医者だが、後世方、古方、折衷方《せっちゅうほう》、蘭方《らんぽう》の全ての医方に通じているほかに、検屍が大好きで、屍に関する知識の深さ、広さについては、当代のいかなる名医といえどもかなわない。

「夜鷹を買って、凍え死んだのか？　気の毒に」

玄海も彦太郎と同じことを考えていたらしい。

「まだ明らかではない。これから仔細に吟味する」

彦太郎は答えた。

三五はまず死骸の懐中にあったという紙入れを見せてくれた。その中には、一朱銀と豆板銀が入っていた。

二

「始めるか」

彦太郎の指図で、三五の手下が筵をめくった。

縦縞《たてじま》の半纏《はんてん》に股引《ももひき》をはいた男の屍が、筵の下から現われた。半纏も股引も、溶けた雪でぐっしょりと濡《ぬ》れてしまっていた。

死骸の足はかがみ、両手は胸を抱いた状態で固まってしまっている。その姿は、寒気に震えているように見えた。

いかにも車引きらしい、頑丈そうな体付きの若い男だった。顔立ちもいささか荒々しく、右の頬《ほお》に赤黒い古疵《ふるきず》があった。

彦太郎は固まった死骸の口を開き、鼻を近付けた。青木が言っていたように、酒の匂いがした。

死骸のどの部分もすっかり固まってしまっていた。まさに凍り付いたというところだが、駒七が昨日の夜に死んだとすれば、原因がほかにあっても、今頃は総身がカチカチに固まる時期なので、このことをもって凍死とは言い切れない。

「裸にするぞ」

小者の新次に手伝わせて、屍の着ているものを脱がせていく。屍に新たな疵を作らないように、やさしく、丁寧に、半纏、股引、腹掛と脱がせていった。

冬の日の下に、頑丈で、逞《たくま》しい駒七の裸体が曝《さら》された。

「夜鷹の跡だ」

玄海がすぐに言った。

なるほど、死骸の左の胸の辺りと臍《へそ》の下の辺りに、笹色紅《ささいろべに》らしきものが付いている。女が唇に塗っているものであろう。指で触れてみると、紅は指に移った。

ほかに目立つことは、腹も胸も、赤みの強い色をしていることであった。

胸と腹の二箇所に、きれいな紅色の斑《はん》も見られた。こちらは笹色紅と違って屍自身にできたもので、指で触れてみても、色は移らなかった。

腹にも、胸にも、脚にも、古い疵痕《きずあと》がいくつも見られた。だが、昨日や一昨日できたような疵の痕は見られなかった。

両肩から二の腕にかけて、梅の花の文身《ほりもの》が彫られている。瘡《かさ》（梅毒）の痕はない。

黒子《ほくろ》は、胸と脚に三個ほど見られた。

屍の背面には、鮮やかな赤色の斑が広がっていた。こちらにも、新しい疵は見られなかった。

顔を上げると、磯吉が絵師のお月を連れてくるのが見えた。お月は屍のそばまで来て、磯吉は元の場所に戻った。

「お呼びくださいまして、ありがとうございます」

お月が頭を下げた。

「身元は割れているが、念のために、人相書を描《か》いておいてくれ」

彦太郎はお月に言った。

「はい、そのまま描き写しておきます」

お月はそう言いながらも、しばらくは屍の性毛、茎物、陰嚢《いんのう》の辺りを見つめていた。

これはいつものことだが、いつもより長く続いた。若くて、逞しい男の屍のうえに、凍り付いたために全く腐敗していないこともあって、商売柄とりわけ興味を惹《ひ》かれたようだ。

歳は二十三、一見細身の、幼い顔立ちのこの女は、愁いのある美人画を描く絵師としては、一部に知られている程度だが、闇《やみ》のほうで、茎物と開《かい》の絡み合う艶本《えんぽん》や、血《ち》塗《まみ》れの残酷絵の作者淫花《いんか》として、大いに名前を知られていた。

「まだ生きているようでございます」

お月が言った。

「そうだな」

お月の頭の中にあることは見当がつく。いずれ、雪の降りしきる薄闇の中、凍て付《い》いた橋のたもとで、たくましい車引きと淫らな夜鷹が血塗れで絡み合う絵が闇の市場に流れることになるだろう。困ったことだが、お月を手下として検屍の用に使っている以上はやむをえない。江戸に絵師は数多いが、死体の顔を見ただけで、生前の顔を正確に描き上げることのできる絵師は、お月のほかにはいないのだ。

お月は屍の全身を眺め回してから、絵筆の用意を始めた。

「頭を改める」

彦太郎は心を落ち着けて、残りの検屍にとりかかった。

頭に疵はなく、釘《くぎ》を打ち込まれた痕もない。

瞳《ひとみ》は両側とも開き切っている。鼻の奥には血の痕はなく、紙を詰められたような痕もない。

首には、縄の痕も手の痕もない。竹篦《たけべら》で舌を押さえて、喉《のど》の奥を覗《のぞ》き込む。焼け爛《ただ》れた痕はなく、食物や布切れは詰まっていない。再び酒の匂いがしたが、毒を疑わせるような匂いはしなかった。

今度は新次が竹篦で舌を押さえてくれ、彦太郎が口の奥へ銀簪《ぎんかんざし》を入れていった。紙を詰めて蓋《ふた》をした。

これで、もし銀簪が青黒く変われば、この男は毒を飲まされて殺されたことになる。

だが、しばらくして銀簪を取り出してみても、色は変わっていなかった。

「尻を改める」

屍を腹ばいにして、日の光のほうに尻を向け、下に石を置いた。

新次が力を振り絞って、鈎《こう》で肛門《こうもん》を広げてくれた。彦太郎はその奥を覗き込む。光の届く範囲には、刃物や釘は見当たらなかった。

小枝を突っ込んで探ってみても、先に硬いものが触れるようなことはなかった。

最後に、肛門の奥に銀簪を入れて、紙を詰めた。しばらくして取り出してみたが、青黒く変わってはいなかった。

彦太郎は立ち上がり、背筋を伸ばした。

お月が人相書を彦太郎に渡して、帰っていった。

「さて、そろそろ、北沢様の当て推量を聞かせていただこう」

玄海がにやりと笑って言う。

「まだ、検屍がすべて終わったわけではない。握り飯と鶏、それから、隠された疵の改めが残っておる」

彦太郎は答えた。

「握り飯を鶏に食わしても、死なないとしよう。隠された疵もないとする。そのうえで、この男は本当に凍死したのか、それとも、凍死に見せ掛けて、実はほかの方法で殺されたのか……おぬしはどちらを取るのか？」

玄海が突っ込んできた。

「もう一つの場合がある。凍死は凍死でも、凍死させられたのか？　つまり凍死という方法で殺された場合が」

彦太郎は言い返す。

「細かいな。まずは、凍死なのか、凍死でないのかに絞ってくれ」

「この死骸は凍死だな。まず、寒い夜に酒を飲んで外にいた。死骸が赤くなっている。それに、ほかの死因が当てはまらない。毒薬死でも、勒死《ろくし》（絞殺）でもないし、刃傷死《にんじょうし》でも、水死でもない。外物圧塞口鼻死《がいぶつあっそくこうびし》でもない」

彦太郎は当て推量を述べた。

「死骸が赤いからといって、凍死したとは決められぬ」

玄海が粗探しを始めた。

「寒い外にあって、これだけ赤ければ、まずは凍死ではないか」

「いや、ほかの死に方でも、かような色になることがある」

「ほう？　詳しく聞かせてくれ」

「寒い外で、腹でも殴って殺したとする。そのまま、屍を外に放り出しておけば、屍は赤くなってくる。家の中で殺しても、死んでから、早めに屍を外に放り出せば、やはり屍は凍って、赤くなってくる」

「それは初耳だな。どこかの本に書いてあったのか？」

「いや、長崎で、越後《えちご》の医者から教わった」

玄海は去年長崎まで行って、鳴滝《なるたき》の塾で、阿蘭陀《オランダ》国の医者シーボルトから学んでいた。越後の医者というのは、塾生仲間ということだろう。

「ゆえに、死骸が赤いからといって、凍死したとは決められぬ」

玄海は繰り返した。

「では、この男は何で死んだのだ？」

「それは……やはり、凍死だろう」

「おぬしは俺をからかうつもりか？」

彦太郎は声を荒くした。

「とんでもない。北沢様をからかったりしたら、切り捨てられても文句は言えん。俺は、凍死でないとは言っていない。死骸が赤いからといって、凍死したとは決められぬが、死骸の男は、酒に酔って、寒い外にいたのだし、おぬしの言うように、ほかに当てはまる死因がない。凍死と決めるしかないようだ。問題は……ただの凍死か、凍死させられたかだ」

玄海はうまくかわして、話を先に進めた。

「もしも下手人がいるとすると……怪しいのは夜鷹か？」

彦太郎は尋ねた。

「その先は、おぬしが調べることだな。断っておくが、俺は、この男が夜鷹に凍死させられたなどと考えているわけではない。おそらく、ただの凍死さ」

玄海はそこまで言って、検屍が終わるのを待たずに帰っていった。

三

死骸の口の中に握り飯を押し込み、その握り飯を取り出して、鶏に食わしてみたが、鶏には何の異変もおきなかった。すなわち駒七は毒を飲まされたのではない。隠された大事な疵がないかどうかについては、新次が糟醋《かすず》、葱白《そうはく》、白梅、塩、山椒《さんしょう》、甘草《かんぞう》などを使って、熱心に調べてくれた。結局、疵は浮かんでこなかった。

死因は凍死、と彦太郎は断案を下した。

奉行所に戻って、青木に報告を済ませてから、本所吉田町《ほんじよよしだ》にある、夜鷹の親方の家に行ってみた。

出て来た親方の話では、駒七という車引きは知らないし、駒七が買った夜鷹が誰なのかはわからないということだった。

「昨日の寒さでは、柳原堤に稼ぎに出た夜鷹は、四、五人ぐらいのものでしょうか」

「そいつらの名前と居場所がわからぬか?」

「私の家の者では、おつたという女一人だけでして、早々と帰ってまいりました。夕《ゆう》顔《がお》でしたら、すべてお答えできるかと思います」

夕顔は元は大下《おおした》の岡場所にいた女で、夜鷹の大将格であった。三年前の三島《みしま》屋連続人殺し事件の探索の際に、役立ってくれていた。

「夕顔を連れてこい」

「風邪《かぜ》を引きまして、ここ三日ほど休んでおります。風邪は治ってまいりましたが、昼間は人前に出るのを嫌がりますし、無理に連れ出したら、機嫌が悪くて、何も話しません。北沢様のお指図とあれば、連れてまいりますが……」

親方はいかにも気の進まない様子であった。

彦太郎としても、夕顔の機嫌を損ねて、聞ける話が聞けなくなっても困るので、折れることにした。

「今夜は稼ぎに出るのか？」

「そのように申しておりました」

親方は安堵《あんど》したような口ぶりで言った。

「柳原へ話を聞きにいくと伝えてくれ」

「すぐに伝えます。今夜はいくら寒くとも、旦那《だんな》が来られるまでは待っておりますよ」

親方はぎこちなく笑った。

その夜もやはり冷たい夜で、柳原堤の柳も、凍り付きそうな風に吹かれていた。

それでも、月が出て、星が瞬き、空だけは賑やかだ。地上のほうは、さっぱり人気がなく、しんと静まり返っていた。

並び建つ葦簀張りの店も、かえって寂しさを増すばかりだった。

彦太郎と新次は、和泉橋の南詰のほうへ歩いていく。その辺りに提灯《ちょうちん》の明かりが二つ見えたからだった。

昼間の死体はもう片付けられて、跡形もない。

近付いていくと、女が二人、巻いた筵を持って立っていた。

「これは銀簪の旦那。お待ち申しておりました」

彦太郎は挨拶《あいさつ》したほうの女に、提灯を向けた。

厚く白塗りした顔の中で、鼻が潰《つぶ》れているのがはっきりとわかる。これは瘡がひどくなって、起きたことである。昼間は人に会いたくないというのも無理もない。

「病み上がりのところをすまないな。風邪がぶりかえさなければよいが」

「もう三日も休みましたよ。こんなに休んで、まだ働けないようなら、死んだほうがましｰ」

それでも、あいにく、客は来そうもない。昨日の凍死の話が広まって、客も用心しているのかもしれない。

「昨日の晩に、ここに稼ぎにきた夜鷹のことを教えてくれ」

「四人おります。胡蝶《こちょう》、おつた、お杵《きね》、それから、この照姫《てるひめ》でございます」

夕顔は隣の女を示した。彦太郎は照姫に提灯を向けた。やはり、厚く白塗りしていて、表情は窺《うかが》えない。夕顔よりは若そうで、目鼻立ちは一応整っていた。

「客はいたのか？」

「私は三人ほど。それからは、さっぱりつかまりませんし、どんどん寒くなってまいりましたので、諦《あきら》めて帰りました」

照姫が答えた。

「ほかの女どもは？」

「胡蝶が二人、おつたはあぶれて、お杵は一人。皆、照姫よりは先に帰っておりまず」

今度は、夕顔が鼻に抜ける声で答えた。

「さすがの夜鷹も、寒さには勝てぬか」

彦太郎は少しからかってみた。

「いえ、私はへっちゃらですよ。雪の上でもまぐわってみせます。情けないのは男のほうですよ。あれしきの寒さぐらい」

照姫は言い返す。夕顔同様気の強い女らしい。

もっとも、気が強くなくては、商売女の成れの果て、どん底に位置する夜鷹の仕事など、勤められるはずがないのだが。

「お前の理屈からいくと、凍え死んだ男は、立派な男になるわけか？」

「あれは大した男じゃありません」

照姫は吐き捨てるように言った。

「駒七を知っていたのか？」

「これまで、三回買ってくれましたよ。気の短い乱暴者ですけど、言うことを聞いてやると、おとなしくなります。夜鷹にまで落ちてしまえば、どんな男にも我慢できますよ」

「昨日寝たのも、お前か？」

「私じゃありません。近頃、駒七は、ほかの夜鷹に入れ込んでおりましたから……私とはご無沙汰《ぶさた》です。昨日の相手も、きっと、その夜鷹ですよ」

「そいつの名前を教えてくれ」

「あいにく、存じません。私達の仲間じゃないんです」

「そいつはどこから来た？」

「存じません。初めて姿を見せたのは、十日ほど前のことです。話をした者はおりません。声を掛けようとすると、さっさと離れていきます。客と一緒の時には、声を掛けるわけにもいきませんし」

「お前達を恐《こわ》がっていたのではないか？　焼きを入れられるのではないかと」

「こんなところまで落ちてきて、そんな酷《ひど》いことをしやしませんよ。ここじゃ、人を殴ったり叩《たた》いたり、物を盗んだりしないかぎり、何をしようと勝手です。馴染《なじ》みを一人取られたぐらいで腹を立てるなど、馬鹿馬鹿しいことです」

「そいつの客は、駒七だけなのか？」

「それじゃ商売になりません。ほかの客といるのを見たこともあります」

となると、どこからか紛れ込んできた、ただの夜鷹ということか。

「そいつの顔を見たか？」

「その女のそばに行って、顔に向けて提灯を突き出さないかぎり、顔なんて見れませんよ。着ているものからわかるだけです。誰も見ていません。私だけ……」

「一度だけ、その女とすれ違ったことがあります。その時に、提灯が女の顔を照らしてしまって……一瞬ですが、顔を見ました」

「見たのか？」

「どんな顔だった？」

「私達と同じに、白く厚く塗っていました。それだけです。素顔はわかりません。覚えているのは、背は私より高くて、歳はまだ若そうで、鼻筋が通っていたことぐらいです」

これだけしか覚えていないのでは、何とも心細い。だが、お月なら、これだけの手がかりからでも、この謎《なぞ》の夜鷹の人相を描き出してくれるかもしれない。

「昨晩の駒七の相手も、その女だろうか？」

彦太郎は夕顔に尋ねた。

「昨晩は、誰も見ておりません。胡蝶も、おつたも、お杵も、この照姫も。もしも、その女が今日から姿を見せなけりゃ、昨日の駒七の相手はその女ということになりますよ」

「それは何故《なぜ》だ？」

「決まっているじゃありませんか。銀簪の北沢様に、厳しく詮議《せんぎ》されたくありませんから。私なら、さっさと稼ぎ場所を変えますよ」

「その女には、何かやましいところがあるということか？」

「ありゃしませんよ。夜鷹は弱い弱い生きものです。客を殺したりするもんですか。夜鷹が客に殺されるのならともかく」

夕顔が嘲笑《あざわら》うように言った
「ちょいと、仕事に出掛けて、よろしいでしょうか？」

照姫が彦太郎の耳元で言った。

照姫の顔の向く方向を見ると、十間《けん》（約十八メートル）ほど離れた所に、提灯の明かりが見えた。明かりはゆっくりと、こちらに向かっていた。夜鷹目当ての通行人だろう。

「かまわん」

照姫から、もう聞くことはなかった。

照姫は提灯のほうに向かっていく。二つの提灯が接近し、交わり、停止した。

話が付いたらしく、二つの提灯が動き始めた。

だが、離れていくという彦太郎の予想に反して、二つの提灯は彦太郎達のいるほうに向かってきた。

「はい、大事なお客様をお連れしました」

そばに来た照姫が、彦太郎に言った。

「おい、紫《むらさき》はどこにいる？」

連れてきた男がわめき始めた。

「そこにいるじゃありませんか」

照姫は笑い声になった。

「馬鹿を言え。紫はこんな女じゃねえ」

男のその言葉で、彦太郎は事情を察した。

「捕まえろ」

彦太郎の指図で、新次が逃げ出そうとする男の手首をむんずと摑《つか》んだ。

「糞《くそ》ったれ。逃げようたって、そうはいかねえ。こちらは銀簪の北沢様だ」

「あっしは、何も悪いことはしておりません」

男は土の上に坐り込み、頭を下げた。

「貴様は何者だ？」

提灯に照らされた男は、年の頃三十ぐらい、痩《や》せ気味で、すっかり怯《おび》えていた。

「本石町《ほんごくちょう》一丁目の高麗屋《こうらいや》の手代で、善太《ぜんた》と申します」

「紫のことを、詳しく聞かせてくれ。さもねえと、番屋に一緒に行ってもらうことになるぜ」

彦太郎は言う。

「紫は……夜鷹でございます。七日前の晩にこの辺りで初めて買いました。それから、四日前の晩と一昨日の晩に買っております」

善太はなぜこんな目に合うのか合点の行かない様子であったが、逆らいはしなかった。

「紫はよかったか？」

「ええ、それは、ふくよかで、潤いがありまして、極楽に昇るような心持ちでございました。優しい女ですし……ぎすぎすして、汚らしくて、口うるさい、ほかの夜鷹どもとは、比べものになりません」

それを聞いた夕顔が、善太に摑みかかりそうになったのを、新次が止めた。

「さぞかし高いのではないか？」

「ほかの夜鷹の二倍はいたしますが、それだけの値打ちはございます。恐れながら、紫が、何かよからぬことをいたしましたか？」

善太は彦太郎に尋ねた。

「昨晩、紫を買った男が、凍え死んだのさ。紫はまだ見つからぬ」

「紫が悪いのでございますか？」

「そいつを吟味しておる。お前は紫を買って、凍え死にすることになっても本望か？」

「心行くまで抱いてから、一緒に死ねるのでしたら……」

善太はすぐに答えた。

「紫の顔付きは？」

「何しろ、暗闇の中でしか会っておりませんので……おまけに白く厚く塗っておりまして……鼻筋は通っております。耳も欠けてはおりません」

それだけでは、照姫の話と大して変わらない。

「体付きなら覚えているだろう？　目で見てはいなくとも、隅々まで、存分に手で触れたのではないか。それとも、紫が丁寧にお前の体に触れてくれたのか？」

「背は高くもなく低くもなく。さほど太ってはいないのに、乳は大きくて、見事なものでした。肌はすべすべして……瘡の痕などございません。尻も触れ心地よくて、いつまでも触っていたいぐらいでして……」

「そんないい女なら、すぐに終わってしまわないか？」

「さようですが、終わると、体のあちこちを吸ってくれます。顔のほかならどこでも……おかげで、短い間に、二度でも三度でも気をやれます。辺りが寒いことなど、忘れてしまいます」

「二度目、三度目が終われば、精根尽き果てるのではないか？」

「ええ、そのまま寝てしまいたくもなります」

「紫は起こしてくれるのか？」

「そこまではしてくれません。寝たら危ないと忠告してくれるだけです。終われば、さっさと帰ってしまいます。本人は疲れた様子もなくて……大した女です」

「紫は身の上話をしてくれたか？」

「北の国の育ちだから、寒さは苦にならないと申しておりました。それぐらいしか……そうそう、嘘《うそ》か本当かわかりませんが、客は一晩に一人だけと申しておりました。昼間はほかの仕事をしていて、ここの仕事は一月《ひとつき》ぐらいで辞《や》めるつもりだとか……」

「一晩に一人だけなら、ここに来ても、紫が抱けるとは限らぬではないか？」

「次にいつ来ればよいのか教えてくれます。その日にもしあっしが遅れたら、紫はほかの客を捕まえます。これまで遅れたことはございません」

「今日も約束通りに来たわけか？」

「ええ」

念のため、紫が着ていたという着物について尋ねると、照姫が見たという、駒七の相手の女の着ていたものと一致した。駒七の相手も紫であったに相違ない。

彦太郎が善太の話から受けた感じでは、紫は床上手でも、商売女としては駆出しにすぎないようだった。本人の言う通り、昼間はほかの仕事をしていて、金が入り用になって、夜も働くようになったのではないか。

紫が客によって、仕事の中身を変えたとは思えないので、駒七にも、善太と同じように、二度、三度と気をやらせてやったのだろう。普通の商売女なら手抜きをするところだが、慣れていない紫は、ついつい本気で相手をしてしまったのではないか。また、高い金を取る以上は、客を満足させねばならないという、心意気もあったのだろう。

ほかに、一晩に客一人にしたわけとしては、客を少なくして、ほかの夜鷹や親分の恨みを買わないようにしたこと、ほかに仕事があったから、さほど稼がなくてもよかったこと、多くの客の相手をして体を痛めたくなかったことが考えられた。

要するに、客に二度三度気をやらせたのは、紫がこの商売の女としては初々《ういうい》しくて、手抜きができなかったゆえであって、客の精気を抜き取って、凍死させるつもりであったとは思えない。

同じく房事が過ぎて精根尽き果てても、善太がどうにか立ち上がって帰ったのに比して、駒七は面倒臭くなってそのまま寝てしまい、凍死してしまった。それだけの違いではないかと思われた。

だが、若い男が一人、妙な死に方をした以上、少なくとも、相手の女を見つけ出し、話を聞いておかなければ、この件を落着とすることはできなかった。

静かに布団に入ったつもりだったが、隣の布団で先に眠っていた女房のお園《その》を起こしてしまった。

その隣の小さな布団にいる長男の小太郎《こたろう》のほうは、すやすや眠っていて起き出す気配はない。

「小太郎は今日も歩いたか？」

小太郎はまだ生まれてから、一年を少し過ぎたばかりであった。

「少しだけですけど。倒れながらも頑張っていました」

「よし。弱虫ではなさそうだ」

今の彦太郎には、小太郎が何か新しいことができるようになるのが、何よりもうれしかった。

「弱虫にはなりませんよ。ですけど、お近《ちか》があのようですから、小太郎はおとなしい子になるやもしれません」

「お近は、もっとしとやかになれぬものか？」

十一歳になるお近は、近頃ますます、男勝りのおちゃっぴいになりつつあった。もともとが女の子らしい遊びをしなかった子で、父親の仕事に憧《あこが》れているようなところがある。彦太郎としては、小太郎のできるまでは、もう子供はできないものと考えて、お近に婿を取って、跡を継いでもらうつもりでいたのだった。

「どうでしょうか。今日も、夕方に新次さんがここに来たら、亡くなった男の人のことを根掘り葉掘り尋ねておりましたよ。おかげで、私は、お近から事件のことを教えてもらいました」

「ふむ。お近の当て推量は？」

「凍死に見せ掛けた殺しだとか、申しておりました」

「困ったものだな」

「さほどにご心配なさらずとも……好きな男の人でもできたら、女らしく変わってまいりますよ」

「それもまた困ったことだ」

お近には色恋になど関《かか》わることなく、彦太郎が選んだ婿の所へおとなしく嫁に行ってほしかった。

「体が丈夫なのが何よりです。お近も小太郎も、大病もせずに、元気に育っております。何もかも、あなたのご先祖様がお守りくださるおかげです」

そう言われると、彦太郎には返す言葉がなかった。

彦太郎の先代も、先々代も、その前の代も、皆彦太郎という名前で、町廻り同心を勤めていた。いずれは、小太郎が彦太郎という名前になって、跡を継ぐことになる。

「亡くなった人の相方の夜鷹は、どんな女でしたか？」

お園に尋ねられて、彦太郎は今晩わかったことを教えてやった。

「ただの凍死か。それとも、紫が駒七をわざと凍死させたのか？　お前はどちらを取る？」

彦太郎は尋ねた。

「私には、どちらとも言えません。私が思いますことは……」

お園は言いよどんだ。

「その紫という人が夜鷹になったわけを考えてみますと……人目につきたくなかった、人に顔を見られたくなかったからではないかと……」

「聞かせてくれ」

「体を売る仕事の中でも、一番人に会わずにすむのが夜鷹でございますね。誰にも許しを得ずとも、茣蓙《ござ》か筵一枚あれば始められます。客には顔を見られてしまいますけど、闇の中ですし、顔を厚く塗っていれば、どこの誰だかわかりません。そういうことを申し上げたのです。紫は人目につきたくなかった、人に顔を見られたくなかったから、夜鷹になったのではないかと……」

「もう少しわかりやすく……」

それだけ話すと、お園はすーっと眠りについてしまった。

お園の当て推量が事件の謎を解くきっかけになったことがこれまで何度かある。お園は頭のいい女だが、それだけでは合点が行かない。不肖《ふしょう》の子孫を案じる彦太郎の先祖達が、できのいい嫁であるお園の口を通じて、彦太郎に語りかけている面もあるに違いない。

今日もお園は大切なことを言ってくれたのかもしれない……。

では、紫は何故人目につきたくなかったのか、何故人に顔を見られたくなかったのかと考えているうちに、彦太郎も眠りに落ちていった。

四

次の日の夕方までに、いくつかのことがわかった。

死んだ駒七の評判はあまりよくはない。回りの者とも、他人とも、始終喧嘩《けんか》をしていたという。

女癖については、まだ初々しい水茶屋の女を手籠《てご》め同然に犯して、自分の女にしたことが一度あったらしい。もっとも、働かせて貢がせるほどの器量はなくて、二、三度抱いただけで逃げられてしまったとのことだった。

何度も駒七の相方を務めたことのある別の水茶屋女は、駒七は馬鹿にされると怒り出すが、おだててやれば、扱いやすくなる男だと、照姫と似たようなことを言った。

紫のことは、いい女を見つけたと仲間に自慢していたが、競争相手を増やさないためにか、詳しいことは教えていなかった。

駒七の店や、長屋には、紫らしい女は姿を見せていなかった。

駒七と仲のよかった者として、前に一緒に働いていた儀助《ぎすけ》という男がいたが、去年の秋頃に店を辞めていた。儀助はよその店の者と喧嘩して、大怪我をさせてしまい、仕返しが恐くて、姿を晦《くら》ましたのだった。行き先は誰も知らなかった。

高麗屋の善太については、女遊びが大好きで、かなりの金を商売女に注《つ》ぎ込んでいた。かといって、仕事は真面目《まじめ》との評判で、店から金を持ち出すようなことをしているふうではない。

紫については、どこに住んでいるのか、昼間はどこで働いているのか、もう柳原に来るのはやめたのか、素顔はどんなふうなのか、何もわからない。

それでも、柳原に現われてから、事件の日までの九日間に紫の取った客については、夜鷹達と善太の話から、おおよそ次のように判明した。

事件の九日前　駒七
八日前　休み
七日前　駒七
六日前　善太
五日前　駒七
四日前　休み

三日前　善太
二日前　駒七
一日前　善太
当日　　駒七

客は一晩に一人ということでは、紫は嘘をついていなかった。紫について新たにわかったのは、それだけのことにすぎなかった。

駒七が酒を飲んでいた店はすぐに見つかった。店は亀井《かめい》町にあり、駒七が酒を飲んだ日は、紫を買った日に一致した。

すなわち、駒七はその店で酒を飲み、体を暖めてから柳原へ向かい、紫を買ったことはほぼ確実であった。


昼間は日が照っていて、そこそこ暖かくなってきたようでも、日暮れが近付くと、再び厳しい寒さが蘇《よみがえ》り、風も鋭くなってくる。

彦太郎は神田松田町《かんだまつだ》のお月の長屋に向かった。

障子越しに呼んでみても、返事はない。

中から怪しげな声が聞こえてくるので、お月は仕事中とは思ったが、かまわず障子を開いた。

火鉢の炭火のおかげで、部屋の中はさほど寒くはない。

その部屋の真ん中の畳の上に筵が敷かれ、男と女が素裸で抱き合っていた。男は両手を筵に突いて、両足を投げ出し、女がその腰の辺りにしゃがみ込む形になっている。

二人とも素裸とはいっても、頭から背中にかけて、妙なものを纏《まと》っていた。すなわち、女の頭の上には鹿《しか》の頭が載り、その毛皮が背中に垂れていた。男の頭の上には狐《きつね》の頭が載り、その毛皮が背中に垂れていた。

少し離れた所で、縦縞の着物に前垂れを掛けたお月が、この光景を眺めつつ、筆を走らせていた。

男が狐、女が雌鹿というのが、面白い。これが、男が熊《くま》、女が雌鹿というのなら、強い男がか弱い女を犯している雰囲気になるのだが、狐と鹿では果たしてどちらが強いのかと思ってしまう。

たぶん、女が上、男が下なのだから、雌鹿のほうが強いのだろう。その上、女のお水《みず》は豊満な体付きで、男の段一郎《だんいちろう》は、華奢《きゃしゃ》な男なので、ますます、雌鹿のほうが強そうに見える。

だが、化かすのが得意な狐のことである。下になりつつ、上の雌鹿をだまし、操っているのかもしれない。

そんなことを考えていたら、雌鹿と狐が動き出した。

狐が上になり、雌鹿が下になって、激しく抱き合い、雌鹿の歓喜の声が続いたあと、両者の動きは止まった。

二人は立ち上がり、それぞれ被りものを脱いだ。

「おかげで、すっかり暖まりました」

お水は顔から豊かな胸の谷間まで、手拭《てぬぐい》で拭《ふ》きながら言う。

「鹿が似合っていたわよ」

お月がお水の裸の肩をさすった。

「雌鹿って、可愛《かわい》らしくて、か弱くて、すばしこくて、何となくいやらしくて……私に似ているのは、いやらしいところぐらいじゃないですか。でも、うれしいです。鹿は大好きですから」

お水が快活な笑みを浮かべた。

お月は近頃、このお水をよく使っている。明るくて、人懐っこくて、しっかりしているところが気に入っているらしい。よく肉が付き、胸も尻も張り出していて、柔らかそうである。

「ご苦労さま」

お月はお水に金子《きんす》を渡してねぎらった。

段一郎のほうは無言のまま、先に着物を着終えていた。

段一郎は本来は大店《おおだな》の跡取りにあたる男なのだが、放蕩《ほうとう》が過ぎて、とっくに勘当されてしまっていた。今はお水と一緒に住み、お水に養ってもらっていた。

今日のお水の相手は段一郎なのだが、ほかの男と組み合わされることも多かった。段一郎には稼ぎがなく、お月にも、お水にも文句を言える筋合いではない。お水はどの男とも本気で交合し、段一郎は乱れるお水の姿を、隅のほうから、平然と眺めているばかりであった。

「少なくて、悪いわねえ」

お月は付け加えた。

「この前はすっかりお世話になりました。あれで、本当に助かりました」

お水は着物を着る手を休めていった。

「明日も頼みます」

「忘れるものですか」

お水が先に立ち、段一郎があとを追って、二人は出ていった。

「そのような場所におられずに、お上がりください。北沢様」

お月が残った彦太郎に言った。

上がってしまうと、お月に迫られる危険に身を曝すことになるが、頼みごとがあり、今聞きたくなったこともあったので、上がることにした。

隅に置かれた刀掛けに刀を置き、火鉢に近い畳の上に坐った。

お月は茶を運んできて、彦太郎の向かいに坐った。

「鹿と狐は悪くない。手籠めもないし、血糊《ちのり》もない。楽しい絵になりそうだな」

「北沢様に誉《ほ》めていただけるとは……うれしくて、うれしくて」

お月は少し近くに寄ってきた。

「うれしいついでに教えてくれないか。お水にどのような世話をしてやったのだ？」

「ここで続けて使ってやりました」

お月の顔に困惑の色が現われた。

「俺に嘘をつくのはよくないぞ。お水が本当に助かるほどの金が、お前に出せるはずがない」

「恐れ入りました。少々仕事の口を世話してやっただけでございます」

「まともな仕事ではなさそうだな」

「いいえ、人を喜ばせる立派な仕事でございます。どなたにも迷惑はかけておりませんし……。お水を描いた絵をご覧になったご隠居が、ぜひこの絵の女に会いたいと望まれまして……望みをかなえてあげただけでございます」

「隠居は、お水にいくらくれたのだ？」

「二両ほど」

「に、二両！」

彦太郎は驚いて、大声を出してしまった。

「絵になった女は、役者のようなものですから。ご隠居も、絵の女を抱いたと自慢できますし」

お水がただの女として、その隠居に抱かれたのでは、代金はせいぜい一晩一分ぐらいのものだろう。それが、絵に出たばかりに二両もらえるなら、お月にいくら礼を言っても足りないぐらいだろう。

北沢家の女中のお妙《たえ》は、毎日真面目に働いてくれてはいても、女房のお園を通じて、年三両しか渡していない。彦太郎はお妙が気の毒になってきた。

「ほかにも、その手で、お前の世話になった女はいるのか？」

「話はいくつもございます。客が絵を買った店に頼みまして、色々な人を経て、私の所に伝わってまいります。お水のように、人がよくて、真面目で、男のせいで金に困っているような場合は格別ですが、たいていは、女達の耳には入れずに断ることにしています。お水からも、お礼の金などもらっておりません」

その言葉に彦太郎は安堵した。お月に、妓楼《ぎろう》の楼主や遣手婆《やりてばばあ》の真似《まね》をしてほしくはなかった。

「お水のことなど、もうよろしいではありませんか……」

お月が見る間に、彦太郎のそばに寄ってきた。

たちまち、お月の菓子のような唇が彦太郎の唇に合わされた。お月の舌が差し入れられてくる。

お水と段一郎の交合を見た余韻《よいん》が残っていたのかもしれない。彦太郎の欲情も突き上がってきて、舌と舌とが絡み合った。

「私をご賞味ください」

唇を離して、お月が言った。

お月の左手が、蛇のように着物の隙間《すきま》から入り込んできた。下穿《したば》きの上から彦太郎の筆を撫《な》でている。

再び、お月が口を合わせてきて、その勢いで、彦太郎は仰向《あおむ》けに倒れた。

その時、彦太郎の頭に、女房のお園の、屈託のない、明るい笑顔が浮かんだ。

お園一人で充分ではないか。お月を抱いてしまって、お園と比べてはならない
……。

それは彦太郎が自分に言い聞かせた言葉だが、お園を応援する先祖達が、彦太郎に
命じたのかもしれない。

「すまない。仕事の件で来たのだ」

彦太郎はお月の唇から離れて起き上がった。

「ああ」

お月はため息をついた。

「私は不味《まず》そうに見えますか？」

「とんでもない。お前はこの上なくきれいだ。だが……」

「まあ、うれしい」お月は彦太郎に全部を言わせなかった。「今日はどういうご用で
しょうか？」

お月は可愛く微笑《ほほえ》んで、彦太郎を見つめた。

「お前に頼みがある」

彦太郎は紫の話をして、紫の人相書を描いてくれるようにお月に頼んだ。

人相書とは、公式には、謀反、主人殺し、親殺し、関所破りの四つの大罪のいずれかを犯した者について文章で書かれ、配布されるものを指す。

だが、ほかの罪を犯した者についても人相書があれば探索に便利であるし、文章でなく、絵で描かれていれば、もっと便利である。

それで、彦太郎は、私的にお月に絵の人相書を頼んでいた。お月は人の顔を、見た者の話を聞いただけで、実物そっくりに絵に描いてくれる。

「明日にでも、新次が、夜鷹の照姫と、高麗屋の善太を連れてくる」

「どのような顔の女でしょうね。二人の話を聞くのが楽しみです」

お月はそうは言ったが、二人とも、暗い中で、白く厚く塗られた顔を見たにすぎない。お月の腕をもってしても、これはかなり困難な仕事のように思われた。

五

彦太郎は一旦《いったん》家に帰ってから、玄海の家を訪ねてみた。

彦太郎は八丁堀《はっちょうぼり》の組屋敷に住んでおり、玄海も同じく八丁堀に住む与力の屋敷地の一部を借りて、本道（内科）の医者を開業していた。

玄海の家の暖簾《のれん》を分けて呼んでみると、女房のおしのが出てきた。

「これはこれは北沢様」

おしのは愛想よく迎えてくれたが、声は疲れているように聞こえた。

「ご主人はお忙しいですか？」

「忙しいどころか、とっくに手が空いて、書物部屋でごそごそしておりますよ。どうぞお上がりください」

おしのは先に立って歩き出した。書物部屋へ行くのかと思ったら、居間の前で立ち止まった。

「先にこちらでおくつろぎください。主人と話をなさる前に、私の愚痴《ぐち》も聞いてくださいな」

悪くすると、犬も食わない夫婦喧嘩を食わされることになるので、おしのの愚痴はあまり聞きたくない。だが、こうやって捕まってしまうと、断る口実も思い浮かばず、聞かないわけにはいかなかった。

辺りはすでに暗くなってきていた。おしのは女中のお豊《とよ》を呼んで、行灯《あんどん》に火を点《とも》させ、彦太郎と向かい合って坐った。

「繁盛しておりますか？」

彦太郎は挨拶代わりに言った。

「これが繁盛と言えるのでしたら」

おしのは皮肉っぽく答えた。

「玄海の話では、長崎帰りで箔《はく》がついて、客が増えたとか……」

「ははは」

おしのは声を上げて、笑い出した。

「そんな客はよほどの物好きですよ。主人が長崎で遊学と称して、丸山《まるやま》の女と遊び惚《ほう》けているうちに、主人の客などはどこかへ行ってしまいました。去年ここに来てくれたのは、玄朴《げんぼく》の客と、女中のお楽《らく》目当ての客が大部分で、私目当ての客が少し。お楽はいなくなりましたから、その分の客は減りました。主人が戻っても、主人の客は戻りませんから、差し引き、客は減っています」

おしのは、次第にきつい口調になっていった。

「新しい女中を雇われては？」

彦太郎はその場しのぎに、軽く言ってしまった。

「何と白々しい。北沢様のお言葉とは思えません。これまで、この家で何が起きたか、お忘れになりましたか？」

むろん、忘れてなどいない。この家名物の女中騒動には、彦太郎も大いに迷惑を受けている口であったから。

この家にはお豊という女中がいるが、陰気臭くて、お楽とは反対に、見ているだけで、客の病《やまい》が重くなってしまう。

客に来てもらい、往診の客に喜んでもらうためには、愛想がよく、愛敬《あいきょう》があり、きれいな女中が必要であった。

ところが、一種の病と言えるほどの玄海の女癖の悪さのために、この家の女中はほとんどが悲惨な末路を辿《たど》っていた。

つまり、玄海にしつこく口説《くど》かれ、とうとう一緒に出合茶屋に行く仲となり、そのことをお豊からおしのに告げ口され、怒り狂ったおしのがその女中を叩き出して幕となるのだった。

追い出した女中の代わりは、おしのがすることになる。おしのも愛想がよく、愛敬があり、そこそこにきれいなのだが、あいにく若いといえるような歳はとうに過ぎてしまっている。客はだんだん減ってくるし、おしのも玄関で客を迎えたり、往診に付き合ったりの仕事に疲れてくる。それで、新しく若い女中を探すことになり、女中がやってくる。その女中を玄海が口説き……。

玄海の家では、これまで、こうした過程が延々と繰り返されていた。

前の女中のお楽は、この家では実に珍しく、もめ事を起こすことなく、円満に勤め上げていたが、それは、玄海と一緒に働いた期間が短かったからにほかならない。

「今のままではいい女中を雇っても、同じことの繰り返しですよ。この家を大々的に改革せねばなりません。まず、玄朴を養子にします。それから、玄朴に嫁を世話してやります。愛想がよく、愛敬があり、きれいな嫁ですよ。江戸で五本の指に入るような器量よしを、見つけてまいります。その嫁に女中の仕事をやらせます。むろん、私も手伝います。いくら若い女に目のない主人でも、養子の嫁にまでは手を出しますまい」

「玄海はどうなるのですか?」

「むろん、隠居させますよ。女でも、舶来品集めでも、医書集めでも、検屍でも、好きなことを、好きなだけしていればよろしいです。ただし、玄朴の稼いだ金は一銭も使わせません。金が入り用なら、書物部屋にある本や舶来品を売り払うしかありません。これまでさんざん女に金を使ったから、これからは貢いでもらうという手もございます。そんな物好きが、もしおりましたら」

おしのは楽しそうな口振りで話していながら、目は釣り上がっていた。

彦太郎が思うに、おしの計画には、いくつかの難点がある。一つは江戸で五本の指に入るような器量よしの嫁が、うるさい姑《しゅうとめ》のおしのと仲良くやっていけるかであり、一つは玄朴がそんな器量よしの嫁を欲しがるかであり、一つは人情篤《あつ》い玄朴が、玄海を邪険にできるかであった。

だが、すでにこの話は犬も食わない夫婦喧嘩になってきていた。返事には充分気をつけねばならない。

「どのようにされても、玄海は自業自得と言うべきですな」

裏切りに多少気が咎《とが》めはしたが、今はこれしか答えようがない。

「うれしいお言葉を……さすが北沢様」

正解であったらしい。おしのの目付きは和《やわ》らいで、声も明るくなっていた。

そこへ、陰気なお豊が入ってきた。

「旦那様が書物部屋でお待ちです」

お豊は抑揚の乏しい声で言った。

貴重な医学書と、貴重な舶来品に埋もれた部屋の中で、玄海は、蠟燭《ろうそく》に火を点し、書見台に向かって阿蘭陀語の本を読んでいた。

と思ったのだが、目線も手も、すぐに膝《ひざ》の上の本のほうに向かい、そちらの本をめくっていた。

膝の上の本は、蘭和辞書の『譯鍵《やくけん》』のようだった。

「長崎帰りにも、そのような本が要《い》るのか？」

彦太郎は冷やかした。

「当たり前だ。四十年もこの国で生きてきて、よその国の言葉が、容易《たやす》くわかるはずがない。俺は高野長英《たかのちょうえい》のような語学の秀才じゃない。奴なら、朝から晩まで、阿蘭陀語の本を読んでいられそうだが」

「高野長英？　知らんな」

「シーボルト先生のできのいい弟子だ。歳は二十三……お月と同い年だな。若いのに凄い奴だ。まだ長崎にいる。奴は医術だけでなく、シケイキュンデにも詳しい」

「シケイキュンデ？　何のことだ？」

「分離術（現代の化学）だ。奴はいろいろ知っている。奴の話によると、酸原《さんげん》（酸素）は火原《かげん》と結合して清気（酸素ガス）となる。動物が生きるには、清気が必要だ。

瓶《びん》に入れた空気の中に、真っ赤な炭を入れると、清気が燃えてしまって、窒気（窒素ガス）だけになる。その中に小鳥を入れると、小鳥は死にかかる。そこへ清気を入れてやると、小鳥は生き返る。清気の中で鼠《ねずみ》を飼うと、鼠は長生きする」

「凄いな」

彦太郎には難しすぎたが、動物が生きるのに清気が重要であることは分かった。

「分離術といえば、江戸には宇田川榕菴《うだがわゆうあん》がいる。奴も二十九の若造だが、分離術が飯より好きな男だ。そうはいっても、シーボルト先生も三十一歳の若さであられるが……榕菴の奴は、この国のどの温泉でも、成分を分離解明できると威張《いば》っている」

「もういいだろう。分離術の話は」

止めないと、延々と続いていきそうな話だった。

「分かった……実は、シーボルト先生が、三月の末に江戸に来られる。商館長の江戸参府についてこられる。俺も参上するつもりだ」

玄海は書見台から離れて言った。

「要するに、少しは阿蘭陀語に上達していないと、恥ずかしいということだな」

「その通りだが、高野長英は別として、阿蘭陀語が本当にうまくなるには、阿蘭陀に行くしかない」

「ほう、長崎の次は阿蘭陀か」

「ああ、阿蘭陀の女を抱いてみたい。髪は金色で、目は青く、肌は雪のように白い。そんな女を抱いてみたい」

玄海は目を輝かせて言う。

「雲をつくような大女ばかりさ。おぬしには太刀打《たちう》ちできまい。阿蘭陀に行けるはずもないし」

「面白くない奴だ。人が楽しい夢を見ているのに……ここに来たのは、柳原堤の屍の件か？」

玄海はわかっていながら尋ねてきた。

「ただの凍死か、凍死させられたか、断案を下さねばならん」

彦太郎はそう言ってから、昨晩と今日に判明したことを、玄海に教えてやった。

「それで、おぬしは、どちらに傾いている？」

「ただの凍死のほうだ。金のための殺しなら、紙入れに銀貨が残っているはずがない。恨みからだとすると、夜鷹が、通りすがりの客を恨むなど、あまり聞いたことがない。客に殺されそうになって逃げたのなら、夜鷹のせいではない」

「俺もただの凍死を取る。そのように上に上げて、この件はもう忘れてしまえ」

「紫の正体が謎めいているのが、気にいらん」

「素性の知れない夜鷹など、珍しくもない」

「その通りだが……」

玄海はお園の話を伝えた。

「なるほど、紫が夜鷹になったわけは、人目につきたくなかった、人に顔を見られたくなかったからか。もっともだな」

「では、紫は何故人目につきたくなかったのか、何故人に顔を見られたくなかったのか」

この問題は、昨晩答えの出ないうちに寝てしまった。

「二つのうちのいずれか……顔そのものを隠したかったか、素性を隠したかったか」

玄海は答えた。

「顔そのものというのは？」

「白塗りの下に、大きな疵があるとか、ひどい痘瘡《とうそう》の痕があるとか……それで、闇の中でしか働けぬ」

「素性というのは、やましいところのある女のことか。前に人を殺したとか、盗みをしたとか」

「ああ」と玄海は気のない返事をしたあと、「待てよ！」と叫んだ。

「どうした？」

「さすがはお園さん！」玄海は膝を叩いた。「おぬしより、よほど筋がいい」

「何を言いやがる！」

彦太郎は語気を強めた。

「俺はさっきの答えを引っ込める。新しい答えは、駒七はただの凍死じゃなく、凍死させられたのだ。寒い中で、酒に酔った男から精を抜き取って、腰も立たぬようにしておけば……あとは放っておくだけで、男は凍死してくれる」

「わけを聞かせろ」

「紫が素性を隠したがったのは、悪党だからじゃない。その反対だ。紫は実は家柄のいい娘だったのさ……大名の娘とか、旗本の娘とか」

「馬鹿馬鹿しい」

彦太郎は吹き出してしまった。

「大名の娘が突飛すぎるなら、大店の箱入り娘でもよい。紫は、父親からも母親からも、まだ生娘と信じられていて、昼間はおとなしく過ごしていた。だが、もうとっくに男を知っていて、日が暮れると体が疼《うず》いてならない。そこで、顔を厚く塗って、女中の手引きで店を抜け出して、柳原堤に現われるようになった」

「おぬしは草双紙《くさぞうし》の作者にでも、なれるのではないか」

とても真実とは思えぬが、この奔放な当て推量には感心してしまった。

「俺は真面目に話している。善太という客の話では、紫は、昼間はほかの仕事をしていると言ったとか……昼間ほかの仕事をしているのなら、金はそちらでももらえるから、一晩一人の客でも足りるという勘定になる。だが、もし紫が箱入り娘なら、金は親からもらえるはずだ。夜鷹はただの楽しみのためで、こちらも、一晩一人の客で足りる勘定になる」

「楽しんで夜鷹をしていた娘が、何故客を殺さねばならん？」

「正体を知られたからさ。駒七は紫を強請《ゆす》りにかかる。親から金をもらってこい。さもねえと、娘が夜鷹になったと、世間にばらしてやると。ありそうなことじゃないか」

ここまで来ると、彦太郎もきちんと反論しなければならなかった。

「ありそうもない。暖かい家に住む箱入り娘が、寒い寒い夜の柳原へ出掛けて、裸で男と寝られるのか？　そんな箱入り娘がいるものか！　そいつはおぬしの夢の中の女さ。いてほしいと願うのは勝手だが」

「では、亭主持ちの女ならどうだ？　亭主は病で寝込んでいて、紫の体は疼くばかり……おまけに薬代もない。そこで、亭主に内緒で、夜な夜な柳原に来て、薬代を稼ぎながら、楽しんだ。ところが、駒七に見破られて、亭主にばらすと……もしも亭主にばれたら、亭主は自ら首を吊《っ》るか、包丁で刺して死んでしまう」

　玄海の手直しに、彦太郎はすぐに立ち向かった。

「病の亭主のために体を売る女なら、この江戸にいくらでもいる。そいつらがいちいち客を殺していたら……検屍だらけで、俺の体が持たない。いくら馬鹿な亭主でも、女房が商売女になったことぐらいわかる。見て見ぬふりをしているだけさ」

「よし、紫はただの女だ。ただの女でも、夜の客には、昼の仕事は隠しておきたい。さもないと、昼間に訪ねてこられて、雇い主に告げ口でもされたりしたら」

　玄海は手を替え、品を替えして攻めてきた。

「ただの女とは、どういう女だ？」

「たとえば、女中……うちのお豊のような。案外、紫はお豊かもしれん。あの器量の悪い女でも、夜鷹になれば、客が抱いてくれる。そのうち、駒七がお豊の素性に気付いて強請り出す。困ったお豊は……」

「いいかげんにしろ！」

いくら玄海がお豊を嫌い抜いているにしても、今のは酷すぎる。彦太郎は怒鳴ってしまった。

「お豊は俺の使用人だ。おぬしに叱《しか》られる筋合いはない。帰ってくれ」

珍しく、玄海が本気で怒っているように見えた。

「帰るさ」

悪いのは玄海のほうである。彦太郎は詫《わ》びる気にはなれなかった。

足音を忍ばせて帰ったので、お豊にも、おしのにも会わなかった。

六

翌々日、彦太郎は再びお月の長屋を訪ねた。

眼前には、一昨日とほとんど変わらぬ光景が繰り広げられていた。

火鉢の炭火で暖められた部屋の中では、お水の雌鹿と、段一郎の狐が絡み合っている。そばには、お月が立っていた。

だが、今日のお月は絵筆を走らせてはいない。部屋の中にはもう一人の女がいて、絵を描いているのは、そちらの女のほうだった。

　女の背丈はお月と同じぐらいだが、細身のお月よりもさらに痩せている。いや、お月は見かけは細身でも、胸は大きめなのだが、この女は正真正銘痩せていて、ひ弱な少年のような体付きをしていた。

　痩せた女の目は、繋《つな》がっている雌鹿と狐に向かっている。きれいな顔とも、可愛い顔ともいえないが、穏やかで、おとなしい顔立ちで、受ける感じは悪くない。右の頬に黒子があった。

　ここで絵を描かれる女なら数えきれないほど見ているが、お月のほかに絵を描く女を見るのは初めてだった。

「お上がりください」

　お月が近付いてきた。

「人相書はできたか？」

　そう言って上がったところを、お月に手を引かれた。

「ここは取り込んでおりますので、どうぞ、二階まで」

　お月は先に立って、階段を上がっていく。彦太郎は危うく覚えながらも、あとに続いた。

　二階は六畳一間で、お月一人が使う場所である。お月は昼も夜も下の仕事場で過ごすことが多く、二階にいることは少ない。

衣桁《いこう》が一つに、文机《ふづくえ》が一つに、葛籠《つづら》が二つ置かれている。布団と夜着は畳まれて、隅に寄せられていた。

「急いでおる」

彦太郎は断っておいた。

「この前は北沢様に振られてしまいましたから。今日はおとなしくしております」

お月は安心させるように言う。

「何者だ？」

彦太郎は絵を描く女について尋ねた。

「お百合《ゆり》と申します。私の初めての弟子でございます」

「どこから来た？」

お月ももう弟子を取るような歳になったかと思うと、何かしみじみ感じるものがあった。

「知り合いの小間物問屋が連れてまいりました。ふだんは小間物の行商をしていると
か……」

「表の弟子ではなさそうだな。艶本を描きたいのか？」

「表の絵でしたら、ほかにいい師匠がいくらでもおります」

「ものになりそうか？」

「今はまだ何とも……素質はございます。ものや人をそのまま描き写すのは、たいそう上手でして……」

お月は葛籠の中から一枚の絵を取り出した。それを見て、彦太郎はお月の言いたいことを理解した。

そこには、お水のふっくらした顔が描かれていたのだが、その顔はまるで、実物がそのまま紙の上に移動してきたかのように、本人そっくりであった。目鼻も、口も、額《ひたい》も、髪も細かく描き込まれている。

「たいしたものだ」

彦太郎は感心してしまった。

「これは顔だけですから。枕絵はこんなふうにはまいりません。そもそも、枕絵は写せばよいというものではないのです。考えないと……材料をそのまま描くのではなくて、己れの思案を織り込んで、上手に料理しませんと……」

お月はなかなか厳しかった。

「まだ、弟子になったばかりではないか。これから、お前が仕込んでやればよい」

「北沢様に私をご賞味いただいて、その絵でも描かせましょうか？」

お月は笑わずに言った。

「人相書はどうなった？」

彦太郎は、お百合の絵の話を打ち切ることにした。

「これでございます」

お月は葛籠の中からもう一枚の絵を取ってきた。

「こ、これは」

彦太郎は思わず言ってしまった。

お月の人相書は、いつもなら顔だけの絵なのだが、今回は全身の絵で、背景まで付いていた。

雪に覆われた柳原を背景に、茣蓙を持ち、蓬色《よもぎ》のくたびれた着物を着た女が、こちらを向いて立っている。

女は目の前のお月の体よりは、少しふっくらとして、背もお月よりは少し高そうだ。

だが、その女には肝心の顔がなかった。

「今回はお役に立てません。申し訳ありません。善太と照姫の話を合わせてみましても、紫の顔が浮かび上がってまいりません。二人とも、紫の素顔を見ておりませんから。厚い白塗りの顔を、提灯の明かりでちらりちらりと見ただけのことでして……いいかげんなものを描きましては、かえって、北沢様のご探索を妨げることになりますゆえ、顔は省かせていただきました」

困難は予想していたが、いざ顔のない絵を見せられると、彦太郎の落胆は激しかった。顔の絵がなくて、江戸の町で一人の女を捜し出すことはきわめて難しい。

「善太は目よりも手のほうが、紫を覚えているようでございます。目を瞑《つむ》っていても、紫の体に触れればすぐわかる、と申しておりました」

それなら、怪しい夜鷹を捕まえてきて、善太に触らせるという手は残されているわけだ。

「紫は顔を覚えられるのを避けていたように思えます。何故でございましょう？」

お月に尋ねられ、玄海の家でのやり取りを教えてやると、珍しくお月が、声を上げて笑った。

「よくもそれだけ。さすがは女にお詳しい玄海先生」

「どの説も、わけあって夜鷹になった素人女が、素性を知られて、駒七を殺したというだけのことだ。素人女なら、どこの誰でもよいことになる。捜しようがない。それに、もし紫がわけあって夜鷹になった素人だったとしても、駒七の凍死と結び付くわけではない。すなわち、紫がわけあって夜鷹になった素人女で、駒七がただの凍死であっても、何ら妙ではない」

昨日は玄海に畳み掛けるように言われたため、うまく反論できなかったが、よく考えてみて、こういう結論となった。

「紫は前々から駒七に恨みを持っていたとします。それで、駒七を殺すつもりで夜鷹になり、駒七に近付いたというのはいかがでしょうか?」

お月が新しい説を唱え出した。

「駒七は紫を知っていたのか?」

「知らなかったか、それとも、知ってはいても、忘れていたのかのどちらか」

「忘れていたのなら、もっと早く殺さぬと、思い出されるではないか」

「では、知らなかったのです」

「知らない女から、殺されるほど恨まれるというのは妙ではないか」

「世の中には、そういうこともございます」

「それにしても、殺したいほど恨んでいる男なら、早く殺したいはずではないか。その男に五晩も抱かれて、その上ほかの男に三晩も抱かれて、やっと殺すなど……女とはさようなものか？」

「そういう女もいるのではないでしょうか」

「何とも回りくどい。ほかにいくらでも容易《たやす》い殺し方がある」

「お園様の問われたことが大事なことでは？　紫は何故人目につきたくなかったのか、何故人に顔を見られたくなかったのか。答えは、駒七を殺すつもりであったから、誰にも顔を覚えられたくなかったからです。紫が苦労したかいがあって、私の人相書も顔なしになってしまいました」

「闇夜にあとを付けて、首でも掻き切って逃げてしまえばよいではないか。それなら、憎い男に抱かれずに済む」

「そのようなやり方では、はっきり殺しとわかってしまいます。紫はまずはただの凍死に見せ掛けたかったのです。次に、凍死に見せ掛けた殺しと疑われても、己れの顔がわからぬようにしたかったのです。すぐに殺さなかったのは、紫が優しい女で、駒七を寒地獄に落とす前に、極楽にいる心地にさせてやりたかったのかもしれません」

　今日のお月はかなり鋭い。彦太郎はこの話を信じかかってきた。

「それでも、車引き一人殺すのに、回りくどすぎる」

「このように推量されてはいかがでしょうか。紫が素性を隠すのにこだわったのは、駒七の回りの者を仔細に吟味すれば、紫に繫がっていくからだと」

お月にそのように言われても、駒七の回りの者については、今日までにおおよそ調べを終えていた。

駒七が回りの者とも、他人とも、始終喧嘩をしていたといっても、その場限りのことで、大怪我を負わせたり、死なせてしまったようなことはない。

駒七に犯されたという水茶屋の女は、別の水茶屋に移って、評判娘になっていた。

この女に話を聞いてみると、店に来た駒七に無理遣《むりや》り飲まされ、店の帰りにふらふら歩いているところを駒七に待ち伏せされ、人気のないところへ連れていかれて、逆らう力もなく生娘を散らされてしまったとのことだった。女はむろん駒七を嫌っていたが、あれから数多くの男と関わって、駒七への恨みなどはどこかへ消えてしまったと答えた。

この女は夜も水茶屋で働いていたから、紫の正体がこの女ということはありえない。

ほかには、特に駒七から害を受けた女はいなかった。

しかし、調べ終えていない者が一人いる。去年の秋まで駒七と一緒に働いていて、駒七と親しかったという儀助であった。儀助の行方《ゆくえ》を知っている者はいない。

紫の顔がわからない以上、儀助を捜し出すほかには、この事件に関してできることはなさそうだ。

さしあたり、駒七の店の者をここに連れてきて、お月に儀助の人相書を描いてもらわねばならなかった。

第二章　熱地獄

一

ぐっしょり汗を掻《か》いて、町廻りから奉行所に戻ってきた彦太郎は、待ち受けていた青木久蔵に捕まった。

「暑いところをまことにすまないが、向島《むこうじま》の寺島村《てらじま》まで検屍に行ってくれ」

彦太郎はくらくらと眩暈《めまい》がしてきた。

六月十五日の山王祭《さんのう》を過ぎてから、江戸は炎暑の季節に突入した。今日は六月二十三日、猛暑の真っ盛りともいうべきこの炎天の下を、今から向島まで歩いていったのでは、着くまでに体から汗が出尽くして、干涸《ひから》びてしまいそうだ。

「妙な死骸《しがい》が見つかりましたか？」

向島はむろん彦太郎の廻り筋ではない。

「草原で男が倒れて死んでいた。柴吉《しばきち》がざっと見たところ、大した疵《きず》はない。

「炎天の下で、暑気にやられましたか？」

「誰もがさように思案する。おぬしに行ってほしいのは、昨日の昼過ぎに、その辺りを通り掛かった百姓が、面白いものを見たからだ」

「男の殺されるところでございましょうか？」

「いや、素裸の女が男の上になり、腰を使っていたという。柳原の一件に似ているな。あちらは凍った土の上、今度は炎天の下か」

青木は笑って話したが、彦太郎の背筋には震えが走っていた。

「男の身元はわかりましたか？」

「その辺りに住む男ではない。わかっているのはそれだけだ」

「直《ただ》ちにまいります」

雪の柳原から五箇月が過ぎ、紫は炎暑の向島で、新たな獲物を狩ったのか？

何のために？

それとも、二つの事件は何の関《かか》わりもないことなのか。彦太郎は一刻も早く、己れの目で確かめたかった。

「駕籠《かご》で行けばよい。おぬしに炎熱死されたくないからな。この暑さでは、早く検屍に取り掛かったほうがよい」

彦太郎は玄海とお月に使いをやってから、駕籠で出掛けた。

駕籠に乗ったからといって、暑気が和らぐわけでもない。汗の出方は、歩くのとさほど変わるまい。それでも、早く着くのと、灼熱《しゃくねつ》の日輪に照らされずにすむのは有り難かった。

駕籠は田畑の中の道を走り抜け、少し高まった場所に着いた。彦太郎は駕籠を降り、炎天の下に立つ。すぐにもう一台の駕籠も着き、御用箱を持った新次が降りてきた。

道から離れて、人の集まっているほうへ歩いていく。辺りは、木が疎《まば》らに立っているほかは、雑草の生い繁るばかりである。草は燃え上がらんばかりに熱くなっていた。

五、六人ほどいる人の中から、岡っ引きの柴吉が近付いてきた。

「お久しぶりでございます。この暑さの中をお越しいただきまして……」

柴吉が深々と礼をした。岡っ引きらしくない、なよなよした、女形《おやま》のような男であった。三年前の三島屋連続人殺し事件の探索の際に、役立ってくれていた。

「こちらでございます」

柴吉に案内されるまでもなく、人の形に盛り上がった筵《むしろ》が、すでに彦太郎の目に入っていた。その辺りは、雑草が踏み固められていた。

「筵を取れ」

彦太郎はしゃがみこみ、柴吉に命じた。

柴吉が指図通りにすると、碁盤縞《ごばんじま》の単衣《ひとえ》を着た若い男の屍《しかばね》が現われた。

男は茣蓙《ござ》の上に仰向《あおむ》けに倒れていた。

その男の顔を見たとたん、この事件が柳原の事件の続編であることを、彦太郎は確信した。

彦太郎がこの男に会うのは初めてであった。だが、この男の顔形についてはよく知っていたし、この男が何者であるかもよく知っていた。もう五箇月も、この男の行方《ゆくえ》を探していたのだから。

茣蓙の上の男の顔は、お月が描いてくれた儀助の人相書の絵によく似ていた。違うのは、死骸《しがい》の男の顔が、人相書の絵よりは、やつれて見えることだった。

彦太郎は馬喰町の店に行って、儀助を知っている者を連れてくるように柴吉に命じ、手下の一人がすぐ走り出した。

「この男は、莫蓙の上に倒れていたのか？」

彦太郎は柴吉に尋ねた。

「さようで。莫蓙は動かしておりません」

柴吉はそう答えてから、初老の百姓を連れてきた。

「こいつが、昨日この男を見ております。莫蓙の上でやっておりまして……」

「女が上か？」

彦太郎は百姓に聞いた。

「へえ」

百姓は小さな声で答えた。

顔も手も赤銅色に焼け、骨太の体付きをしていても、百姓は小便でも洩《も》らしそうなほどに硬くなっていた。

「二人とも素裸か？」

「へえ」

それならば、事が済んだあとも、儀助には単衣を着るぐらいの気力は残っていたことになる。それとも、女が着せたのか。

「いつのことだ？」

「八つ（午後二時）でして」

　昨日の昼八つなら、彦太郎は京橋《きようばし》辺りを歩いて、今日同様に焼け付くような暑さで、汗をだらだら流していた。

「男は生きていたのか？」

「へえ」

「手足は動いておりまして、声も出ていたと申しております」

　苛立《いらだ》った柴吉が付け加えた。

「この男に相違ないな？」

「へえ」

「女の顔も見えたのだろうな？」

「ご勘弁を……」

　百姓は這《は》いつくばった。

「こいつは、女の顔を見ておりません。背中と尻が見えただけでして……おまけに、女は布垂れ付きの菅笠《すげがさ》を被っておりまして……」

　柴吉が答えた。

　女は顔を見られぬようにしていたのだ。紫と同じではないか。

「女はふり向かなかったのか？　垂れの間から見えなかったのか？」

彦太郎は柴吉に尋ねた。

「この辺りでは、野原で始終やっておりまして、珍しくもありません。この暑いのにやるほうも粋狂ですが、この暑いのに、長々と見ていたら、さらに粋狂ですよ。この男も、すぐに帰っております」

「この辺りの女ではなかったか？」

「この辺りの女ではねえようで……色が白すぎると」

再び柴吉が答えた。

この百姓から引き出せるのは、そのぐらいのようだった。

駕籠が着いた。玄海が来たのかと思ったが、降りてきたのは一番弟子の玄朴のほうだった。玄海は腰を痛めて臥《ふ》せっており、来られないという。

「あまりお役に立てませんが、私が代わりにまいりました」

玄朴は玄海の弟子とは思えないほど、真面目《まじめ》でおとなしい男であり、医者としての腕も立つ。ただし、検屍については、玄海のほうが詳しかった。

玄海の腰痛のほうはさほど気にならないが、玄朴が来たことは気になった。玄朴は秋には祝言《しゅうげん》を控えている大事な身であり、慣れない炎天下の検屍に関わって、倒れるようなことがあっては、おしのに合わす顔がなくなってしまう。

しかし、玄海が来ない以上、玄朴が来てくれたのは、たいそう有り難い。

「さて、屍を吟味せねば」

彦太郎は屍の強《こわ》ばり具合をまず調べた。

どの部分もすっかり硬くなっていて、かなりの力を加えない限り曲がらない。

「この硬さから見ると、死んだのは、昨夕か、昨晩だな」

彦太郎は玄朴に言った。

「まだ熱がございます」

玄朴は死骸の額に触って言う。

「この炎天では、冷えた屍も熱くなってくる。見せ掛けの熱にすぎん」

これだけ動いただけで、彦太郎の顔からだらだら汗が垂れていた。汗はやむを得ないにしても、このままずっと頭を日に焼かれていると、気が遠くなってきそうである。

だが、近くには、屍が置けるような日陰はなかった。

皮肉なものである。検屍で一番大切なのは日の光なのだから、これだけ日の光が、豊かに土の上に降り注いでいる今日という日は、この上ない検屍日和《びより》というべきなのであるが……。

柴吉の手下がいくつもの水入れに、井戸から水を汲《く》んできてくれた。彦太郎はその一つを飲んで、一息ついた。

激しくも豊かな日の光に感謝して、検屍を続けることにした。

柴吉の手下と玄朴が、男の着物を脱がして、裸にしてくれた。

すぐに目に入ってきたのは、死骸の胸、腹、股《また》に付いている笹色紅《ささいろべに》であった。これは、相手の女が口で吸ってくれた痕《あと》に相違ない。寒と暑という大きな違いを除けば、男の死に至る状況は、ますます柳原の事件に似てきた。

だが、ほかにも違いはある。顔、胴体、手足と全体を眺めて感じられることとして、男の体が痩《や》せ、やつれていることがあった。

儀助について、これまで聞いてきたのは、歳は二十、駒七同様に車引きらしい、頑丈な体付きの男とのことであった。

死骸の男も、もともとはそういう体付きなのであろうが、今はいささか細くなった胴体と足を、炎天の下に曝《さら》していた。顔も同様で、頬《ほお》はこけ、目は落ち窪《くぼ》んでいる。店を辞《や》めてから、食うや食わずの暮らしで、こういう体になってしまったのか。それとも……。

「この屍は、毒を飲まされたのではないか？」

彦太郎は玄朴に尋ねた。

「腹を痛める毒ならば、吐き続け、血水を垂れ流すような便が出て、見る見る痩せ衰えて、死んでしまうこともございます」

彦太郎は毒を見逃すまいと決心して、玄朴と二人で検屍に取り掛かった。

だが、口からは酒の匂《にお》いも毒の匂いもせず、口の奥に置いた銀簪《ぎんかんざし》の色も変わらなかった。

新たに、駕籠が二台着いた。降りてこちらに歩いてきたのは、お月と、お月の弟子のお百合であった。

「検屍を見たいと申しますので、連れてまいりました」

お月が挨拶《あいさつ》し、お百合は深々と頭を下げた。

「この屍は……儀助でございますね」

お月が一人で首肯《うなず》いていた。

「ああ、五箇月探して見つからなかった者が、こんな所で死んでおるとは……」

「紫も現われましたか？」

お月に聞かれて、彦太郎は、百姓の見た、昨日の交合の話をしてやった。

「炎熱死でございますか？」

「炎熱死はよいとしても、このやつれ様が気になる」

「人相書はご入り用でしょうか？」

「儀助に相違なくとも、念のため描《か》いておいてくれ」

「そのまま描き写すだけですので、お百合にやらせても、よろしゅうございますか？」

「かまわぬ」

お月の指図で、お百合が絵筆の用意を始めた。

彦太郎は検屍に戻った。

屍には多くの古疵《ふるきず》があったが、新しいものは少なく、大きなものはない。

文身《ほりもの》はなく、瘡《かさ》の痕もない。

肛門《こうもん》の中に刃物はなく、こちらに銀簪を入れても、色は変わらなかった。

彦太郎は流れ出る汗を、手拭《てぬぐい》で拭いながら立ち上がった。水入れの水を飲み、少し頭に掛けてみたが、流れ出る汗と、照り付ける光の強さを思うと、これぞ、まさしく、焼け石に水であった。

「さて、握り飯と鶏だ」

彦太郎は己れを励まして言った。

柴吉の手下が、百姓家から握り飯と鶏をもらってきていた。

新次がその握り飯を渡してくれ、彦太郎はそれを小さくして、屍の口の奥に押し込んだ。紙を詰めて蓋《ふた》をする。

このまま半刻（一時間）は待たねばならない。

待っている間に、新次は糟醋《かすず》、葱白《そうはく》、白梅、塩、山椒《さんしょう》、甘草《かんぞう》などを使って、隠された疵痕《きずあと》を浮かび上がらせる作業を始めた。

動いているのも暑いが、他人の仕事をじっと見ているのも暑い。もはや、汗も出てこなくなっていた。日陰を探して横になっていたいほどに疲れていたが、新次が汗だくになって屍と取り組んでいるのに、そのようなことはできなかった。

案じていた玄朴のほうは、さほど疲れているようには見えなかった。

お月がお百合の描いた絵を持ってきた。

「私よりうまく描けております」

なるほど、見事な人相書であった。絵のうまさというものは、いろいろな要素から成り立つものであろうが、実物に似ているという点については、お月に勝るとも劣らない。倒れている屍の顔が、そのまま紙の上に引っ越してきたようだった。

いつもなら、お月は絵ができると帰ってしまうのに、今日はお百合だけ帰して、自分は残っていた。

彦太郎は一段と疲れが増したように感じられた。お月と話す気力もない。まさに地に吸い込まれそうなほどに疲れていた。

近くを、鶏が小刻みに歩いている。

新次は、屍の腹と胸に、白梅の果肉を潰《つぶ》したものを塗っている。

それらの光景を見ているうちに、彦太郎は急に気が遠くなってきた。

二

目が覚めると、彦太郎は布団の上に寝かされていた。

大小の刀を奪われ、衣裳《いしょう》もすべてはぎ取られている。身に着けているのは褌《ふんどし》一本だけで、足は足首で縛られ、手も後ろ手に縛られてしまっていた。

すぐそばに、見知らぬ女が坐《すわ》っている。いや女は般若《はんにゃ》の面を着けていたから、見知らぬ女かどうかはわからない。女も面のほかは、布切れ一つ身に着けていない。形のいい、大きな乳房が突き出し、臍《へそ》の下には、柔らかそうな性毛が、黒々と繁っていた。

「お前は紫か？」

彦太郎は尋ねた。

女は答えずに立ち上がり、障子のそばへ行った。その辺りで突如火が上がり、障子がめらめらと燃え始めた。

熱い風が吹き、火の粉が彦太郎の顔に飛んできた。

すると、女はどこからか氷の塊をいくつも取ってきて、彦太郎の首、肩、脇、腰、股と置いていった。鋭い冷気が彦太郎の体を包んだ。

「あちらは炎熱地獄、こちらは寒地獄。私どもは極楽へまいりましょう」

女は低い声で言い、手拭いで彦太郎の目を覆った。

面が外されたらしい。女の唇が彦太郎の胸に触れ、腹に触れ、腿《もも》に触れた。手は褌の中に入ってくる。

もう一度、目が覚めた。

すぐに、先ほどのは夢で、今度はまことの世界に戻ったことがわかった。

布団の上に寝かされていて、大小も外され、衣裳も脱がされて、褌一本になっている。そこまでは、夢の通りであった。体が冷気に包まれているのも夢の通りである。

だが、障子は燃えていないし、手足も縛られていない。

氷を体に当てられてもいないが、代わりに、水で冷やされた手拭が、何枚も体に巻かれていた。

そばには、般若の面の女ではなく、お月が坐っていた。団扇《うちわ》でこちらに風を送っている。

もう黄昏時《たそがれどき》になったのか、辺りは少し暗くなっていた。それでも、まだ暑さは続いていた。

「北沢様、気付かれましたか？」

「ここはどこだ？」

「自身番でございます。やっと気付かれて……ああ、うれしい！」

お月は、顔一杯に笑みを浮かべた。

「俺はどうしたのだ？」

「暑気に当たって、熱が籠《こ》もって、倒れられたのです。命も危ういほどでございまして……先程まで、お園様もおそばにおられました。小太郎様を見に戻られて、またこちらに来られます」

お月は彦太郎の額に手を当てた。

「お熱も下がりました」

「玄朴はどこにいる？」

「薬を取りに戻っております」

「すまないな。情けない羽目に陥ったものだ」

　検屍の最中に倒れてしまうなど、みっともないことこの上ない。さらに、褌一本で、手拭のほかに何も纏《まと》っていないのだから、何とも哀れな格好であった。

「あの炎天下で検屍をすれば、死人の二の舞になりかねないのに、配慮が足りなかった、と玄朴先生は悔やんでおられました」

「この手拭は？」

「体に熱が籠もらぬように、ひたすら冷やしておりました」

　すると、お月が懸命に水で冷やしてくれているというのに、己れは、般若面の女に氷で冷やされ、口であちこち吸われるという夢を見ていたことになる。けしからぬことであった。

「水が飲みたい」

「はい」

　お月は彦太郎のうなじの辺りに手を当てて、体を起こすのを手伝ってくれた。彦太郎は少し頭がぼんやりしていたが、倒れるようなことはなかった。

「たくさんお飲みください」

お月が湯吞《ゆの》みに水を汲んで差し出した。彦太郎は一気に飲み干し、二度三度とお代わりした。

力が蘇《よみがえ》ってくるのが、自分でもわかった。

お月は手早く濡《ぬ》れた手拭を外していく。それから、乾いた手拭で彦太郎の肩から足まで拭《ふ》いてくれた。

ここまでしてもらえてありがたいことだが、お月も楽しんでいるようにも思える。或《ある》いは口であちこち吸われたのは、夢でなかったのかもしれない。

お月が手渡してくれた新しい単衣を着ると、ようやく元に戻ったような心持ちになった。

「お園は案じていたか？」

「きっと、よくなります、死ぬわけがありません、とおっしゃいました」

彦太郎は苦笑いしてしまった。いかにも、楽天的なお園らしかった。

戸が開いて、玄朴が入ってきた。坐っている彦太郎を見て、安堵《あんど》の笑みを浮かべた。

彦太郎はそろそろ帰るつもりだったが、玄朴は暗くなり、涼しくなるまで、ここで休んでいくように勧めた。ここは柴吉が人払いをしてくれていて、しばらくは誰も来ないことになっているらしい。

玄朴にはさんざん迷惑をかけたので、逆らうわけにもいかない。彦太郎は再び布団の上に横たわった。

お月は玄朴と入れ替わって、帰っていった。

玄朴は金箔《きんぱく》混じりの清暑益気湯《セイショエッキトウ》を煎《せん》じて、彦太郎のそばに持ってきた。

彦太郎がそれを飲み始めると、玄朴は彦太郎が倒れたあとの話をしてくれた。

それによると、彦太郎が倒れてからも、新次は検屍を続け、仕舞いまでやり遂《と》げていた。

隠された疵については、様々な手段を尽くしても浮かんでこず、屍は死ぬ前に、殴られたり、蹴《け》られたりはしていないと判断できた。

屍の口から取り出した握り飯を鶏に食わせてみても、鶏にはふらつくような様子は見られなかった。

結局、屍は毒を飲まされたわけでもなかった。

「それで、新次の出した答えは？　炎熱死か」

薬を飲み終えて、さらに元気が出てきた彦太郎は尋ねた。

「ええ、炎熱死しかないと。炎天下のあの場所に長くいれば、炎熱死する恐れがあることは、北沢様が自ら明らかにされましたから」

耳の痛い話だが、玄朴も新次も、むろん嫌味で言っているのではなかった。

「炎熱死だとしても、大いに気になることがある。あそこには男と女がいたのに、男だけが死んでいた」

「柳原堤でも、男だけが死んでいたと伺いましたが？」

玄朴がいささか愚かな質問をした。

「柳原堤の一件については、合点の行かぬ点はない。女は男より脂身が多くて、もともと寒さには強いというではないか。その上、男は酒に酔っていた。男だけ凍死しても妙ではない」

玄朴は腕のいい医者だが、検屍については、まだ玄海の域には達していない。

「合点が行きました。女の体は脂身が多いから、熱が籠もりやすい。儀助の元の仕事は車引きだから、炎天の下で働くのには慣れていた。それなのに、儀助だけが炎熱死したのは、妙といえば、妙ですな」

「あのやつれ様……毒を飲まされたのでなければ、儀助は店を辞めてから、病を患ったのではないか。病持ちなら、炎暑に弱くとも合点が行く」

「あの屍は、黄ばんでも、浮腫《むく》んでもおりませんでした。長患いのようには見えません。飲水の病（糖尿病）にも、脚気《かっけ》にも見えません。もしも病なら、近頃生じた病でございましょう。食当たりで吐いて、下痢が続いたとか……」

おそらく、その辺りは、儀助の近くにいた者に尋ねてみればわかるであろう。儀助が昨日までどこにいたのかを割り出すことが先決であった。

「お千代《ちよ》と仲良くしておるか？」

彦太郎は話題を変えた。

「なかなか会えません。祭りの前は稽古《けいこ》で忙しくて、祭りのあともあれこれ忙しいようでして……おしの様にお任せしてあります」

玄朴の顔が赤らむのが見えた。

「きれいな娘だな」

「ご覧になりましたか」

「ああ、達者な踊りも見せてもらった」

お千代は呉服問屋多賀屋《たがや》の娘で、歳は十六、おしのが玄朴との祝言の話をつけてきた。

おしのは玄朴の養子縁組と、玄朴とお千代の祝言をまとめて済ませるつもりで、一日も早くと多賀屋を急《せ》き立ててきた。

だが、その頃お千代は六月の山王祭で、囃子《はやし》付きの踊り屋台に出ることがすでに決まっていて、準備も進んでいた。多賀屋としては、これまで、娘に踊りを仕込むのに少なからぬ金を注《つ》ぎ込んできており、本人も屋台に出たがっていたので、おしのも折れざるをえず、養子縁組と祝言は、九月初めに行なわれることが決まっていた。

どのような嫁が来るかは、玄海の家の浮沈に関わる一大事である。彦太郎には他人事《ひとごと》ではなく、祭りの際に、お千代の屋台を見に行った。そこで踊っていたのは、少し幼さを残しながらも、きれいな顔立ちをした娘で、大いに目立っていた。体はもう大人の女並みに大きくなっている。踊りのほうも、素人の彦太郎が見ても、ほかの娘より格段に勝っていた。

「あの娘が来てくれれば、商売繁盛間違いない。玄海も隠居するしかなさそうだ」

彦太郎としては、何よりも、おしのの目の釣り上がった顔を見ずに済むのがありがたい。この話が纏《まとま》ってから、おしのはこの上ない上機嫌が続いていた。

「おしの様は私を買い被っておられます。私は医者としましては、玄海先生の足元にも及びません。今のままで養子に迎えていただいたのでは、先生の名前を辱《はずかし》めるのではないかと案じられてなりません。お千代も私には身に余る嫁でございますし……」

玄朴は生真面目な顔で言った。これはおしのにも、玄海にも言えないことだろう。

「案じているうちに、無事に済んでしまうものだ」

養子になる前の男も、嫁を迎える前の男も、何かと案じてしまうものである。この男はその両方なのだから、案じるなというほうが無理であった。

三

暗くなり、少し涼しくなってから、彦太郎は八丁堀の家に帰った。

次の日には、体は元に戻っていて、どんな探索でもできそうな心持ちになっていた。

向島の柴吉の探索により、儀助を見た者も、儀助の相手らしい女を見た者も見つかっていた。二人は一昨朝、寺島村の別々の場所で、別々の百姓に見られており、例の草原で落ち合うつもりで歩いていたらしい。儀助のほうはいささかふらつき気味に歩いていたのに対し、女のほうは、早足ですたすたと歩いていたという。儀助は死骸が纏っていたのと同じ碁盤縞の単衣を着て、女は立涌《たてわく》模様の単衣を着ていた。予想されたことだが、その女は布垂れ付きの菅笠《すげがさ》を被っていて、またしても顔を見られていなかった。

体付きについても、背は高からず低からず、太っても痩せてもいないと、江戸の多くの女に当てはまるぐらいのことしかわからなかった。

だが、屍が見つかってから三日が過ぎると、重大な手がかりが舞い込んできた。間借人がいなくなったという話が、浅草福井《あさくさふくい》町一丁目の裏長屋の家主から、奉行所に伝えられたのだが、源十《げんじゅう》というその間借人の顔形は、死んだ儀助とよく似ていたのだった。

炎天の下であったが、新次を連れて、さっそくその長屋へ行ってみることにした。水を飲むこと、衣服の風通しをよくすることを心がけ、彦太郎は汗を拭き拭き、無事福井町一丁目まで辿《たど》り着いた。

家主は表店《おもてだな》で下駄《げた》屋を営んでいる。彦太郎に気付くと、客の相手を女房に任せて、通りまで出てきた。

小太りで、狸《たぬき》のような顔をしている。一見、抜け目なさそうに見えた。奉行所が儀助という男を探していることは全く知らなかったと言い訳してから、源十の話を始めた。

家主の話では、源十は去年の暮れにこちらの長屋に移ってきていた。決まった仕事はなく、日雇いに出て、種々の力仕事で暮らしを立てていた。

長屋の中で特に親しくしていた者もなく、これまでは、よそから訪ねてくる者もいなかった。ところが、いなくなる十五日ほど前から、夜毎《よごと》に女が訪ねてくるようになったのであった。

「毎夜毎夜、仲のよさそうな声がしておりまして、隣の後家は困っておりました。それが、四日前から戻らなくなりました。いずれ帰るだろうと、さほど案じてはおりませんでした。たまたま、向島で日に焼けて死んだ男のことを耳にしまして、気になりましたので……」

「女を見た者はおらぬか？」

「何しろ、暗くなってから来ておりましたので、隣の後家も、声は聞こえても、顔は見ておらぬ始末でして。露地ですれ違った者はおりますが、女はその際には、頭巾《ずきん》を被っておりました」

「木戸が閉まるまでに帰るのか？」

露地の入口にある木戸は、明け六つ（午前六時）に開かれ、夜四つ（午後十時）に閉じられる。

「前は、そのようでした。七日前からは、夜半にも声がするようになりまして……」

「それからは、木戸が開いたあとに帰ったのか？」

「朝に帰ったのではなく、二日ほど居続けたようでして……詳しくは、隣の後家にお尋ねください」

後家というのは、源十の隣で、表に近いほうに住んでいる地紙師《じがみ》の女を指すのだと、家主は教えてくれた。奥には、易者とその女房と小さな子供二人が住んでいるが、こちらは子供の泣き声が喧《やかま》しくて、お互い様ではないか、ということだった。

彦太郎は、家主に連れられて木戸門をくぐり、裏長屋に通じる露地に入っていった。

間口一間半、奥行二間の長屋が、八軒ほど連なっている。八軒のうちの五軒目が、源十と名乗っていた儀助の住んでいた家であった。前に物干しが立てられているが、何も干されてはいない。

奥にある芥溜《ごみため》から発する、なまものの腐る匂いが露地にまで漂っている。真夏だけあって、匂いは一際強くなっていた。

中に入ってみると、真ん中に布団が敷きっぱなしになっていた。

布団の近くに折敷《おしき》、飯櫃《めしびつ》が置かれ、折敷の上には何も載っていなかった。飯櫃の中にはわずかに飯が残っていた。

布団のあちこちに乾いた男の精が付着し、匂いを放っていた。女の髪の毛や性毛が残っていないかとよく探してみたが、見つからなかった。

「後家を待たせてあります」

家主が言った。

「連れてこい」

家主はすぐに隣から地紙師の女を連れてきて、自分は店に戻っていった。

地紙師の女は三十ぐらいか、痩せていて、顔も平べったく、どちらかというと、不器量で目立たぬ女であった。扇師の夫に先立たれてから、隣町の扇問屋で扇の骨に地紙を張る仕事をしており、帰りは毎日六つ半（午後七時）になるという。

畳に上がって、物珍しげに、辺りをきょろきょろと見回していたが、この家に通っていた女のことを尋ねると、待っていたとばかりに、言葉が溢《あふ》れ出た。

「声が筒抜けでございますし、あちらは遠慮というものを知りませんから、聞きたくなくとも、聞こえてまいります。それも、淫《みだ》らな声ばかり……済んだと思うと、また始まって、……よくも飽きずにできるものです。木戸が閉まるまでに帰ってくれたからよいようなものの、夜半までやられたら、こちらは病になりそうでございました」

「お前と源十は、仲が良くなかったのか？」

「あんな乱暴者と、関わりたくありません。お島《しま》の件でも、少し嫌味を言いましたら、血相変えて怒鳴り出しまして……怪我《けが》をするのも嫌ですから、諦《あきら》めておりました」

地紙師はすっかり落ち着いていた。

「その女はお島と呼ばれていたか？」

「はい」

「身の上話も聞いたのか？」

「二人とも、寸時を惜しんで抱き合っておりました。たまにまともな話をするぐらいでして……淫らな声は張り上げるくせに、まともな話になると、声が小さくなります。それでも、おおよそは聞こえました。お島は提重《さげじゆう》でございます」

提重とは商売女の一種で、手提げの重箱に菓子などの食い物を入れ、食い物を売るという口実で、屋敷、家、寺などに訪ねていき、そこで体を売っていた。値段はその場で決まり、若くきれいな女は、かなりの金をもらっていた。また、手軽にできるので、夫のいる女が、家計の助けにと、提重になって稼ぐことも少なくなかった。

「源十は、毎晩提重が買えるほど稼いでいたのか？」

「あれは商売抜きに相違ありません。一度買ってみましたら、お互い相性がよくて、惚《ほ》れ合ったのではございませんか？　きれいな女が、あんな男のどこに惚れたのかかわかりませんが。忘れておりました。お島は暖かい国の生まれと申しておりました」

提重が客に惚れてもおかしくはないが、それでも、金はもらうはずである。また、こんな裏長屋の、大して金のありそうもない男のところに、提重がわざわざ訪ねてくるというのも妙だった。

彦太郎としては、お島と名乗った女がもともと提重をしていて、源十の家へ商売に出掛けたのではなく、源十の家に行って親しくなるのが目的で、提重に化けたと考えるほうが合点が行った。

それにしても、お島が暖かい国の生まれと告げたのが面白い。夜鷹の紫は、客に寒い国の生まれと告げているが、おそらく、どちらも嘘《うそ》だろう。

「源十は、前々から、お島とできていたのではないか？」

念のために尋ねた。

「聞こえてきました話によりますと、さようなことはございません。お島が重箱を提げて、隣の家に体を売りにきたのが、二人の馴《な》れ初《そ》めでございます」

地紙師は落ち着かなげに、目を動かしながら話した。

「嘘ではあるまいな？」

彦太郎はその態度が少し気になった。

「嘘など申しません」

地紙師がこの件について嘘をつく理由はなさそうだ。それに、お島が、源十の家に行って親しくなるのが目的で提重に化けたのなら、やはり、源十はお島を知らなかったと考えられる。

地紙師の話の通りなら、重大な疑問が生じてくる。すなわち、源十は知らない女から、なぜ殺されなければならなかったのか。

「いなくなる三日前の夜から、居続けになったそうだな？」

「はい、木戸が閉まってからも、お島の声がしました。とうとう女房になったかと恐ろしくなりました。ほかの者の話では、源十は日雇いに出るのも辞めてしまい、一日中お島と家に閉じ籠もっていたとのことです」

「さぞかし、夜半も賑《にぎ》やかになったろうな」

「九つ（午前零時）を過ぎますと静かになりました。昼間から濡れにぞ濡れて、くたびれ果てたのでございましょう」

「いなくなる前の日も、泊まったのか？」

「いいえ、その日は、木戸の閉まるまでに帰りました。居続けたのは、三日前の夜から、前の夜までででございます」

それでは、源十こと儀助と、お島は一緒にここを出て、向島へ行ったわけではない。どこかで待ち合わせたか、それとも、別々に行って、向こうで待ち合わせたことになる。二人は向島で別々に姿を見られているので、話は合う。

「二人が言い争うようなことはなかったか？」

「ございません。そりゃ、仲のいいことでして……」

「お島は毎日来ていたのだな？」

「来ぬ日もございました」

地紙師はどの日とどの日にお島が来て、いつまで居たのかを詳しく話してくれた。新次がその場で書き留めてくれた。

「源十は病んでいたのではないか？」

「病んでいた？　何の病でございましょうか？」

「痩せていく病だ」

「痩せていく病でございますか。それなら、心当たりがございます」

地紙師はそう言いながら、笑い出しそうになっていた。

「身の程をわきまえろ」

彦太郎が叱《しか》り付け、地紙師の笑いは引っ込んだ。

「お許しください。源十が痩せたのは、病からではございません。お島がここに来るまでは、源十はがっしりした男でございました。痩せたのは、お島と色事に耽《ふけ》ったむくいに相違ございません」

地紙師は強ばったような声で答えた。

「色事であれほど痩せるのか？」

「この暑い折りに、ろくに飯も食わずに、毎晩のように、二度も三度も繰り返せば、どんな頑丈な男でも、長患いのように痩せてまいります。そのうえ、昼間から、うだるような暑さの中で、戸を締め切って、二日も濡れごとに耽っていれば、扇の骨のような体付きにもなろうというものです」

これは、地紙師に見事にやられてしまった。扇の骨は大げさでも、源十こと儀助が過度の房事でやつれたというのは合点が行く。

しかし、これが正しければ、お島というのは実に大した女である。刃物も毒も使うことなく、自らの体と天気だけを使って、頑強な若い男を殺してしまったのだから。

「お前は、お島の顔を見ておらぬとか」

家主はそのように言っていたが、一応確かめたかった。

「はい。声しか聞いておりません」

地紙師は家主と同じことを言った。

「障子を開けて、顔を覗いてみたくはなかったか？」

「隣の障子でございますか？　源十に、どのような目に合わされるやもしれません」

「お前の家の障子を開けてみたら？　隣から出てきたところを、覗けるではないか」

「露地は暗《くろ》うございます。提灯《ちょうちん》でも突き付けませんと、顔形などわかりません。あとで源十に告げ口されれば、怒鳴り込まれてしまいます」

毎夜毎夜、壁一つ隔てただけの近くに来ていながら、この女がお島の顔を見ていないのは、彦太郎にとっては何とも不運であり、お島には何とも幸運なことであった。

この辺で聞くこともなくなって、地紙師を帰してやり、彦太郎と新次で、この家の探索を続けた。

男の一人暮らしの家にしては、よく片付いていて、しまいの二日の間、源十こと儀助と、お島が濡れごと三昧《ざんまい》の爛《ただ》れた暮らしをした跡は、布団の精を除くと、ほとんど残されていなかった。

布団には女の髪の毛や性毛が残っていそうなものだが、それが見つからないということは、お島がこまめに拾ったとしか思えない。

竈《かまど》に灰は残っていて、お島はいちおう飯は炊いたらしい。しかし、死骸のあの体付きから見て、源十こと儀助が腹一杯食べたとは考えにくい。

お島の持ち物が残されていないかと、念入りに探したが、何一つ見つからなかった。お島がすべて持ち帰ったのであろう。

ここに居続けた二日の間、お島が便の始末をどうしたかの問題がある。大のほうは、夜中に外の後架《こうか》に行けば済むが、小のほうは、昼間も何度かしなければならない。ひとまず尿瓶《しびん》にゆばりして、夜に纏《まと》めて後架に捨てにいくというのが妥当な解決法であり、お島もそのようにしたと思われるが、その尿瓶も持ち帰ったらしく、残されていなかった。

これでは、お島の素性を探りようがない。彦太郎は落胆して、しゃがみ込んでしまった。

ぼんやりと周りの壁を眺めた。

双六絵《すごろくえ》の大小暦が、地紙師の家との境の壁に張られている。今年は文政《ぶんせい》九年で、一、三、四、六、八、十一月が大の月（三十日まで）、二、五、七、九、十、十二月が小の月（二十九日まで）となっている。暦は薄汚れて、右上の角が欠けていた。

壁も古ぼけていて、ひびの入っている箇所もある。暦から少し離れて、爪《つめ》で引っ掻《か》いたような跡もあった。

易者の家との境の壁越しに、赤子の泣き声が聞こえてきた。この声も結構喧しい。

気を取り直して、露地に出て、長屋の住人の吟味を進めることにした。

奥の易者の家では、易者は仕事に出掛けていて、残った女房が赤子をあやしていた。そばにいる上の子も、まだ小太郎と同じぐらいの歳であった。

女房の話によると、易者は帰りも遅く、帰ったら、そのまま寝てしまう。元々子供が泣き喚《わめ》いていても気にせずに寝ていたので、隣の声など全く気にしていなかったとのことだった。

女房のほうも、子供の世話に忙しくて、隣の声に耳を立てるようなことはしていなかった。

時折、隣の声で、赤子が起こされて腹の立つこともあったが、その辺は、お互い様と諦めていた。

この女房はむろんお島の顔など見ていないし、易者も見ていないとのことだった。

露地でお島の姿を見たというのは、一番奥の家に住む油売りであり、この男は長屋に残っていて、話を聞くことができた。

油売りは源十こと儀助のいなくなった日、すなわち死んだ日の六日前に、木戸の閉まる少し前に帰ってきて、源十の家から出てきたお島とすれ違っていた。

だが、暗かった上に、家主の言っていた通り、お島は頭巾を被っていて、顔形は全くわからなかったという。

体付きは、背は高からず低からず、太っても痩せてもいないと、向島の百姓と似たようなことしか覚えていなかった。

それにしても、お島の顔と素性を隠そうとする努力は並大抵のものではない。彦太郎はほとんど収穫のなかったことに落胆する一方で、闘いの意欲が激しく突き上がってくるのを覚えた。

四

次の日にもう一度福井町一丁目の長屋へ行ってみて、昨日いなかった者から話を聞いてみたが、お島を見た者はいなかった。

源十こと儀助については、死ぬ前の日の昼間に、長屋の後架で出会った者がいた。

源十の体は、汗と精の交じったような匂いを放っていて、何もしゃべらず、かなり疲れた様子で、目だけが光っていたという。

源十こと儀助は、仕事のほうは真面目にやっていたらしい。源十を使ったことのある何人かの親方を新次が取り調べてみたが、源十は何も騒動は起こしていなかった。

お島を探す手がかりはない。

何か気になることがあるが、それが何なのかわからない。昨日の夜から、ずっと引っ掛かっていた。

本当に手がかりがないのか、或いは忘れているのか、思案が足りないのではないかと気になって、玄海に相談してみることにした。

その晩、彦太郎は玄海の家を訪ねた。

上機嫌のおしのが飛び出してくると予想していたら、出てきたのは、陰気な顔をした女中のお豊だった。

「おしのさんはお出掛けか？」

「はい。今日、実家に戻られました。しばらくはお帰りになりません」

「実家？」

彦太郎は困惑せざるをえなかった。おしのが実家に帰るなど聞いたことがない。

「誰か具合が悪いのか？」

「いいえ、皆さんお元気でございます」

わけを尋ねてみても、お豊は大先生に尋ねてくれと言い張るばかりだった。

「玄朴はいるのか？」

彦太郎は不吉な予感にかられた。

「玄朴先生も、お知り合いのお家《うち》に出掛けられました。しばらくはお帰りになりません」

この家に一大事が起きたことは間違いない。おしのも玄朴も出ていったとなると、それはお千代がらみとしか考えられなかった。

起きてはならぬこと、とても起きるとは信じたくないこと、だが、玄海の見境のなさを考えると、起きても不思議ではないことが、ついに起きてしまったのだ。

激しい怒りが突き上がってきて、彦太郎は玄海のいる書物部屋へと急いだ。

玄海はビードロ瓶のようなものを手に持ち、瓶の細い口をくわえて坐っていた。彦太郎がつかつかと中に入っていくと、あわてて瓶の口を手で押さえた。

「おぬしは人でなしだ」

彦太郎は大声で怒鳴り付けた。

「養子のいいなずけに手を出すなど、まともな人間のすることか。医者など辞めて、死んでしまえ」

「北沢様のお言葉だが、死ぬのは嫌だ。医者を辞めたくもない」

玄海は悲しげに答えてから、瓶の口から手を離し、脚の長い栓を、瓶の口に差し込んだ。畳の上に置く。彦太郎の非難に対しては、ごまかしも否定もしなかった。

「おしのさんも、玄朴も、ここには帰ってくるまい。お千代を後妻にして、好きなように暮らすつもりか」

「おぬしはせっかち過ぎる。俺がお千代を抱いたなら、おしのは実家などに行くものか。芳町《よし》へ出掛けて、役者崩れの陰間《かげま》を買いまくるに相違ない。それから、俺をこの家から叩《たた》き出す。俺がここで、ごろごろしておれるものか」

玄海のこの反論はもっともだ。彦太郎は、どこかで推量を誤ったのではないかと案じられてきた。

「おぬしはお千代を抱いたのか？」

彦太郎は坐って尋ねた。

「手も触れておらん。口説《くど》きもしておらん。いくらきれいな娘でも、弟子のいいなずけを口説くものか。そもそも、この数日の間、俺は腰が痛くて、呻《うめ》いていた。女を抱くどころではない」

「では、おしのさんも、玄朴も、何故《なぜ》いなくなったのだ？」

「人の世は悲しい。玄朴は気の毒だし、おしのはもっと気の毒だ」

「破談になったのか？」

彦太郎には、ようやく事の真相がつかめてきた。

「おぬしは、お千代の踊り舞台を見ただろう？　あの舞台を見て、お千代が気に入った者や、お千代に惚れた者が、この江戸に大勢できちまった。そのうちの一人が、ある旗本の奥向きの老女だ。祭りが済んでから、その女から、多賀屋に文が届いた。奉公の誘いさ。多賀屋は、先に承知の返事をしておいてから、おしののところに、祝言を二年延ばしてくれと頼んできた。おしのや俺に迷惑をかけぬように、行儀を見習わせてから、嫁に出したいそうだ。笑わせるじゃないか。おしのだって馬鹿ではない。あのきれいなお千代が、旗本屋敷に奉公に上がれば、殿様が手を付けずにいられるものか。玄朴との祝言の約束など反古《ほご》同然。そのうち、お妾《めかけ》ということになって、ができればしめたもの……」

玄海には珍しく、険しい顔で話し続けた。

「多賀屋は二股《ふたまた》かけていたのか？」

「祭りが済んで、上物の奉公の誘いがなければ、玄朴にくれてやるのもやむをえん。そういう思案で、玄朴を控えに取っておいたのさ。多賀屋の思案もわからぬこともない。好色な舅《しゅうと》と、煩《うるさ》い姑《しゅうとめ》のいる医者の嫁に出すよりも、旗本の側室にしてやったほうが、娘も幸せで、己れの格も上がる。もっともだな」

「近ごろでは、暮らし向きの悪い旗本も多い」

「そんな話を多賀屋にしても、引かれ者の小唄《こうた》にしかならん」

どこの旗本かと玄海に尋ねてみたが、多賀屋との約束で教えられないと断られた。

「ご破算にしたのか？」

「多賀屋は詫《わ》び金を出すと申し出たが、断った。あのおしのが見るも気の毒なほどしょげていて……俺ではとても慰められん。しばらく、実家で預かってもらうことにした。玄朴も当分使いものにならん」

つまり、おしのと玄朴の受けた疵が癒《い》えるまで、この家は、玄海とお豊という犬猿の仲同士で支えていくしかないということだった。

おしのの大改革は、音を立てて崩れてしまった。

だが、今回ばかりは、玄海のせいではない。

「すまん」

彦太郎は短く謝った。

「気にするな。そのうち、おしのも、玄朴も帰ってくる。おしのも、妙な企《くわだ》てを引っ込めて、新しい女中を雇うことになる」

やっと、玄海の顔に笑みが現われた。

「それは何の瓶だ？」

彦太郎は玄海の置いた瓶を指差した。四角い本体の上に、細長い頸《くび》が付いている。瓶は空《から》のようだった。

「これは清気（酸素ガス）の詰まった瓶だ。深田稔友《ふかだねんゆう》が腰痛の見舞いに持ってきた」

そう言われて、彦太郎は、玄海から聞いた清気の話を思い出した。

「どこで作られたものだ？」

「江戸さ。稔友は、俺と同じ頃に、江戸から長崎に行った蘭方医だ。高野長英の話を聞いてから、清気を作りたくなったのさ。奴は江戸に帰ってから、宇田川榕菴に相談したり、鍛冶屋に頼んだりして、瓶やら缶やら板やら管やら組み合わせて、清気を作るでかい道具をこしらえてしまった。なあに、金持ち医者の道楽さ。作った清気は、瓶やら壺やらに詰めて、蔵にしまってある。長生きのために時々吸うそうだ」

「作るといっても、どうやって？」

「清気はもともと空気の中にあるから、作るというより、空気から取り出すんだな。水銀を焼くと、空気の中の清気が水銀にくっついて、水銀の酸ができる。その水銀の酸を焼くと、清気が離れて、清気を取り出すことができるらしい。西洋の学者の考えたことだが、結構日数がかかる」

「それで、効いたのか？」

「効かん。俺の腰痛にはさっぱりだ……おいおい、ここに来たのは、向島の殺しの件だろう？　儀助を炎熱で焼き殺した女の素性はわかったか？」

玄海は、事件については玄朴から聞いただけで、知識はあの日の検屍までに限られている。彦太郎はお島のことを教えてやった。

「ほう、すごい女だな。実にすごい。餓鬼のお千代などとは比べものにならん。ぜひとも、そういう女とお手合わせしたい。人殺しでなければ、ここの女中に雇いたいぐらいだ」

玄海は本気で言っているように見えた。

「紫とお島は、同じ女でよいな？」

彦太郎は言った。

「同じ女に相違ない。お島のほうが一段とすごくなっておる。底知れぬ女だ。新次の書いたものを見せてくれ」

彦太郎は、新次の書いた帳面を取り出した。これは、新次が地紙師の話を書き留めたもので、お島がどの日に、いつまで源十こと儀助の家に来ていたかが書かれていた。

源十こと儀助の死んだ日の十五日前から、十四日前まで。
　夜四つまでに帰る。
死んだ日の十三日前。
　来ず。
死んだ日の十二日前から、九日前まで。
　夜四つまでに帰る。
死んだ日の八日前。
　来ず。
死んだ日の七日前から、五日前まで。
　夜四つまでに帰る。
死んだ日の四日前。

来ず。
死んだ日の三日前の夜から、前の夜まで。
居続けて、前の夜の四つまでに帰る。
死んだ日
向島で逢《あ》う。

これを玄海に渡してから、彦太郎はやっと思い出した。

彦太郎の中で引っ掛かっているものは、昨日の吟味の最中に、地紙師が示した態度なのだ。落ち着かなげに、目を動かしていた……。

昨日もあの態度は気になった。その前に源十とお島の馴れ初めについて話していたから、嘘ではないかと尋ねたのだが、地紙師は嘘ではないと答えた。それで、この件は終わりにしてしまったのだ。

だが、あの態度はやはりおかしい。地紙師が源十の家に上がってきょろきょろしていたのは、初めて上がる家なので無理はないにしても、あのように、話の途中で落ち着かなくなるのはおかしい。何かわけがあるはずであった。

だが、そのわけがわからない。

「お島が四日に一度、又は五日に一度は、源十の家に来ていない。夜鷹の紫も、四日に一度か五日に一度は、柳原堤に来ていない」

彦太郎は帳面を読んでいる玄海に言った。

「なるほど、紫ことお島には、四日に一度か、五日に一度は、他に用件があったようだな」

玄海は帳面を返した。

「お島には謎《なぞ》が多い。何故駒七と儀助を殺したのか？　金ではない。恨みだとして、何故、知り合いでもない男を恨むのか？」

「仇討《かたきう》ちではないか？　仇討ちなら、知らない者に恨まれていても妙ではない」

玄海は新しい説を出してくれた。

「殺したいほど憎い敵に、繰り返し繰り返し抱かれる女の気が知れん」

「優しい女なのさ。地獄に落とす前に、極楽に遊ばせてやりたかったのさ。刃物や毒の嫌いな女かもしれん」

「凍らせて殺したり、日の光で焼き殺すのが、優しい女のすることか？」

「二人とも、寒地獄や炎熱地獄に落ちるに値《あたい》することをしたに相違ない。そもそも、二人はお島が殺したわけではない。あえて下手人を挙げるとすれば天気だな。実は自島を抱いたのも、駒七や儀助が自ら選んだことではないか。俺がおぬしなら、お島を捕まえたりはせん」

玄海の主張は、半分しか当たっていないように思えた。

駒七と儀助の二人は、おそらく、お島に殺されて当たり前の悪事を働いたことだろう。だが、お島が二人を殺していないというのは誤りだ。二人は決して、自ら死を望んだわけではない。お島が寒と炎熱を利用して殺したのであった。

人殺しをした者は、まずは捜し出し、捕まえねばならない。事情を斟酌《しんしやく》するかどうかはその先のことであった。

先程玄海に濡《ぬ》れ衣《ぎぬ》を着せた弱みがあって、今日はあまり玄海と争いたくない。彦太郎は先に進むことにした。

「お島の素性も、顔もわからぬ。おぬしは、どのような女を思い浮かべるか？」

「まずは、世に稀《まれ》なる美人に相違ない。さもなくば、よほど儀助が女に飢えていても、毎晩、二回も三回も抱けはせん。さらに、仕事を辞めて、二日もぶっ通しで、やり狂ったりせん。その上、いくら誘われても、疲れ果てた体で、向島まで出掛けて、炎天の下で抱いたりはせん。次に、房事の巧みな女だ。ただきれいなだけでは、萎《な》えた魔羅を、何度も立ち上がらせて、使わせることはできん。次に、寒さにも、暑さにも強い丈夫な女だ。これすなわち、お上が上手に使えば、どこの岡っ引きや小者より、役に立ちそうな女だな」

玄海は上手に纏めてくれた。まさしく、お島はその通りの女なのだろう。

「どこかに手がかりはないものか？」

ついつい、泣き言のようになってしまった。

「あるわけがない。駒七の事件で、おぬしが望みをつないでいたのが儀助だった。その儀助が殺されたのだから、死人に口なしさ」

お島を捕まえられたくない玄海は、冷たく言い放った。

五

家に帰ると、お園はまだ居間で起きていて、何やら眺めていた。近付いていくうちに、それが、美人の絵の大小暦であることがわかった。

暦のそばでは、小太郎がすやすや眠っている。

「何をしている？」

「この暦がお解きになれますか？　お近がおゆうさんのお宅から、お借りしてきたものでございます」

おゆうはお近と仲のよい娘である。

「お近は解けたのか？」

「すぐに解けたと申しております。私には、答えを教えてくれません」

そう言いながら、お園はけっこう楽しんでいるように見えた。

鏡に向かって美人が化粧をしていて、その隣で、幼い娘が大福をつまんでいる構図であった。

「私は一つだけまだわかりません。旦那《だんな》様はおできになりますか？」

お園に挑戦されて、彦太郎はその絵をじっと眺めた。

「子供が大福をつまんでおるから、この絵の中には、大の月が隠されておる」

「はい」

お園は首肯《うなず》いた。

「一は子供の唇、三は女の髪の中、四は浴衣《ゆかた》の模様、六は帯の模様、八は女の手の中にある」

「残りは十一ですね。私も、十一だけはわかりません」

彦太郎はもう一度、美人の絵、子供の絵と眺めていく。

やっと見つかった。

「ここだ。子供の裾《すそ》の辺り。浴衣と足を組み合わせて、十一の形になる」

「まあ、うれしい。これでお近に馬鹿にされずにすみます」

お園は子供のように喜んでいた。


一度は眠りについたのに、まだ暗いうちに目が覚めてしまった。

お園も小太郎も眠っていて、息をする音しか聞こえてこない。誰かに起こされたのではなさそうだ。

あの大小暦の謎解きは一体何なのだ。

その問いが、彦太郎を起こしたものの正体らしい。

お近は何故あのようなものを借りてきたのか。そして、お園は何故彦太郎に解かせようとしたのか。

あれは彦太郎の先祖達の仕業に相違ない。彦太郎に大小暦を解かせて、何かに気付かせようとしたのだ。

それは、おそらく、彦太郎の中でひっかかっていること、地紙師が話の途中で、妙な態度をしたわけに関わりのあることだろう。

思いつくのは、源十こと儀助の家の壁に張られていた双六絵の大小暦である。あの大小暦に何かの謎が隠されているのか。

だが、地紙師は大小暦の話もしなかったし、話の途中で大小暦のほうを見たわけでもない。

彦太郎はもう一度、昨日地紙師の話したことを思い浮かべてみた。

本当に、地紙師は暦の話をしなかったか？

あの大小暦は地紙師の家との境の壁に張られていた……。

大小暦の右上の角は欠け、少し離れたところに、爪で引っ掻いたような跡があった。

彦太郎はとうとう地紙師が落ち着かなくなったわけを見つけた。

地紙師は大小暦の話はしなかった。だが、たいそう愚かなことを口走ってしまい、それに気付いて落ち着かなくなったのだ。

その場で、地紙師の失言に気付かなかった彦太郎は、さらに愚かと言えた。

だが、新たな当て推量が正しければ、やっと前途に明かりが見えてきたことになる……。

源十こと儀助の家は、一昨日来た時のままだった。

船の絵の大小暦も、一昨日と同じ場所に張られていた。

この大小暦は、源十がこの家で暮らしていた時には、ここには張られていなかったに相違ない。源十がいなくなってから、地紙師がこの位置に張り替えたのだ。

元の場所はおそらく、少し離れた、爪の跡の残る辺りだろう。地紙師が暦を壁から剝《は》がした時、右上の部分だけが、破れて残ってしまった。残った部分は爪で剝がしたのだが、その際、壁に爪の跡を付けてしまったのだ。

地紙師が暦を今の場所に張り替えたのは、この場所に、何か隠したいものがあるからに相違ない。それは、源十やお島は気付いていなかったが、彦太郎に念入りに調べられると、気付かれてしまうようなものなのだ。

彦太郎はその暦を壁から剝がしにかかった。暦は糊《のり》でべったりと張り付けられている。ぼろぼろにして剝がし終えると、壁にはいくつも爪の跡ができた。

暦がなくなったあとの壁には、小さな穴が開いていた。よく見なければわからないような穴である。

覗いてみても何も見えなかった。向こう側にも、暦のようなものが張られているらしい。

「さすがは銀簪の北沢様」

後ろで地紙師の声がした。

「お許しください。騙《だま》し通せると考えた私が愚かでございました」

振り返ると、地紙師が畳の上に這いつくばっていた。

「お前は愚かなことを口走った。きれいな女が、あんな男のどこに惚れたのかわからぬと……顔も見ておらぬのに、何故きれいな女とわかるのか？　お前はそのあと、しきりと目が動き、落ち着かぬ様子だった。お前がお島の顔を知らぬとは大嘘だ。お前は壁の覗き穴から、お島の顔を見たに相違ない」

「その通りでございます。お見せいたします。私の家まで、お越しくださいませ」

地紙師は立ち上がり、一旦外に出て、自分の家へと移動した。彦太郎もあとに続いた。

女の一人暮らしらしく、すっきりと片付いた家だった。隅に置かれた位牌《いはい》が目に付いた。死んだ夫のものらしい。

壁には、船の絵の大小暦が掛かっている。張られていないので、横に退《ど》けるだけで、壁の穴が現われた。

穴は円錐《えんすい》状になっているらしく、向こう側よりはこちら側のほうが大きい。覗いてみると、隣の源十の家の中の一部が見えた。

「夜な夜な、この穴から、お島源十の濡れ場を覗いていたのか」

「一度しか見ておりません。あれだけ男を虜《とりこ》にできる女の顔を一目見たく思いました。覗いてみますと、世にもきれいで、世にも淫らな女でございました。事が終わるまで見続けてしまいましたが、そのあとで、二人が穴に気付いたら大変なことになると恐くなりまして、こちら側を暦で隠してしまいました」

地紙師は再び土下座した。

「源十が死んでから、向こう側も、暦で隠したのだな？」

「お島の顔を見たなどと、知られたくありません。お許しください」

地紙師を引き上げる気など毛頭ない。それどころか、地紙師にはいくら褒美《ほうび》をやっても足りないぐらいだった。誰も見なかったお島の素顔を見てくれたのだから。

「お島が怖いのか？」

「丈夫な若い男を手玉に取り、焼き殺した女でございます。私が顔を見たことが知れ渡れば、私が次に殺されます」

これは嘘とは思えない。地紙師は顔を上げていたが、その顔は怯《おび》え、引きつっていた。

「お前が助かる道は一つしかない。ほかの者に、お島の顔形を詳しく教えてしまうことだ。お島の顔を知る者が、二人になり、三人になれば、お前はもう殺されることはない」

事は一刻も早く進めねばならない。

彦太郎は、地紙師が襲われないように、自身番に連れていって預かってもらった。それから、神田松田町の家まで、お月を呼びにいった。

六

江戸を焼き尽くすような暑さに変わりはなく、浅草福井町から神田松田町への十二町ほどの道を歩いただけで、彦太郎はかなり汗をかいてしまった。

お月の家では、さぞかし、裸の男女の汗まみれの交合が繰り広げられていると思いきや、障子戸の向こうはひっそりと静まり返り、かすかに風鈴の音が聞こえるだけだった。

戸を開くと、お百合の姿が目に入った。ほかには誰もいない。お百合は畳の上に置いたものをじっと見つめていた。

お百合は月のうちおおよそ半分は小間物の行商をして、残りの半分はここに来ている。お月はお百合から月謝を取らないかわりに、給金は払っていない。それで、お百合の暮らしは、小間物売りで立てられていた。

お月もふしぎな女だが、弟子のお百合もなかなか変わっている。瘦せている上に、地味な顔立ちで、色事とは無縁のように思われるのに、何故に艶本《えんぽん》など描きたいのかわからない。かといって、小間物売りが似合うというわけではない。このおとなしそうな女が、客商売が上手とは、とても思えなかった。

「お月はいるか？」

彦太郎はお百合に尋ねた。

「摺《す》り師《し》のところへ出掛けておられます」

四半刻《しはんとき》（半時間）ぐらいで戻ってくるというので、彦太郎は上がって待つことにした。

お百合の見つめているものが、彦太郎にも見えた。それは雌鹿《めじか》のお水と狐《きつね》の段一郎が交わっている絵であった。

彦太郎はたちまちその絵に引き込まれた。

お月は、これまでお百合の枕絵《まくらえ》を見せてくれなかった。だから、彦太郎がお百合の枕絵を見るのは初めてなのだが、それが、お百合の描いた絵であることは一目見てわかった。以前お月が見せてくれた顔の絵と同じ特徴が見られたから。

だが、顔の絵と枕絵では、受ける感じが異なる。こんな枕絵を見るのは、彦太郎は初めてだった。いや、これまでに、こんな濡れ場の絵を描いた絵師はいないだろう。

お水が下になって、股を開き、段一郎が上になって、貫いている。貫く茎物も、貫かれる玉門もはっきり描かれていた。二人とも、頭の被《かぶ》り物のほかは、生まれたままの素裸で、布切れ一つ身に着けていない。

お水の裸体も、段一郎の裸体も、雌鹿の頭も、狐の頭も、線の一本一本に至るまで、驚くべき正確さで、描かれていた。お水の腹の黒子《ほくろ》も、段一郎の背中の灸《きゅう》の痕も、丸みのあるお水の玉門と、その周りの薄めの性毛も、段一郎の下腹の毛も、そのまま再現されていた。

繋《つな》がっている部分が拡大されていることを除けば、ほぼ実物通りといってよい。絡み合っている二人が絵の中に移ってきたようだった。

顔も実物通りで、目鼻も、口も、額も、髪も細かく描き込まれている。

「さすが、お月の弟子だ。見事なものではないか」

見事ではあるが、彦太郎には少々怖かった。

こんな実物通りの絵が、闇《やみ》の世界を通じて江戸の町に流れたら、風俗紊乱《びんらん》もはなはだしい。

「身に余るお言葉をいただきまして……私のようなへっぽこ絵師に。これは、できそこないの枕絵でございます」

お百合は悲しげに微笑んだ。

「どこができそこないなのか？」

「回りと後ろでございます」

回りと後ろといっても、そこには、この家の畳や壁が、まさしく実物そのままに描かれているだけだった。

「こちらもよいできではないか」

「いいえ、人が変わっても、衣裳が変わっても、回りと後ろは変わりません。私にはものを写すことしかできませんから。いつも回りと後ろが同じでは、すぐに飽きられてしまいます。華やかにとか、明るくとか、暗くとか、恐ろしくとか、とにかく、人と衣裳に合わせて、あれこれ替えていきませんと……そのためには、いろいろ考えて、景色や場を思い浮かべて……絵にしていかねばなりません。師匠がなさるように……私にはそれができません」

無口なお百合にしては、珍しくよくしゃべる。

「お月も、あれこれものを使っている。畳の上に石を並べたり、草を持ち込んだり、綿を雲に見立てたり……お前もそのようにすればよい」

「師匠が描かれると、石が岩になり、草が草叢《くさむら》になり、綿が見事な雲の寝床となります。私が描きますと、石は石、綿は綿にしか描けません。たぶん、見た客は吹き出して、大笑いして、誰も買ってはくれますまい」

お百合は泣き笑いのような顔になった。

「ならば、お前はお前の絵を描けばよい。かように上手なら、回りと後ろが、常に壁と畳でも、客はつく」

そうは言ったものの、お百合は枕絵師にはあまり向かないように思えた。

では、どんな絵が向いているかというと難しい。

女の皺《しわ》の一本一本細かく描いてしまったら美人画にはならないし、役者絵なら役者が怒り出すだろう。風景画も、きれいも汚いもありのままに描いてしまえば興醒《きょうざ》めだ。

かといって、この女に絵師は向かないと告げるのは酷《むご》すぎる。

何かお百合の才能を生かすような絵の仕事はないものかと考えているうちに、お月が帰ってきた。

今日の用件はお百合にも聞かれたくない。二階に上がってから、お月に地紙師のことを話すと、お月は事の重大さをすぐに理解した。

「直ちに、まいりましょう」

お月は下へ行き、箱に道具を詰め始めた。

お月と並んで歩くわけにはいかない。お月は彦太郎の少し後ろから、箱をぶら下げて歩いてきた。

駒七の事件の際には凍て付いていた柳原堤も、今や柳にも、葦簀《よしず》張《ば》りの小屋にも、暑さが満ち溢れている。神田川から吹くかすかな風にも、涼しさは全く含まれていなかった。

柳の下で、水売りが「ひやっこい水、ひやっこい水」と道行く人に呼び掛けている。彦太郎は暑そうなお月が気の毒になり、そこで立ち止まった。

八文払って、お月と自分に、一杯ずつ水を買った。

砂糖入りの水が喉《のど》に心地よい。彦太郎は一気に飲んでしまった。

お月はゆっくり飲んでいる。その間に、彦太郎はお百合の話をしてやった。

「いろいろ教えてやりましたが、無駄でした。お百合は見たものを、見たとおりにしか描けません」

お月は笑って言う。

「続けるべきか悩んでおる」

「私には何も申しません。北沢様のほうが話しやすいようで……悩まずに描き続けるように命じておきます。お百合は見たものを、見たとおりに描けばよろしいのです。岩も、草叢も、雲も要《い》りません。それでも、あの絵なら、気に入る客はおります」

お月は彦太郎と似たようなことを言った。

「そのうちに、飽きられてしまうぞ」

「飽きられるまで、描けばよいのです。その頃には、ほかに描くべきものが見つかります」

再び歩き出し、ほどなく、福井町の自身番に着いた。

店番と番人が畳敷きに詰めている。地紙師は少し離れて、団扇《うちわ》で風を扇《あお》いでいた。

お月は地紙師を連れて、奥の板の間に移っていく。箱の中から絵を描く道具を取り出してから、地紙師の話を聞き始めた。

お月の気が散っては困るので、彦太郎は畳敷きに移り、店番や番人が、世間話をしてくれるのを聞きながら、団扇で風を扇いで待っていた。

半刻（一時間）を過ぎても、お月はまだ出てこない。彦太郎が戸を開けると、お月は描いていた絵を手で隠した。

「あと少しお待ちください」

しばらくして、お月が地紙師を連れて出てきた。地紙師には、長屋に帰るのは物騒なので、しばらくは扇問屋に泊まり込むように勧めた。

よほど見事な人相書ができたのか、お月の目は輝き、心も弾んでいるように見えた。それでも、家に帰ってからと、絵を見せてはくれなかった。

早く絵が見たくて、彦太郎は急ぎ足になった。お月は文句を言わずについてきた。

お月の家では人が一人増えていた。腰に湯文字を巻いただけのお水が、壁にもたれて、だらしなく足を投げ出していた。

お水の大きな乳房も暑さで萎《しお》れたのか、いつもより垂れ気味に見えた。面白いのは、口を大きく開けていることである。お百合がその口の中を覗き込んでいた。

「何をしている？」

彦太郎は二人に尋ねた。

お水が一旦口を閉じ、それから愉快そうに話し始めた。

「お百合ちゃんが、私の口の中を描かせてくれと頼むものですから……顎《あご》が外れそうですけど」

「絵の稽《けい》古をしておりました」

お百合が言う。近くには絵の道具が置かれている。

「まあ、このご時世ですから、私のような女は、いつどこで殺されて、顔も体も潰《つぶ》されて、水の中に投げ込まれるやもしれません。その際口の中の絵が残されておりますと、銀簪の旦那が口の中をご覧になり、やあ、この屍はお水だぞ、と……おかげで、段一郎に葬式を上げてもらえます」

お水は己れの話に笑っている。彦太郎はからかいたくなった。

「段一郎に殺されたら、どうするのか？」

「私を殺したら、あの人は食えなくなって死ぬしかありません。代わりの物好きなどいるものですか。私は化けて出る相手もいなくて、詰まりません」

お水はすぐに言い返した。

段一郎は暗く無口で得体の知れないところがあっても、明るく真面目で、体を張って働いてくれるお水を傷付けるような愚か者ではなさそうだ。少し言い過ぎたように思った。

「私は、段一郎を大切にしております。旦那は、師匠をもう少し大切になさらないと……師匠も女ですのに」

お水も余計なことを言う。

彦太郎は、お月のあとについて、階段を上った。

「稽古とはいえ、妙な絵を描きたがる女だな」

お月の背中に言う。

「この前は、玉門の奥を描かせてくれとお水に頼んで、断られておりました。玉門ならいくらでも描かせるけど、玉門の奥は勘弁してくれと……笑ってしまいました」

お月は振り返らずに答えた。

お月は窓から顔を出し、物干し場にも、屋根にも人の姿のないことを確かめてから、六畳一間の真ん中に坐った。

彦太郎はその向かいに坐る。

「これでございます」

お月は箱の中から、折り畳んだ紙を取り出した。彦太郎の前に広げる。

「顔だけにするつもりでしたが、地紙師は体もよく見ておりましたので……大きな絵になりました。これが地紙師の見たお島でございます」

年の頃、二十歳《はたち》を過ぎたぐらいの、きれいな女が、両手を後ろにつき、上体を起こして、こちらを見つめている。女は布切れ一枚纏わぬ丸裸であった。

細面の顔に小さな口、大きな黒目、なめらかに盛り上がる鼻、わずかに尖《とが》った顎……それらが見事な均整を保っている。たいへん上品で、少し淫らな顔だった。

体の線も顔に劣らず美しい。乳房は釣り鐘のように形よく張り出して、ほとんど垂れていない。きれいなきれいな女であった。

女は両膝《りょうひざ》を曲げ、挑発するように股を少し開いている。黒々とした茂みは描かれているが、玉門は見えなかったらしく描かれていない。

総身に冷たい水をかけられたように、彦太郎の体に震えが走った。

「こ、これはお玉《たま》だ！」

彦太郎は叫んだ。

何ということだ！

あれほど捜して見つからなかった極悪女が、今になって、こんな形で現われるとは……。

この女の顔を忘れることなど、未来永劫にありえない。これは川越生まれのお玉だった。北の国の生まれでも、南の国の生まれでもない。歳《とし》は今年で二十三になる。

「はい、お玉でございます。昔の絵がこの中に……」

お月は葛籠《つづら》を持ってきて、中を探り始めた。彦太郎より、はるかに落ち着いていた。

彦太郎はまだ震えが収まらない。

まるで、死んだはずの者が目の前で突如蘇ったような、きれいで怖い化物を見てしまったような気分だった。

お玉が浅草元鳥越《あさくさもととりごえ》町のしもたやから姿を消したのが文政四年の十二月のことだから、柳原堤の紫がお玉だとすると、およそ四年を経て、再び極悪人として姿を現わしたことになる。

この間、お玉は全くの行方知れずとなっていた。初めのうちは、あちこちの岡っ引きが、お玉を見たという話を持ち込んできたが、行ってみると、いつも別の女で、ここ二年はそんな話もなくなっていた。

彦太郎も、奉行所のほかの同心も与力も、お玉はとっくに江戸を離れ、どこかの関所を巧みに潜《くぐ》り抜け、他国に逃げたものと信じ込んでいたのであった。

「こちらが、五年前から四年半前に、描いたものでございます」

お月は葛籠の底から取り出した二枚のお玉の絵を、新しい絵の隣に並べた。

一枚は文政四年の夏の『お伝《でん》殺し』の探索の際に、お月に描かせたものである。お月に話をしてくれたのは野菜売りで、野菜売りは兄の仇を捜して訪ねてきたお玉に会っていた。

歌麿《うたまろ》の美人画を思わせるような、あでやかで、繊細な美しさを持つ女の顔だった。とても若々しく、瑞々《みずみず》しい。野菜売りはお玉と寝ていないからか、この絵には淫らな感じはなかった。

次の一枚は文政四年の秋の『おくめ殺し』の探索の際に、お月に描かせたものである。お月に話をしてくれたのは女中のお蔦《つた》で、お蔦は情人の次郎吉《じろきち》と一緒に出合茶屋に入っていくお玉を見かけていた。

この絵のお玉もあでやかで、美しい。夏よりも少し淫らに見える。お蔦の見た場所が出合茶屋だからか。

ここに描き出されているのは、ぎらぎらしたものを内に秘めながらも、人生に飽きてしまったようなけだるさをも感じさせる女であった。

彦太郎はただ一度だけ見た、生のお玉の顔と姿を思い浮かべた。雨模様の空の下、本所のこぎれいなしもたやで、彦太郎と岡っ引き達の取り囲む中、お玉は次郎吉の上に馬乗りになり、激しく腰を揺らしている……。

「もう一枚あるはずだが……『妾殺し』の時の人相書が」

文政四年の冬の『妾殺し』では、お月は遊び人の鶴之助《つるのすけ》の話に基《もと》づき、お玉の顔の絵を描いていた。これはお月が勝手に描いたものだが、この絵のおかげで、鶴之助はお粂《くめ》殺しの冤罪《えんざい》から救われていた。鶴之助はお玉と何度も寝たことがある。

「どこかにいってしまいました」

「嘘だな」

ものだらけで、どこに何があるかわからない玄海と違い、お月の絵はきちんと分類され、保管されているはずである。

「実は、捨ててしまいました」

「ほう……わけがありそうだな」

「やれやれ、北沢様にはかないません」

お月は一階に降りていき、別の大きな絵を持って戻ってきた。

「実は、鶴之助が解き放たれたあと、話を聞きにいきまして、勝手にこの絵を描いてしまいました。気に入っておりますので、大事にしまってあります。顔の絵は要らないので捨てました」

凄《すご》い絵だった。見ているだけで、彦太郎の股間《こかん》が熱くなってきた。

「私とお玉は同い年なのです。お玉は、私の数倍の人生を生きているようですが」

絵には、房事の際のお玉の痴態が描かれていた。

素裸のお玉が仰向けに寝て、手で膝を引き寄せ、股を大きく開いている。あらわになった玉門が、絵を見る者を誘っている。玉門の襞《ひだ》は大きく、軟らかそう、回りの土手はがっしりとして、硬そうで、淫らそのものに見える。

本人は房事に没頭しているらしく、上気して、悦楽の表情を浮かべ、いまにもよがり声を上げそうだ。

「北沢様、石になられましたか？」

お月に笑われてしまったが、気にならなかった。この絵を見て何も感じない男はまずいない。

彦太郎は五年前から四年半前の絵と、今の絵を比べてみた。

お玉は老けてもいないし、色褪《いろあ》せてもいない。

体の線にも衰えはない。子供は産んでいないようだ。

あでやかで繊細な顔立ちも、前とほとんど変わらない。ただ見る者の心を吸い取るような、激しい美しさは、いくぶん和らいだように見える。

新しい絵には、人生に飽きたような、けだるさのようなものはない。お玉は元気で、気迫が漲《みなぎ》っているように見えた。

紫ことお島の正体がわかったのは、実にうれしい。だが、それだけでは、お玉が何故駒七と儀助を殺したのかわからないし、お玉が駒七を殺すまでの四年の間何をしてきたのかも、今どこにいるのかもわからない。

それでも、顔のわからない女を捜すことに比べれば、紫ことお島の顔がわかった今は、捜しやすくなったことは間違いない。

「枕絵師のはしくれとして、お玉の生の枕絵を描きとうございます。想像や人から聞いた話ではなく、己れの目で見たお玉の房事を描きとうございます。ずっと夢見ておりました。お玉に来てもらって、目の前でたくましい男と絡んでもらって、その絵を描かせてもらえれば……すばらしい枕絵が……」

お月は真面目な顔で言う。

「馬鹿なことを……お玉は極悪人だ。見つければ、すぐにお縄にして、存分に吟味して、伝馬《てんま》町に送ることになる。お前に枕絵を描かせる暇などあるものか」

「はいはい、重々承知しております。夢を申し上げただけでございます。私など筆を取る前に、お玉に殺されてしまいます。さて、この絵を摸写しておきましょうか？

これから、ご入り用になるでしょう？」

お月が丸裸のお島の絵を指差した。

「顔だけでよい。できれば十枚ぐらい」

「十枚はたいへん。お百合に手伝わせましょう。明日の昼までに仕上げます」

お月は元気だった。

彦太郎のほうは、あまりにも衝撃が強すぎて、すぐには何も始められそうにない。

昨晩はあまり寝られなかったことであるし、一晩ゆっくり休んでから、考えてみることにした。

七

帰ってから、彦太郎はお玉の過去と、文政四年の三つの事件を纏めてみただけで、あとはぼんやり過ごした。

早々と床に入ると、小太郎を寝かせたばかりのお園が話し掛けてきた。

玄海の家に、今日おしのが戻ってきて、明日には玄朴が戻ってくるという。旗本屋敷に取られてしまったお千代のことは一家全員で忘れることにしたので、この先一切触れないでほしいとのことだった。

そこで、彦太郎のほうも、お園にお玉のことを話してみた。

お園は熱心に聞いてくれたが、特に自分の考えは言わなかった。先祖達も、すぐには助言できないほど驚いたのだろう。

次の日、六月二十九日の朝、お月の家に行くと、お月は絵を描く支度《したく》を始めていた。

「昨日はお百合と二人で六枚描きました。今日はお百合は休みですので、一人で頑張ります」

お月はそう言って、お島の顔の絵を六枚くれた。どれも見事な出来栄《ば》えだった。彦太郎はそのまま奉行所へ行って、青木久蔵にお島の顔の絵を見せて、お島はお玉であると報告した。

奉行所の人間で、お玉の顔をじかに見たことがあるのは、彦太郎以外にはいない。青木は人相書のお玉の顔などすっかり忘れていたが、お玉の起こした事件のことはよく覚えていた。紫ことお島の正体がお玉であると聞いて、ふらつき倒れんばかりに驚いていた。

「ずっと江戸にいたのか？」

「一旦他国に出て、また戻ったのかもしれません」

「一筋縄ではいかぬ女だ。くれぐれも油断するな。おぬしから舘殿《たち》に頼んでおいたらどうか」

青木の言いたいのは、この先、お玉を捜し出し、引き上げたとしても、あの極悪女を彦太郎一人で白状させるのはまず無理なことで、鬼与力の舘仁建《じんけん》の苛酷《かこく》な取り調べに頼らざるをえない。それなら、今から話を伝えておいたほうがよい、ということだ。

まだお玉を捕まえたことがないので、お玉本人を舘仁建に取り調べてもらったことはない。だが、五年前、お玉に関わって殺しの罪を犯した男たちは、三人とも彦太郎が引き上げたあと、吟味方与力の舘仁建が取り調べ、その後死罪となっていた。

彼らは彦太郎がすでに白状させていたので、さほど舘仁建の手を煩らわせたわけではないが、お玉はさすがにてこずることは目に見えている。

彦太郎は青木の指図に従って、舘仁建のところへ行った。

彦太郎はまず、お島の絵を見せた。

「こ、これがお島なのか」

舘仁建の目は、絵の女に釘《くぎ》づけになってしまった。

「すごい別嬪《べっぴん》だな。こいつが人殺しか」

舘仁建は怒ったように言う。

「別の名前もございます。お玉です」

「お玉？」

「川越生まれのお玉です。人殺しの」

「極悪人のお玉か」

やっと、その名前に気づいたようだった。

「こいつがお玉なのか！」

舘仁建も、四年半前の人相書のお玉の顔などすっかり忘れていたらしい。青木のように倒れかかるまではいかないが、顔も手もすっかり硬直してしまった。

青木がお玉の顔を忘れているのはいささか恥ずべきことと思うが、舘仁建は仕方ない。下手人を探すのも、下手人を追いかけるのも吟味方与力の仕事ではなく、引き渡された下手人を取り調べるのが吟味方与力の仕事であったから。恥ずかしいのは、お玉をこれまで引き上げることのできなかった自分達のほうだろう。

舘仁建が柳原堤の件と向島の件についてどこまで知っているのかわからないので、彦太郎は順に、紫について、お島について、詳しく説明した。

「よし、今度ばかりは、逃がしてはならん。あの極悪女の首を切り落とす」

舘仁建はしっかりやれと彦太郎を激励し、お玉について何かわかれば、すぐに知らせるようにと約束させた。

二人に相談してみても、お玉の探索について、よい知恵は授けてくれなかった。

彦太郎は手始めに、もう一度、手分けして駒七と儀助の回りを探ってみることにして、お月の家に行き、十枚の模写を受け取った。

その晩、夕餉《ゆうげ》の膳《ぜん》が終わり、小者の新次が己れの家に帰るのと入れ違いに、玄海が彦太郎の家に訪ねてきた。

本人はおしのと玄朴が帰った祝いだと言っていたが、お玉の話を聞き付けて、探りに来たに違いない。

お園は小太郎をお妙に預けて、酒の支度を始めた。彦太郎は下戸なのに、家に絶やさず酒が置かれているのは、この玄海のためにほかならない。

支度が整い、お園は玄海の盃《さかずき》に酒を注《つ》いだ。彦太郎には酒の代わりに茶を注いでくれる。

「ご遠慮なさらずに」

言われた通り、玄海は何の遠慮もなく、一気に飲み干してしまった。お園はまた注がねばならなかった。

「おしのさんも、玄朴先生も帰られて、まことによろしゅうございました」

「なあに、二人とも行くところなんぞ、ありゃしません。家を出てみて、わしの有り難みが、身に染みてわかったはずですよ」

玄海は大げさに笑って言う。

「おしのさんは元気になったのか？　玄朴は使いものになるのか？」

彦太郎は嫌味っぽく尋ねた。

「この家の有り難みと、わしの有り難みがわかれば、しょげている暇などない」

嫌なこと、都合の悪いことはすぐに忘れてしまうのが、玄海の得なところである。

「養子の話も、玄朴の嫁の話も当分先にする。家の主はおしのじゃない。俺だから」

それでも新しく女中がほしいとまでは、おしのに言い出しにくかったらしい。しばらくは、また三人とお豊でやっていくとのことだった。

玄海は調子よく飲み続け、見る見る酔ってしまった。

「ところで、お島の正体がお玉だという話だが……」

玄海がいよいよ肝心の件に入ってきた。それ来たかと彦太郎は思った。

「ああ、少々気付くのが遅すぎた。お島のやり方から、お玉を思い浮かべるべきであった」

玄海にその点を突かれることはわかっている。彦太郎は先手を打った。

「いや、そいつは妙だ。おぬしはいかにして、お島のやり方から、お玉を思い浮かべるのだ？」

玄海は予想外の点を突いてきた。

「男を手玉に取っている」

「男を手玉に取る女なら、江戸にごまんといる。お玉を思い浮かべるまでのことはない。柳原の事件、向島の事件と、お玉の三つの事件は肝心の点が大きく異なるのさ」

答えを教えてもらうと、嘲笑《あざわら》われる上に、玄海を付け上がらせることになる。

彦太郎は昨晩書き上げた、お玉の過去と、文政四年の三つの事件のまとめを取り出した。

そのまとめに目を走らせる。

お玉
二十三歳。川越生まれ。
女中奉公に出されるも、何人もの男を手玉に取り、帰される。
兄の隆八《りゅうはち》と仲が良く、隆八の言葉には従う。
隆八は江戸に出て、奉公先の娘のお伝に玩《もてあそ》ばれ、川越に帰り自縊《じい》死。
お玉は兄の仇討ちに江戸に出て、水茶屋女となる。

お伝殺し
文政四年五月。
お玉は客の勘平《かんぺい》を色仕掛けで巻き込み、勘平と二人で、兄の仇のお伝を殺す。
勘平は死罪。お玉は逃亡。

おくめ殺し
文政四年七月。
お玉は那須《なす》屋次郎吉の情婦となり、次郎吉と結んで、次郎吉の女房のおくめを殺し、長男の長兵衛《ちようべえ》の仕業に見せ掛ける。
わけは次郎吉に那須屋を継がせるため。
お玉は逃亡の際に下っ引きを一人殺し、岡っ引きを一人傷付ける。
次郎吉は死罪。お玉は逃亡。

妾殺し
文政四年十二月。
お玉は大磯屋加兵衛の情婦となり、加兵衛に頼まれて、妾のお条を殺す。
わけは加兵衛がお条にゆすられていたため。
加兵衛は死罪。お玉は逃亡。

お玉が殺した者
お伝、おくめ、下っ引き、お条の四人。
お玉の情人
勘平、次郎吉、加兵衛の三人。

彦太郎は異なる点に気付いた。

「五年前の事件では、殺されたのは、下っ引きのほかは女ばかり。今年の事件では殺されたのは二人とも男。おぬしはこれが言いたいのか？」

「かなり近い」

玄海はうなずく。

「お玉は情人を殺していない。お島は体を許した二人を殺している。これか？」

「大当たり」

玄海は膝を叩いた。

「おぬしは、お島はお玉ではないと？」

彦太郎は尋ねる。

「いや、お島とお玉は同じ女だ。実は二人のやり方は似ている。お島は殺すつもりの男を手玉に取り、お玉は仲間の男を手玉に取っている。それだけの違いさ。そもそも、女が女を殺すのに、女を手玉に取るわけにもいかん」

節操のない話に、彦太郎は腹が立ってきた。

「今更、何を言いやがる！」

「怒るな。話しているうちに、明らかになることもある。仲間の男に身を任せるのと、殺す男に身を任せるのと……違いは大きいか、小さいか？」

「小さくはない」

まだ腹を立てていながらも、ついつい答えてしまった。

「それなのに、今年のお玉が、殺す相手に身を任せたのは？」

「駒七も、儀助も、女に容易《たやす》く殺せる相手ではない」

すでに彦太郎は、玄海の話の流れに引き込まれていた。

「それでは、答えにならん。男を仲間に引き込んで、手伝わせれば、駒七でも、儀助でも、容易く殺せたはずだ」

彦太郎は考え込んでしまった。玄海の言うのはもっともだ。男を色仕掛けで仲間に引き込むのは、お玉には容易いことである。何故、その手を使わなかったのか？

「謎がいくつもある。整理してみるか。一番、お玉は何故駒七と儀助に身を任せたか？　二番、お玉は何故、二人を寒地獄、炎熱地獄に突き落としたのか？　三番、お玉は何故一人で事件を起こしたのか？」

「一番は……二人に近付くには、身を任せるのがてっとり早い。仲間がいないので、その手を使うしかない。それだけのことではないか。すなわち、一番の答えは三番の答えに含まれる」

　彦太郎は先に答えた。

「愚かな思案だな。仲間がいたとしても、二人を寒地獄や炎熱地獄に突き落とすには、お玉が身を任せるしかない。お玉が身を任せたのは、二人を寒地獄、炎熱地獄に突き落としたかったからだ。すなわち、一番の答えは二番の答えに含まれる」

　どうも玄海のほうがもっともらしくて、彦太郎のほうが分が悪い。反論しないでいると、玄海は先に進んだ。

「二番の答えは二つある。一つ、お玉は二人を寒地獄、炎熱地獄に突き落としたかった。二つ、二人とも、寒地獄や炎熱地獄に落ちるに値することをした」

　あいまいな答えだが、概《おおむ》ね正しいようなので、受け入れることにした。

「三番が難しい」

　玄海が言う。

「仲間を増やすと、発覚しやすくなる。殺す相手に身を任せれば、一人でも充分できたから」

　我ながら、いい加減な答えになってしまった。これでは、一番の答えを三番が答えて、三番の答えを一番が答えることになってしまう。しかし、玄海には気付かれずにすんだ。

「むしろ、五年前の教訓ではないか。仲間の三人とも死罪になっている。仲間が死罪で、一人で助かるのでは、夢見心地が悪い。化けて出られそうだ。もう一つ、四番があった。前に言い合ったことだが……そもそも、お玉は何故二人を殺したのか？」

「殺しのわけには、さほど珍しいものはない。たいていは、金盗り、物盗り、色、口封じ、仕返し、さらに、おぬしのいう仇討ちのどれかに当てはまる」

彦太郎は答えた。

「駒七と儀助には、盗られるような金もものもない。殺すほどの色もない。お玉がゆすられていたはずがない。二人はお玉を知らなかったから。知らない女に仕返しされるのも、妙なことだ。残るはやはり仇討ちしかない」

玄海は前と同じく、仇討ちに拘《こだわ》っていた。

「お玉が慕っていたのは兄の隆八だけだ。隆八の仇討ちはもう済んでいる」

「お玉が姿を消してから、駒七が殺されるまで四年と少しある。それだけあれば、いろいろなことが起こりうる。お玉が誰かに恩義を受けて、その誰かが駒七と儀助に、むごい仕打ちを受けたのではないか。お玉はもともとは、兄弟の仇討ちをするような古風な女だし……仇討ちならば、駒七と儀助がお玉を知らずとも妙ではない。仇討ちなら、お玉が二人に身を任せても妙ではない。仇討ちなら、冷やし殺し、焼き殺したのも合点が行く。これで決まったぞ。お玉は駒七と儀助に仇討ちを果たしたのだ」

玄海は勝手に断案を下してしまった。

「己れの体を張って仇を討つとは、殊勝な女ではないか。お玉は昔のお玉ではない。仇討ちを果たしたからには、この先悪事を働くまい。あとを追わずに、逃がしてやれ」

玄海はさらに勝手なことを言い出した。

「あの女は三人の女を殺した上に、下っ引きを一人殺している。その償《つぐな》いをさせねばならん」

彦太郎はきっぱり断った。お玉がいくら改心しても、殺すには惜しい女でも、行く先は小塚《こづかっぱら》原か鈴《すず》ケ森《もり》しかない。

「さて、この辺りで帰らせていただこう」

玄海はふらふら立ち上がった。

「お玉が生きていると聞いただけで、世の中が明るく見えてきた。働きがいもあるというものだ。畜生、きれいな女中など要るものか。おしのとお豊で我慢してやる。その代わり、きっとお玉を抱いてみせる！」

声は次第に高ぶって、しまいは絶叫のようになった。

「お玉を抱いた人は、皆亡くなっています」とうとうお園が口を出した。「死罪が三人。殺された人が二人です。殺されるのはともかく、死罪になられると、皆が迷惑しますよ。おしのさんも、玄朴先生も、うちの主人も、私も」

「この先お玉を抱いても、殺しの手伝いをさせられるようなことはありますまい。お奉行も、お玉を捕まえずに、奉行所の手伝いをさせるべきですな。あれほど役に立つ女はいないというのに」

玄海はそう言い残すと、よろめきながら帰っていった。本気なのか、酒で強気になっただけなのかはわからない。手に持った提灯の明かりが、闇の中にゆらゆら揺れていた。

第三章　刃地獄

一

お玉はどこにいるのか？

お園と小太郎の寝顔を見ながら、彦太郎は考えた。

答えの浮かばぬうちに、彦太郎も寝てしまったが、朝になってから、あることを思い出した。

それは、お島は四日に一度、又は五日に一度は、源十の家に来なかったこと、夜鷹《よたか》の紫も、四日に一度か五日に一度は、柳原堤に来なかったことであった。

このことから、お玉は、四日に一度か、五日に一度は、他に用件があったことになる。その用件とは何なのか？

考えられるのは、お玉がほかの仕事をしていたことである。

だが、四日に一度か、五日に一度だけ働けばいいような仕事は少ない。また、夜鷹の仕事は夜だけで、お島も最後の三日を除けば、夜しか来ていなかったから、お玉は昼間は働けたはずである。

となると、四日に一度か、五日に一度の夜は、ほかの男と逢《あ》っていたか、休んでいたか、それとも、昼の仕事が夜まで延びたのか？　以前のお玉は水茶屋でよく働いていたから、今度も水茶屋なのかもしれない。或《ある》いは通いの女中をしていたのかもしれない。

いや、妾なら、四日に一度か、五日に一度働けば済む場合もある。お玉は誰かの妾になっていたのかもしれない。

とはいっても、この江戸では、妾や女中は数えきれない。そちらの探索は、あちこちの岡っ引きの力を借りることにして、彦太郎は水茶屋廻《まわ》りに力を注ぐことにした。

お月とお百合が模写してくれた十枚の絵のうち、一枚を新次にやり、新次が残りの絵をあちこちの岡っ引きに配った。

それから、絵を見せて、この女を見なかったかと尋ねるのが、彦太郎の大事な仕事になった。

町廻りの際も、水茶屋廻りの際も、ひたすらそれを繰り返した。

探索に力を注いでいるのは、彦太郎だけではない。鬼与力の舘仁建も、今度お玉を逃せば、末代まで残る、奉行所の大恥となると断言して、彦太郎を叱咤《しった》激励し、自らも、岡っ引きや小者を集めて、江戸中を走り回らせた。

お島の正体を突き止めた日から四日が過ぎ、お玉についての重大な手がかりが、奉行所にもたらされた。

届けたのは、元蔵前《くらまえ》の札差で、今は隠居の伊勢屋《いせ》重兵衛《じゅうべえ》であった。隠居といっても、金は唸《うな》るほど持っている。女のほうも盛んで、すでに還暦も近いのに、本妻のほかに妾を二人も持っていた。

届けの中身は、たまたま岡っ引きと話をしていて、岡っ引きの持ち出した、お玉なる女の顔の絵を見ていたら、妾の顔によく似ていた、というものであった。

その妾の名前はお須磨《すま》。赤坂《あかさか》の田町《たまち》四丁目に、広い家を与えて住まわせてあった。重兵衛はその絵を見てから、すぐにその家に行ってみたのだが、お須磨はいなかった。

もともと、重兵衛はお須磨の好きなようにさせていて、四日に一度か、五日に一度、時には、十日に一度ぐらいしか、通っていない。だが、その日は重兵衛の来る予定の日であり、お須磨のいないのは妙なことだった。

　重兵衛は岡っ引きに頼んで、もう一度、お玉の絵を見せてもらった。重兵衛は五十の半ばを過ぎてから、白そこひ（白内障）に悩まされ、ひどく見えにくくなっていたのだが、年の初めに手術を受けてから、かなり見えるようになっている。その絵はどう見てもお須磨の顔のように見えたという。

　彦太郎はさっそくその家に行ってみた。重兵衛も来ていたし、早々と舘仁建も来ていた。

　お須磨がこの家に越してきたのは、去年の一月のことであり、重兵衛との馴《な》れ初《そ》めは、一昨年の暮れの浅草寺《せんそうじ》で、お須磨が声を掛けたことに始まっていた。

　お須磨は女中も使わずに、大きな家を一人で切り盛りしていた。それで、いつ出ていったのかについては、よくわからないが、六月二十八日には、近所の者が、外から帰ってくるお須磨の姿を見ているので、二十九日よりあと、ということになった。

　近所の者にお玉の絵を見せても、これはお須磨だと答えた。

　彦太郎がお玉の探索を開始したのが二十九日だから、お玉はどこかで噂《うわさ》を耳にして逃げ出したのであろう。

　その家はなかなか立派な家で、三つの部屋が、襖《ふすま》を外すと、宴会や会議もできそうな、長い部屋となった。ここが居間なのだが、重兵衛の話では、お須磨は玄関に近いほうに鏡台を置いて、化粧に使っていた。この鏡台はなかなか立派なもので、鏡は、錫《すず》と銅の合金に、錫と水銀を上塗りしたものであり、この丸い鏡を枠のような木で支えていた。台と支え木は、黒い漆《うるし》地に金魚の絵が彫られ、金箔《きんぱく》が押されていた。

一方、一番奥の部屋については、押入から布団を出し入れして、寝間として使われていた。

ほかには、お須磨が葛籠《つづら》、箪笥《たんす》、衣裳《いしょう》などを詰め込んでいる部屋があった。重兵衛の話では、高価な衣裳のいくつかが、お須磨とともに姿を消していた。

面白かったのは、重兵衛が教えてくれた隠し部屋だった。寝室に使われている奥の部屋のさらに奥にあり、小さな部屋で、ここから覗《のぞ》くと、お須磨の寝間が丸見えになった。

重兵衛の話によると、もう少し若い頃は嫉妬《しっと》深くて、妾が不義をはたらかぬよう、この仕掛けを作ったのだが、近頃では妾が何をしていようが気にならなくなり、お須磨については一度も使っていないという。

家も立派だが、庭の花壇もなかなか立派な造りであった。しかし手入れする者がいないため、雑草が増えてきていた。

暑い時期だけに、咲いている花の種類は乏しく、淡紅のさるすべりだけが目立っている。少し離れて、名前を知らない草が淡黄色の花を付けていた。花弁には紫色の条《すじ》がくっきりと入っている。葉は緑色で、人の手ほどの大きさで、辺縁は目の粗《あら》い鋸《のこぎり》のようになっていた。

重兵衛に尋ねると、これはヒヨスだと教えてくれた。白そこひに効く舶来の薬草で、重兵衛自身が植えたとのことであった。

最後に、重兵衛がここに来ていた夜について聞いてみると、紫が柳原堤に来なかった夜とも、お島が儀助の長屋に来なかった夜とも一致していた。

ここまで来ると、紫、お島、お須磨が同じ女であること、すなわち、お玉であることには、何の疑いもなかった。

お玉の探索が大きく前に進んだのに、その二日後の七月四日に、邪魔が入ってしまった。

町廻りを済ませて、昼八つ（午後二時）に奉行所に戻ると、新たな検屍《けんし》の仕事が彦太郎を待っていた。

「おぬしばかりを働かすつもりはない。だが、暑さで三人も倒れおってのう」

青木が珍しく前置きを言った。

「どこかで、怪しい屍《しかばね》が見つかりましたか？」

さすがの彦太郎も、今日はあまり意欲が湧《わ》いてこなかった。できるだけ、お玉の探索に専念したかったからである。

「おぬしにとっては、容易《たやす》い一件だ。引き受けてくれぬか？」

青木は彦太郎に尋ねているわけではない。行けというのを、別の言い方で言っているにすぎない。

「この私でよろしければ」

「不忍池《しのばずのいけ》の『おぼろ』という出合茶屋で、女が刺し殺された。相手の男は逃げておる。奴が下手人に相違ない」

今日中にでも片付いてしまいそうな口振りで、青木は言った。

なるほど、死因が明らかで、下手人が明らかなら、いちおう、容易い一件とは言えるだろう。

だが、死因が明らかなように見え、下手人が明らかなように見えても、実はそうでなかった事件も数多い。舐《な》めてかかると、ひどい火傷《やけど》を負うことになりかねない。

「身元は知れておりますか？」

「何度もその出合茶屋を使っておる。素人風の娘で、身形《みなり》も悪くない」

素人玄人《くろうと》取り混ぜて、素人風の出で立ちで春を売る時代であるから、素人風という見かけほどあてにならぬものはない。そう思ったが、口には出さなかった。

「直ちにまいります」

彦太郎は玄海と絵師のお月に使いをやってから、奉行所を出た。

御用箱を担がせた中間《ちゅうげん》の磯吉と小者の新次を連れて呉服橋を渡り、日本橋を渡った。

向島の事件の時と比べると、街は嘘《うそ》のように歩きやすくなっている。まだ暑いとはいうものの、これはただ暑いのであって、熱くはなかった。

あと二日で立秋となる。風にはかすかに秋の匂《にお》いも感じられた。

前の事件の片付かないうちに別の事件が起こるのはやむを得ないにしても、お玉の探索を中断せざるをえないのは実に辛《つら》い。娘の死因も下手人も、青木の話通りと願わざるをえない。その通りなら、何とか二、三日中には下手人を捕まえて、その日のうちには白状させ、次の日には舘仁建に引き渡して、お玉の探索に戻ることもできるだろう。

いや、それこそまさに、捕らぬ狸《たぬき》の皮算用というべきか。

広々とした下谷広小路《したやひろこうじ》まで来ると、遮るものもなく、まともに日の光が照り付けてきた。早足で歩いて、蓮《はす》の花の咲き誇る不忍池へと逃れた。

『おぼろ』は不忍池の中島にある。彦太郎一行は、鍋《なべ》の柄のような道を通って、中島に渡った。

真っ昼間からけしからぬというべきか、暑い昼間から好き者が、と感心すべきか、島の回りを囲む出合茶屋は、今日もそこそこに繁盛しているように見える。堂々と入っていく男女、俯《うつむ》きがちに入っていく男、頭巾《ずきん》を被《かぶ》って出てくる女、満ち足りた顔で出てくる男女と、出合茶屋につきものの光景が展開されていた。

だが、普段と異なる光景がある。それは、『おぼろ』の前に、岡っ引きの照貞《てるさだ》の手下が二人立ち、いかつい顔で客の出入りを止めていることだった。

二人は彦太郎の一行に気付いて、深く頭を下げた。

磯吉は御用箱を新次に渡して外に残り、彦太郎と新次が中に入った。

隠居と入れ替わるように、照貞が太った大年増《おおどしま》を連れて出てきた。大年増は『おぼろ』の女将《おかみ》と名乗った。

照貞はこの辺りを縄張りとする岡っ引きであった。どの茶屋も程度の差こそあれ、脛《すね》に疵《きず》持つ身であり、照貞はその茶屋から搾《しぼ》り取っていると、奉行所でも、岡っ引き仲間でも評判が悪い。だが、女将連中から見れば、もめ事を上手に捌《さば》いて、店を守ってくれる大事な男であるようだ。

客が殺されることも、彦太郎が来ることも、店にとってはもめ事の最たるものであり、照貞の腕の見せどころと言えよう。

「こちらでございます」

女将が先に立って歩き出す。

中島の出合茶屋はすべて平屋なので、奥に進むしかない。辺りに客の気配はなく、ひっそりとしていた。

「客は帰したのか?」

彦太郎は照貞に尋ねた。

「肝心の男は留めてあります。その男は下手人を見ております」

照貞の申し開きによると、女将が屍を見つけて、ついつい大騒ぎしてしまったため、中にいた客が、次々と帰ってしまい、照貞が駆け付けた時には、全ていなくなっていたという。

下手人を見たという通り掛かりの隠居だけは、女将が巧みに引き止めていたため、逃げられずに済んでいた。

「わざと大騒ぎしたのではあるまいな。客を逃がしてやるために」

客にしてみれば、こんな場所で同心に吟味されたのではたまったものではない。

「滅相もない。女の力では、大勢の客を引き止めることはかないません」

女将が振り返って言った。

問い詰めても、容易くぼろを出すような奴らではない。肝心の客だけは留めておいてくれたので、目を瞑《つぶ》ってやることにした。

『おぼろ』は、池に突き出して建てられており、廊下を進むほど、池の中へと出ていくことになる。女将は奥の部屋まで来て、襖を開いた。

開け放たれた窓の向こうの池の面には、紅や白の蓮の花が極楽のように咲き誇っている。

一方部屋の中では、地獄絵のごとく、若い女の血塗《ちまみ》れの死骸《しがい》が転がっていた。

照貞の手下が一人、隅のほうに立っていた。

「女将もあっしも、死骸には指一本触れておりません」

照貞が言った。

女は年の頃、十七、八。髪はつぶし島田で、滝紋《たきもん》の単衣《ひとえ》を纏《まと》い、布団の上に仰向《あおむ》けに倒れている。そばに、血に染まった短刀が落ちていた。

単衣の肩から裾《すそ》まで、三筋の滝が、鮮やかに流れ落ちている。だが、その単衣の左胸の辺りには、血の染みが大きく広がっている。飛び散った血は、単衣の腹、単衣の腿《もも》にも及び、滝を汚していた。

血はさらに、女の顔、剝出《むきだ》しの膝《ひざ》、布団、そして畳のあちこちに飛び散り、塊や斑《まだら》を作っていた。

枕《まくら》もとには、紺色《こんいろ》の頭巾が落ちている。

「女は九つ（昼十二時）より前に、ここに入りました。相手の男は九つに着いております。四半刻《しはんとき》（半時間）ほどして、男が先に帰りました。ほどなく、死骸が見つかっております。刃物は、この部屋のどこにもございません」

照貞が事件の流れの概略を教えてくれた。

「かようなものが女の紙入れに入っておりました」

照貞が広げた文を彦太郎に手渡した。

その文には、

『明後日。昼九つ。おぼろ　卯吉《うきち》』

とだけ書かれていた。

「あっしも、店の者も、卯吉という名前には、心当たりがございません」

どうやら、女の相手が卯吉という名前で、この文を送って、女を呼び出したらしい。

じかに死骸を目にしても、照貞の話を聞いても、文を読んでも、女は刃物で刺されて殺されたとしか思えなかった。この屍に関しては、いかに仔細《しさい》に検屍をしてみても、どんでんがえしはまずありえない。

おそらく、前に逢った際に、女から別れ話が出て、卯吉の頭に血が上ったのであろう。

女は今日が最後の逢瀬《おうせ》のつもりで、この部屋で待ち、卯吉は女を殺すつもりで、刃物を携《たずさ》えて、あとからやってきた。

女は卯吉を受け入れ、横目に蓮の池を見ながら、極楽に遊んだあと、思いもよらず、卯吉の刃《やいば》で地獄に突き落とされたのだ。

たちまち、そんな筋書きを彦太郎は思い付いた。

二

彦太郎は女の顎《あご》、首、肩、肘、手、腿、膝、足を動かしてみた。いずれもまだ硬くはなっていなかった。すなわち、女が殺されてから、さほど時間は経《た》っていない。

「顔の血を拭《ふ》いてやれ」

彦太郎の指図で、女将が湿らせた吉野紙《よしの》を持ってきた。新次がそれで顔の血を拭いていく。きれいな娘の顔が現われた。

青木が言っていたように素人風の顔である。というよりも、こんな場所に来る女とは思えないほどの、清純で、清楚《せいそ》な顔であった。

たとえてみれば、玄朴が嫁にし損なったお千代に勝るとも劣らぬ器量よしであった。

生きていれば、まだまだ楽しい目が見られそうなのに、こんなところで命を断たれてしまうとは、何とも惜しいことだった。

「外に運び出せ」

外の暑さを思うと、このままこの場所で検屍を進めたくもなってくる。だが、普段と違う改め方をしてしまうと、たいてい、具合の悪いことが起きるものである。

照貞の手下と照貞が女の屍を運んでいく。あまりに人前に出すのは気の毒なので、隣の茶屋との間の狭い場所に筵《むしろ》を敷かせ、屍を降ろさせた。

すぐ先はもう池となり、蓮の花が迫っている。

「やれやれ、こんなきれいな女を殺す奴の気がしれん」

後ろで玄海の声がした。汗を拭き拭き死骸を覗き込む。

「まだ暑いのにすまないな」

玄海は彦太郎以上の汗っかきである。彦太郎はいちおう詫《わ》びておいた。

彦太郎は女の頭から改めていった。

つぶし島田の髷《まげ》を崩して、髪をかき分ける。髪の中には疵はなく、釘《くぎ》を打たれたような痕《あと》も見当たらなかった。

瞳《ひとみ》は両側とも開き切っている。濁りはまだ見られない。

目蓋《まぶた》の裏側はいかにも刃傷死《にんじようし》らしく、血が失われて白っぽい。

口の中には、毒を疑わせるような匂いはしなかった。銀簪《ぎんかんざし》を置いても色は変わらない。

「脱がせるぞ」

新次に手伝わせて、屍の衣裳を剥《は》いでいく。

帯、単衣、襦袢《じゆばん》、湯文字のいずれも血に染まっていたが、それらを全て脱がせてしまうと、色白の女の体が現われた。

顔が清楚で清純なのに比して、体は、よく肉が付き、丸みを帯びている。腰は豊かで、腿は太く、乳房は驚くほど大きい。顔と体のこの不釣り合いが、男を喜ばせ、狂わせたことだろう。

だが、その大きな左の胸には、血塊が赤黒い斑を作っていた。新次が血塊を拭き取っていくと、二つの痛々しい疵が残った。

一つは乳首のすぐ上に、一つは乳の内側にできている。明らかに刺されてできた疵であって、切られてできた疵ではない。

疵の皮肉は縮まり、血が集まって赤みを帯びている。これは決して死後に作られた疵ではない。

新次が物指をあて計測する。乳首の上の疵は幅二寸、乳の内側の疵は幅三寸ほどあった。

「疵の奥を見てくれ」

彦太郎は玄海に頼んだ。

玄海は指で疵を広げようとしたが、うまく広がらなかったらしい。どこから取り出したのか手術刀を手の中に持ち、見る間に刀で内側の疵を広げてしまった。

「おぬしは屍を……」

罪人でもない屍を傷付けるのはご法度《はっと》である。あまりに素早く、血も出なかったので、回りの誰も気付かなかったようだが、彦太郎は腹が立った。

「ささいなことにこだわるな。広げねば、深さなどわかるものか」

玄海は彦太郎の顔を見ることなく、疵を広げて中を覗いていた。それから、細長い金具を疵の奥へ入れていく。これはサグリと呼ばれるもので、疵の深さを調べる道具である。

「旦那《だんな》！」

磯吉の声に振り向いた。お月とお百合が、磯吉に連れられて、こちらに向かってきた。

お百合が絵の用意を始め、磯吉は野次馬の整理に戻った。

お百合が死骸を眺め回す。

「体付きだけ見ますと、お水さんのような人ですね」

「酷《ひど》いな。お水が怒るぞ」

「怒りゃしません。お百合とお水は仲良しですから」

お月は真面目《まじめ》な顔で言う。

玄海が手を休めて、女達の姿を見上げた。

玄海はお百合のことは聞いていても、会うのは初めてのはずである。これがお月の弟子のお百合だと、彦太郎は教えてやった。

痩《や》せた体付きで、可愛《かわい》くも、きれいでもないお百合は、どう見ても玄海の抱きたがる女ではない。玄海はちらりとお百合に目を遣《や》っただけで、疵の深さの調べに戻った。

「乳首の上の疵の深さは二寸ほど、刃先は骨に当たって止まっておる。内側の疵の深さは底知れぬ。おそらく心《しん》の臓《ぞう》を貫いておる。刃物はおそらく短刀だな」

汗まみれの玄海が、彦太郎に告げた。

「一刺しは骨に妨《さまた》げられ、二刺しで急所を貫いたのか」

「おそらく」

「下手人が刺したのか？」

「ああ。自ら刺すのは、きわめて難しい。刃先が骨に当たれば、堪《こら》え切れぬほどの痛みが来る。よほどの覚悟がなければ、もう一度刺せるものではない」

「下手人は右利きか？」

「おそらく。刃物は外側寄りから内側寄りへと刺さっておる」

さすがに、この辺りの推量では、玄海は頼りがいがある。彦太郎は全てに合点が行った。

女の体には、ほかに疵痕らしきものはない。むろん、文身《ほりもの》も瘡《かさ》の痕も見当たらない。

子を妊《はら》んでいる様子もないと、玄海は付け加えた。

彦太郎は女の玉門を改めにかかった。

検屍の教典『無冤録述《むえんろくじゅつ》』には、『大小便の二所も念入れて見るべし』とか、『それより手足、腹、背、下の二孔のこる所なく改むべし』とか書かれている。

だが、若い女の屍の玉門や肛門《こうもん》を改めるのは心苦しいことであって、何ら楽しいことではない。できれば、見ざる触れざるで埋めてやり、焼いてやりたいとは思う。

とはいっても、玉門も肛門も女の体の一部であって、そこを刃物で貫き、または毒を放り込めば、死に至る場所である以上、ここを省いて検屍を済ませることは許されない。

照貞の手下と照貞が、屍の膝を折り、その膝を引き上げる。

新次が指図して、日の光が股の間にじかに当たるように、屍の位置を変えさせた。

尻の下に石を置く。

両側から屍の膝と足が引かれ、股が大きく開かれた。

彦太郎は玉門の前にしゃがみ込む。

大便と精液の匂いが鼻をつく。

大便はどろどろのものが尻のほうに付いている。これは女が死ぬ際に、肛門から流れ出たものであろう。

精液は玉門そのものから匂ってくる。襞《ひだ》の回りに精液が付き、襞を開くと、そこにも精液が付き、玉門を開くと、その奥にも精液が残っていた。

新次に命じて、玉門と肛門の汚れを、紙でくまなく拭き取らせた。

きれいになった玉門を改めて眺めてみる。

手籠めにされたような疵はなく、女が死ぬ前に、自ら男を受け入れたことは間違いない。

新次に玉門を鈎《こう》で開かせ、奥を改める。そこは刃物や釘で刺されてはいなかった。

死骸を腹ばいにして、背中と、豊かな尻と、肛門を調べた。背中にも尻にも疵はなく、肛門の中にも刃物や釘はなかった。

彦太郎は汗を流して立ち上がる。

お月はお百合の描いた屍の顔の絵を彦太郎に渡し、お百合と二人で先に帰っていった。

この前と同じく、屍の顔がそのまま紙に移ってきたような見事な絵であった。

「ほう、あの弟子め、なかなかやるではないか」

玄海が横から覗き込んで感心した。

「手を出すなよ」

彦太郎は冷やかした。

「出すものか、あんな骨女に。さて、この屍は、短刀による刃傷死に相違ない。異論があるか？」

「ない」

その言葉を聞くと、玄海も帰っていった。

新次はまだ一人で検屍を続けている。

新次にはすまないが、向島の二の舞にならぬよう、彦太郎は部屋に戻ることにした。

三

「かようなものが、部屋の隅に落ちておりました」

照貞が持ってきたのは、唐草文の単衣を丸めたものであった。広げてみると、灰色の頭巾が包まれていた。頭巾にも、単衣のあちこちにも、赤い血の染みができていた。

「男の着てきたものか？」

彦太郎は女将に尋ねた。

「はい、男のかたは、この単衣を着て、この頭巾を被っておられました。それから、風呂敷《ふろしき》包みを持たれて、お上がりになりました」

女将は丁寧な言葉遣いで言う。

「この単衣を見るのは初めてか？」

「お二人は、五月にもここに来ておられます。その際も、男のかたはこの単衣を纏って、この頭巾を被っておられました」

「いつ頃から、ここを使っておる？」

「去年の十月から、月に一度は来ておられます」

「男はいつも頭巾を被るのか？」

「男のかたも女のかたも、頭巾を被られて、目だけを出しておられました。別々に入られて、別々に帰られます。お代金は先に来られたほうが払ってくださいました」

しかし、女将はこれまで二回、二人の素顔を見たと言った。

一度目は、去年の十月に二人が初めて来た時のことで、二人とも、頭巾など着けずに一緒に入ってきたという。

二度目は今年の二月のことで、茶を頼まれて運んでいったところ、二人とも頭巾を外した素顔で坐《すわ》っていて、礼を言ってくれたとのことであった。

どうやら、二人が頭巾を被っていたのは、店の者に顔を見られぬためにではなく、知り合いの者に、出合茶屋への出入りを見られることを恐れたからにすぎないようだった。

「隠居は何故《なぜ》男を怪しんだのか？」

「帯に血が付いておりました」

「お前は見ておらぬのか？」

「はい、私は見ておりません。男のかたは、私がほかの部屋にいるうちに出ていかれましたので。大城屋《おおしろや》のご隠居は、たまたま店の前でご覧になりまして、わざわざ店に入られて、こちらに教えてくださいました。それで、部屋に行ってみますと、先程のような有様でございました」

大城屋の隠居とやらは、店に入って教えたばかりに、彦太郎の調べが済むまで留め置かれることになって、災難というしかないだろう。

「男の顔立ちは？」

「遊び人ふうのかたでございます。痩せたかたでして、きれいなお顔なのに、鼻が少々ひしゃいでおられました」

「瘡なのか？」

「いえ、喧嘩《けんか》で殴られたように見えました。左の頬《ほお》に疵痕もございましたから」

すでに卯吉という名前がわかっている、そのうえ、顔にこれだけ特徴があるのなら、身元はすぐに割れそうで、探索もやりやすそうだった。

ほどなく、女将に連れられて、大城屋の隠居が入ってきた。

歳は還暦ぐらい、隠居とはいっても、米俵でも、岩でも担げそうな頑丈な体付きをしている。孫ほども歳の離れた、可憐な水茶屋の娘を連れていたらしいが、照貞が情けをかけて、先に帰してやっていた。

隠居の話によると、『おぼろ』から出てきた男は、鍵紋《かぎもん》の単衣を纏い、白頭巾を被っていた。どちらも汚れはなかったが、締めていた煤竹《すすたけ》色の帯に血が付いていたので、店の中に入って、女将に知らせたのであった。

男はそのまま橋のほうへ向かったという。

男は何も手に持ってはいなかった。

男の顔形はわからない。頭巾から出ていたのは目だけであったから。

女将に尋ねてみると、煤竹色の帯は男が来た時にも締めていたという。

女将の話と隠居の話を合わせて、推量してみると、次のようになった。

卯吉という男は、唐草文の単衣を纏い、煤竹色の帯を締め、灰色の頭巾を被って、『おぼろ』に上がった。携えていた風呂敷包みの中には、鍵紋の単衣と、替えの白頭巾と、短刀が入っていた。

濡《ぬ》れ事が済み、衣服を身に着けてから、卯吉はもう一度女に翻意を懇願した。だが、女の決意は変わらない。

卯吉は女を刺し殺し、自らの衣裳にも血を浴びた。

そこで、鍵紋の単衣と、白頭巾に替えたが、帯の用意はなく、血の付いたものを使わざるをえなかった。

卯吉は短刀はその場に捨て、風呂敷を帯の中に隠して、女将の目を盗んで立ち去った。

「家に帰していただけませぬか。逃げも隠れもいたしません」

頑丈な隠居が、疲れたように言った。

隠居は湯島《ゆしま》に住んでいると言う。騙《だま》されて逃げられては困るので、照貞の手下に家までをあとを付けるように命じたうえで、隠居の願いを聞き入れてやった。

隠居の出ていったあと、照貞の手下が二人、荒々しく、痩せた娘を連れてきた。

「てめえ」

娘は襟首を摑《つか》まれて、押し倒され、顔を畳に打ち付けられた。

「糞《くそ》ったれ！　旦那の前で、とっとと白状しやがれ。黙っていやがると、逆さ吊《づ》りにして、池に突き落とすぞ」
十四、五ぐらいの娘だが、顔を畳にぐいぐい押し付けられても、悲鳴も上げないでいる。辛抱《しんぼう》強い娘のように見えた。
「どこの娘か？」

彦太郎は二人に聞く。

「店の前でうろうろしておりました。声を掛けたら、逃げ出しやがって……捕まえましても、名前も、素性も、何の用かも、白状いたしません。怪しい奴です」

手下の一人が答えた。

「ご苦労。この先は俺が吟味する」

彦太郎は娘一人を残して、ほかの者を引き取らせた。

娘は顔をさすって起き上がる。痛みは和らいでも、この先何をされるのか、ひどく怯《おび》えているように見えた。

彦太郎には、この娘の正体の見当が付いていた。

「お前の主人が殺されたのか?」

娘は何も答えない。追い詰められ、逃げ場のなくなった小鹿のような目で、彦太郎を見るばかりであった。

「下手人は卯吉という男だ。お前が手引きをしたのではないか」

娘の小さな口から、絹を裂くような悲鳴が上がった。娘はうつ向きに倒れ、悲鳴は泣き声に変わって、細い体をねじるようにして泣きじゃくった。

「も、申し訳ありません。卯吉様がお嬢様に刃物を振るわれるなど……」

泣き声に交じって、ようやく、娘の言葉が聞かれた。

「お前が殺したわけではない。お前の主人のことを教えろ」

彦太郎は畳に腰を下ろした。

「真綿問屋河口屋《かわぐちや》のお弓《ゆみ》様です。十七になられます。お店は通油町《とおりあぶらちょう》にございます」

娘は泣き止んできて、顔を上げ、自分は女中のお滝《たき》だと名乗った。

「いつ頃から、お弓に仕えておるのか?」

「去年の夏からでございます。お弓様が品川の小津屋《おづや》から戻られまして、私が雇われて、身の回りのお世話をさせていただくことになりました」

「戻ったとは……離縁されたのか？」

あの女が出戻りとは、予想もしていなかった。

「はい、一昨年の秋に小津屋の新太郎《しんたろう》様のところに嫁入りなさいました。お気の毒に、家風に合わないと帰されまして……」

「どの辺りが家風に合わぬのか？」

「存じません。旦那様があちらに尋ねられても、家風に合わないの一点張りのようでして、お嬢様は何もおっしゃいません」

お滝は彦太郎の前に行儀よく坐った。

「卯吉との馴れ初めは？」

「去年の秋の神田明神祭でございます。お嬢様が、私を連れて歩いておられたら、向こうから寄ってまいりました。お二人は前々からのお知り合いのようでした。私を残して、お二人でどこかへ行ってしまわれて……私は一人で帰りました。あとからお嬢様が帰ってこられて……卯吉のことは内緒にするように、これから、文を取り次ぐように、と命じられました」

お滝は目に涙を浮かべながらも、はきはきと話した。主人思いの、しっかり者の女中のように見えた。

「それから、月に一度は、ここに来ていたのか？」

「はい。私もお嬢様とご一緒に……お嬢様がここに入られますと、私はお山やら、山下やら、不忍池やらを回って過ごしまして、中島に戻ってまいります。そのうち、お嬢様が出てこられて、一緒に帰っておりました」

「文はどこに届くのか？」

「近くの観音堂の前の石の下でございます。日が近付いてまいりますと、私は毎日そこへ見にいっておりました。文には明日の昼八つとか、明後日の昼四つとか、書かれております。そのままお嬢様に渡しておりました」

「これがその文か？」

彦太郎は屍の紙入れにあった文をお滝に示した。

「これは、一昨日に私が石の下から取り出して、お嬢様にお渡ししたものです」

「卯吉の書いたものに相違ないか？」

「卯吉様の文なら何度も見ております。これは卯吉様の字に相違ございません」

「頭巾を被るのは、お弓の思案したことか？」

「いいえ、私がお願いいたしました。もしも、お二人が知り合いに見られてしまいますと、私もただではすみません」

「お弓は、卯吉と別れたがっていたのではないか？」

「三月にお弓様にご縁談が持ち上がりました。お相手は、水油問屋住吉《すみよし》屋の惣領《そうりょう》の藤兵衛《とうべえ》様でございます。お弓様も気に入られまして、先月には卯吉様にも告げられました。卯吉様は承知なされて、今日が最後の逢瀬のはずでしたのに……」

「卯吉とは何者か？」

「塗物問屋常陸《ひたち》屋のご次男で、気楽なご身分でございます。歳は二十一になられます。お弓様のお話では、芝居に、音曲《おんぎょく》に、寄席に、囲碁に、遊んでばかりとのことで……賭事《かけごと》もなさります」

「女に刃物を振るうような奴か？」

「お腹立ちになると、乱暴になられるようです。……顔のお疵も、賭場《とば》で大喧嘩されて、殴られ、切られたとか。背中に鯉《こい》の文身まで入れておられます。女も何人もおられますが、客商売のかたばかりで、お弓様が一番のお気にいりとか……お弓様に去られるのはお辛かったようで……それでも、承知されたのですから……まさか、お弓様に刃物を振るわれるとは……夢にも思いませんでした」

「お弓は卯吉を好いていたのか？」

「どなたでもよろしかったように思います。去年の夏には、お弓様はぼんやりされていて、死にたい死にたいとおっしゃられて、私が賑《にぎ》やかな場所にお連れして、お慰め申しておりました。たまたま卯吉様が近付いてこられて、気晴らしになるかと受け入れられたと思います。近ごろではすっかりお元気になられて、卯吉様は要《い》らなくなっておりました」

ずっとそばにいただけあって、お滝の観察は鋭く、的確で、彦太郎は話を聞いただけで、二人の仲の成り行きを、目で見たように思い浮かべることができた。

家に戻されて、ひどく落胆していたお弓が、卯吉と逢瀬を重ねて元気になっていく。だが、元気になったお弓はまた嫁に行かねばならず、卯吉との逢瀬を続けるわけにはいかない。

一方、卯吉には、お弓はなくてはならない女となっている。かといって、厄介者《やっかいもの》の卯吉には、お弓を嫁に迎えることなどできない。無理に引き止めようとして、断られ、用意してきた刃物を振るってしまったのだ。

お弓の両親や、常陸屋の者からも話を聞いてみなければならないが、お滝の話の確かさは揺るがないように思われた。

お滝を連れて、お弓の死骸のところに戻った。新次は検屍を終えており、毒薬死や殴打死ではないと断言した。

お滝は死骸にすがりついて泣き出したが、しばらくはそのままにさせておくことにした。

照貞はすでに手下に命じて、卯吉の行方《ゆくえ》の探索を始めていた。新次もあちこちの岡っ引きに連絡を取りに走り出していった。

お滝を連れて訪ねていった河口屋では、すでに照貞の手下が、お弓の死の知らせを運んでいて、客は皆帰ってしまい、店中が重苦しい雰囲気に包まれていた。

母親のお草《くさ》は倒れてしまい、話も聞けなくなっている。主人の善右衛門《ぜんえもん》だけが、悲しみを堪えて、彦太郎の前に現われた。

お弓が元気になり、縁談も纏《まとま》って、ようやく幸せになれると喜んでいたのに、こんなことになり、死んでしまいたいほど悲しいと、善右衛門に嘆かれた。だが、善右衛門も、ふだんのお弓のことはお滝に任せ切りだったらしく、むろん卯吉のことも、出合茶屋のことも気付いていなかった。

お弓が離縁されたわけについては、家風に合わないというよりも、夫の新太郎と仲良くできなかったためらしいが、よくわからない。詫《わ》び金ももらったし、すんだことなので、忘れることにしていたという。

「思い返してみますれば、一昨年の天下祭（山王祭）の時が、お弓の一番幸せな時でございました。華やかに着飾りまして、屋台の上で、囃子《はやし》に合わせて、美しく舞う姿が、目蓋に焼き付いております。あれっきり、お弓の運は失われてしまいました」

お弓が山王祭の屋台で踊った件は初耳だが、あの顔立ちなら、さぞかし美しく、屋台に映え、人目を引いたことは想像がつく。

彦太郎は玄朴のいいなずけであったお千代のことを思い出した。お千代には幸運が待っているであろうか。


日本橋三河《みかわ》町一丁目にある常陸屋のほうへも行ってみた。卯吉の父母はやり病で亡くなっていて、卯吉の兄の留蔵《とめぞう》があとを継いでいた。

留蔵から深い嘆きを聞かされた点では、河口屋と変わりなくとも、嘆きの中身は大いに異なっていた。

「卯吉はどうしようもない奴です。酒、女、歌舞、博打《ばくち》にうつつをぬかして、真面目に働く気などございません。背中に文身まで入れてしまいました。養子に出す気にもなれません。すぐに帰されて、こちらが恥を搔《か》くばかりです。それでも、亡くなりました母親が卯吉のことを案じておりまして、卯吉一人ぐらいを養える金はございますので、家に置いてやっておりました。恩を仇《あだ》で返されて……人殺しを家から出してしまえば、もう私も店もおしまいです。この上は、旦那のお手を煩わせる前に、首でも括《くく》って死んでくれるのを願うばかりでございます」

嘆きながらも、普段の卯吉を詳しく知らない点では、お弓についての善右衛門と変わりない。

留蔵は卯吉に女のいることは知っていたが、お弓のことは知らなかったし、ほかの女についても知らなかった。

手代や女中にもお弓のことを知っている者はいなかった。

番頭の関五郎《かんごろう》もお弓のことは知らなかったが、ほかの女のことは知っていた。卯吉が関《かか》わりを持っていた女は二人いて、一人は深川の芸者、一人は両国の料理茶屋の仲居であった。

もしも卯吉が立ち寄ったら、すぐに届けるようにと留蔵に厳命して、彦太郎は立ち去った。

第四章　毒地獄

一

お玉の探索が卯吉の探索に切り替わり、江戸中に、卯吉の探索の網が巡らされた。

顔の絵をばらまくとなると、お月に何十枚もの絵を描いてもらわねばならない。間に合いそうもないので、歪《ゆが》んだ鼻と左頰《ほお》の疵《きず》、背中の鯉《こい》の文身《ほりもの》を目印に、卯吉を探させることにした。

卯吉がすでに自死している可能性もある。無人の寺や、空き家も、洩《も》らさずに探索するように指図した。

この件については、卯吉を探すほかにすべきことはない。彦太郎も先頭に立って、日本橋から神田、神田から湯島へと回った。

常陸屋と、深川の芸者、両国の料理茶屋の仲居のところには見張りを置いておいたが、卯吉は現われなかった。

留蔵と番頭の関五郎が外に出ていく際にはあとを付けさせるようにしたが、二人とも卯吉に会いにいく気配はなかった。

事件から三日が過ぎた。

町廻《まわ》りの途中で、本《ほん》町三丁目の自身番に立ち寄ると、新次が笑みを浮かべて待っていた。すでに御用箱の用意も済んでいる。

「見つかりました。本所の古寺で死んでおりました」

やはり死んでいたのかという思いが、彦太郎の胸を打つ。卯吉も追い詰められて、少しは兄のことを考える気になったのか。

玄海と、お月と、常陸屋には、使いをやってあるという。彦太郎は新次と二人で自身番を出た。

本町、大伝馬《おおてんま》町、通旅籠《とおりはたご》町と続く通りを過ぎていく。今日は七月七日、七夕祭で、江戸中で井戸浚《さら》いが行なわれている。どの家の屋根の上にも竹が立ち、結び付けられた色紙、紙の硯《すずり》、紙の筆、紙の西瓜《すいか》などが、風にはためいていた。

通旅籠町の次は通油町で、喪に服している河口屋が見えた。

両国橋を渡り、本所に入った。

大川は日の光を受けて、ビードロ細工のようにきらめいている。その日の光も、橋に吹く風も、秋の色に変わりつつあった。

武家屋敷の並ぶ通りを抜けて、本法寺《ほんぽうじ》の裏に至ると、黄ばみ始めた稲田の向こうに、その古寺が見えてきた。

崩れかかった門の前に駕籠《かご》が置かれ、駕籠かきが休んでいた。

門の向こうは夏草が繁っている。踏み分けた跡があったが、さらに踏み分けて進んでいくと、古い井戸に出た。

まだ使えそうな井戸だが、釣瓶《つるべ》がなくなっていた。

さらに進むと、今にも崩れ落ちそうな本堂に至った。

本堂の半分ほどは、障子も、雨戸も、壁もなくなって、柱だけとなり、ぼろぼろの畳が剝出《むきだ》しになっていた。

畳の上に三人の男が屯《たむろ》している。玄海と、常陸屋留蔵と、岡っ引きの勘左《かんざ》である。

辺りには激しい悪臭が漂っていた。

悪臭のもとはすぐにわかった。三人の男から少し離れて、蛆《うじ》のたかった男の死骸《しがい》が仰向《あおむ》けに横たわっていた。

死骸の着ているのは、『おぼろ』を出る時に卯吉が纏っていたという鍵紋《かぎもん》の単衣《ひとえ》であった。単衣には血の痕《あと》はなかった。

白頭巾《ずきん》は、柱の近くに脱ぎ捨てられていた。

井戸にあるはずの釣瓶がここにあった。

長い竿《さお》の先に桶《おけ》を括《くく》り付けたもので、桶は畳の上にあり、反対側の竿の先は外に飛び出していた。

玄海はじっと死骸を睨《にら》み、留蔵は念仏を唱え、勘左は団扇《うちわ》を使って、死骸に寄ってくる蠅《はえ》を追い払っている。

蚊遣《かや》りも焚《た》かれて、煙が流れていた。

「こんな遠くまで、探しにきてくれたのか？」

彦太郎は、外から勘左に尋ねた。

この男は両国広小路を縄張りとするいきのいい岡っ引きで、つい先日、両国の水茶屋でのお玉探しを手伝ってもらったばかりである。

「広小路で噂《うわさ》を聞き付けまして……この辺りで死骸の匂《にお》いがするという噂です」

「噂はどこから流れたのだ？」

「存じません。たぶん、両国に遊びにきた百姓が、水茶屋や、料理屋の女にでも話したのでしょう」

来てみたら、確かにものの腐った匂いがして、本堂まで入ってみたら、死骸が転がっていたと、勘左は顔を顰《しか》めて言った。

彦太郎は本堂に上がった。

「一つだけ断っておく。その釣瓶は俺がいったん動かしてから、元の位置に戻してある。井戸から水を汲《く》むのに使わせてもらった。きっちり元の位置に戻したつもりだ。ほかには、俺もこいつらも一切手を触れていない。おぬしの来るのを待っていた」

玄海が言った。

彦太郎は釣瓶の桶を覗《のぞ》き込む。中は濡《ぬ》れてはいたが、空だった。

「俺が来た時にも、中は空だった。むろん乾いていた」

「先生のおっしゃる通りです」

勘左が証人に立った。

彦太郎は、悪臭に耐えて、死骸のそばに坐《すわ》った。

蛆が屍《しかばね》の目、鼻、口の周りに湧《わ》いていて、顔形がよくわからなくなっている。それでも、鼻柱の歪んでいるのと、左の頬に疵痕があるのは見て取れた。

「卯吉に相違ないか？」

彦太郎は留蔵に尋ねた。

「ええ。こいつに相応《ふさわ》しい死に方ですよ。顔も体も、蛆に食われてしまえばよろしいのです」

本気で言っているのでないことは、その顔を見ればわかる。泣きたいのを必死で堪《こら》えているように見えた。

死骸の顔のそばの畳には、乾いた飯粒やら、煮豆のかけらやら、ほかの食物の滓《かす》やらが付いている。吐いたものらしい。鼻を近付けると、死骸の腐敗とは別の匂いがした。

「毒か？」

玄海に尋ねた。

「怪しいな」

玄海は頷《うなず》いて答えた。

蛆の数と顔の崩れよう、それに暑い時節であることを考え合わせて、死んでから、二、三日は経《た》っていると思われるが、蛆を退《ど》けてみなければ、よくわからない。手で摘《つま》もうとしたら、玄海に怒鳴られた。

「止《や》めてくれ！」

「いつもしていることではないか」

彦太郎は言い返す。

「新たなやり方を試みてみたい。用意をしているので、少々待ってくれ」

玄海は穏やかに言って、奥のほうへ目をやった。そちらは壁も戸もあり、須弥壇《しゅみだん》も置かれて、薄暗くなっている。ものの焼ける匂いが彦太郎の鼻に感じられた。

ほどなく、鍋《なべ》を持った男が奥から出てきた。勘左の手下らしい。鍋の中には煮え湯が入って、湯気を立てていた。

「沸かす水がほしくて、釣瓶を使わせてもらったのさ」

玄海は卯吉の顔から蛆を剝《は》ぎ取り、鍋の湯の中に放《ほう》り込んでいく……。

「蛆を食うつもりか？」

「馬鹿なことを。蛆が大きくなるのを止めるには、殺すしかない」

そう言われても、よくわからないが、玄海に倣《なら》って、蛆を熱い湯の中に放り込んだ。

深く潜っている分も取り除いてしまうと、卯吉の顔にはいちおう蛆がいなくなった。

鼻柱は歪み、左の頬に古い疵痕がある。

目、鼻、口、頬の皮の下に、蛆が潜り込み、脂と肉を食っている。ところどころ、皮が陥没しそうになっているが、輪郭はまだ保たれていた。

口の中から悪臭がするものの、腐敗の匂いと交じっていて、毒を飲んだかどうかはわからない。

死骸の強《こわ》ばりは解け始めている。やはり、死後二日か三日は経っているようだ。二日であると、お弓を殺した次の日に、三日であると、お弓を殺したその日に、卯吉はここで死んだことになる。

本堂の前の土の上には、あまり草は生えていない。そこに筵《むしろ》を敷き、屍を筵の上に下ろした。

いつのまに着いたのか、お月がそばに来ていた。今日は弟子の姿はなく、一人きりだった。

お月は匂いに顔を顰めることもなく、平然として、死骸の顔の絵を描《か》き始めた。

彦太郎と新次は、卯吉の衣服を剝いでいく。褌《ふんどし》まで取って丸裸にした。

顔と違って、胴、腿《もも》、腕は、衣服に包まれていただけあって、腐敗は遅れ、皮も、肉も、脂身も、どうにか保たれていた。

背中には、鯉の文身が、はっきりと認められた。常陸屋留蔵も、卯吉のものだと断言した。

留蔵はそれ以上弟の検屍を見ているのが辛くなったらしい。一旦《いったん》帰って、改めて死骸を引き取りに来たいと頼むので、許してやった。

屍の右の脛腹《すねばら》には、三寸ほどの疵が見られた。疵といっても、切られたり刺されたりしたような疵ではなく、その範囲だけ、肉がえぐり取られたような疵であった。

この疵は血の痕もなく、皮の縮みもないことから、明らかに死後の疵であった。

人のいない古寺で、一人死んでいったはずの男に死後の疵があるのは、妙である。

だが、この寺には、人はいなくとも、ほかの生きものはいてもおかしくはない。その生きものの仕業ではないかと彦太郎は思った。

「死んでから、犬に食われたかな？」

本堂の床と地面の間には、犬はむろんのこと、人一人でも入り込めそうな隙間《すきま》がある。外から見ると、暗くて、不気味である。或《あ》るいはその辺りに犬が住み着いていないかと、覗き込んでみたが、そこには、犬の気配も、人の気配もなかった。

「鼠ではありませんか？」

新次が言う。

「さんざん親の脛を齧《かじ》っていた奴が、死んでから、犬や鼠に脛を齧られるとは……因果応報じゃ」

玄海がきつい皮肉を言った。

この死後の疵を除くと、生前、死後を含めて、新しい疵は見当たらない。

肛門《こうもん》を調べても、奥に疵や刃物はなかった。

「残るは毒薬死か」

彦太郎は、屍の口の奥に銀簪《ぎんかんざし》を入れていき、紙を詰めて蓋《ふた》をした。

しばらくして、銀簪を取り出してみると、見事に青黒く変わっていた。

「やはり毒薬死か」

玄海が頷いた。

彦太郎は肛門の奥にも銀簪を入れてみた。こちらでは、色は変わってくれなかった。

「片手落ちか」

玄海が皮肉っぽく言う。

「いや、毒を飲んで、すぐに死んでしまえば、毒は肛門にまで至ることはない。色が変わらずとも、何ら妙ではない」

「さようか」

玄海は反論しなかった。

「この男、常陸屋卯吉は、三日前に不忍池の中島で河ロ屋のお弓を殺した。それから、この寺に逃れてきて、その日のうちか、次の日に、自ら毒を飲んで、毒薬死した」

彦太郎は断案を下した。

「その日か、次の日のどちらだ?」

玄海が聞く。

「どちらかだ」

彦太郎は答える。

「話にならん。俺が教えてやろう」

玄海は再び本堂に上がっていく。彦太郎と新次があとからついていく。

お月はもう顔の絵を描き上げていたが、玄海の話が興味深いのか、新次について上がってきた。

蛆を放り込んだ鍋の湯はもう冷めていた。蛆はすべて湯溌死《とうはつし》している。玄海は外の土の上に湯だけを捨てた。

それから、鍋に残った蛆の死骸を、二列に畳の上に並べていく。手伝おうとしたら、撥《は》ね除《の》けられた。

どうやら、玄海は蛆の大きさにより、分けて並べているらしい。大きさのきれいに揃《そろ》った蛆の列が二組できた。小さい蛆と大きい蛆。

「これが答えだ」

玄海が誇らしげに言う。

「済まないが、もう少しわかりやすく教えてくれないか」

彦太郎は下手《したて》に出た。

「人が死んでから一日経つと、蛆が湧き出す。二日経つと、一日目に湧いた蛆が大きくなる。一方、新たに湧き出す蛆もある。もしも、死体にたかる蛆が、大きいのと小さいのに分けられるなら、大きいほうが、死んだ翌日に湧いた蛆で、小さいほうが翌々日に湧いた蛆だ。すなわち、その死体は死んで二日経つということになる。もしも、蛆が大きいのと中ぐらいのと、小さいのに分けられるなら、大きいのが翌日、中ぐらいのが翌々日、小さいのが三日目に湧いてきた蛆になる。すなわち、その死骸は、死後三日経つということだ」

玄海はゆっくり説明した。

「この屍にたかっている蛆は大きいのと小さいのしかないから、大きいのが昨日湧いてきて大きくなったもので、小さいほうが今日湧き出したもの、すなわち、昨日は死んだ翌日で、今日は翌々日、死んだのは二日前ということか」

言いながら、さすが玄海と、彦太郎は感心していた。

だが、・誉めてやると、図に乗ってすぐに威張り出すので、口には出さなかった。

「そうだ。卯吉はいざとなれば死ぬつもりで、毒を用意していたのだろう。だが、いざ死ぬとなると、心は乱れる。それから一日は、井戸から釣瓶で水を汲み、その水だけ飲んで過ごしたのさ」

玄海はますます冴《さ》えてきた。

「言い直そう。常陸屋卯吉は、三日前の七月四日に不忍池の中島で河口屋のお弓を殺した。それから、この寺に逃れてきて、次の日に、自ら毒を飲んで、毒薬死した」

彦太郎は、声を大きくして言った。

「犬でしょうか？　鼠でしょうか？」

お月が尋ねた。たしかに、その問題はまだ答えが出ていない。

「鼠なら、奥で死んでおりましたぜ」

外から声がした。死骸のそばにいる勘左の手下の一人だった。先程鍋に湯を沸かしてきた男である。

その手下が本堂に上がってきて、彦太郎達を案内してくれた。

奥の板の間は、死骸のあった畳間と違って、ひどく埃《ほこり》が積もっていた。手下の行き来した跡が足跡となって残っている。そのほかに人の足跡は見当たらなかった。

鼠の死骸が、須弥壇の横の奥のほうに、転がっていた。野鼠ではなく、家鼠だ。かなり大きくて、腹もだぶつき気味である。

鼠の死んでいた場所は、畳間から五間ほどの距離がある。よく見ると、その間には、鼠の足跡が点々と付いていた。

「こいつか」

新次がうれしそうに言った。

彦太郎は鼠を手にとって調べてみた。死んだばかりの鼠ではない。死んで一、二日は経っていそうだった。

どうやら、この鼠が、死骸の腟を齧った張本人らしい。腟を齧ったうえに、卯吉の吐いた毒でも舐《な》めて死んでしまったのか。

「鼠でしたか」

お月は呟《つぶや》くように言った。

これで、この件も、お弓殺しの件も、一点の曇りもなく解決した！

彦太郎の思案は、明日から再開するお玉の探索のほうへ移っていった。


玄海は帰った。

お月も帰ろうとしたので、呼び止めた。

「お百合は検屍に飽きたのか？」

「じつは……お百合はもう辞《や》めました」

お月はしょげたように言う。

「辞めた？　一人で描いていくということか？」

「いいえ、もう枕絵を描くのは止めると言い出しました。ただの小間物売りに戻ると……。もったいないと引き止めたのですが、決心が堅くて……」

「急なことだな」

「はい。見たものをそのまま描けばよいということにして、本人も精進しておりましたのに……お百合の絵が気に入った客も、何人も見つけましたのに……残念でなりません」

初めての弟子に逃げられてしまい、お月は唇を嚙《か》んでいた。

　そうなると、彦太郎は次の言葉が言いにくくなってしまう。

　だが、遠慮すべきことではないので、言ってみた。

「お玉の探索をさらに広げたい。そのためには、顔の絵がもう十枚は要《い》る。できるだけ早く……」

「承知いたしました。今晩中に描き上げましょう」

　お月はあっさり引き受けてくれた。

「できるのか？　お百合もいないのに」

「北沢様のお役に立てるなら、喜んで……明日の朝、絵を取りにお越しください」

　お月の帰ったあと、彦太郎は念のため、勘左に、握り飯と鶏を取ってこさせた。

　死骸の口の中に置いた握り飯を二羽の鶏に食わせると、どちらもよろめき出し、ついに倒れてしまった。

　この死骸は毒薬死に相違なかった。

二

翌日。

朝も早くから、お月の家では、怪しげな男女の声が響いていた。

障子戸越しに聞こえてくるその声は、普段より一際大きいように感じられた。

彦太郎は戸を開いて入っていく。

畳一面に敷かれた青い紙が、まず彦太郎を驚かせた。それが海であることはすぐにわかった。

紙の上で、お水が腹ばいになり、顔を低くし、尻を後ろ上に突き出している。着物の裾《すそ》はめくり上げられ、尻も腿も剝出しになっていた。

その着物は透き通るような赤と白で、波や魚の飾りが付いている。頭には冠のようなものが載っていた。これはおそらく乙姫《おとひめ》様であろう。

お水を後ろから貫いているのは、情人の段一郎ではない。その男は段一郎より遥《はる》かに頑強な体付きで、肌も赤黒く、野性味に溢《あふ》れていた。漁師の着物を着て、腰から魚籠《びく》を垂らし、右の肩には釣り竿を担いでいる。これは誰が見ても、浦島太郎《うらしまたろう》であった。

浦島太郎は左手一本で乙姫様の尻を持ち、休みなく動いている。乙姫様の体は、まるで荒波の上にでもあるように、激しく揺れ続けた。

その揺れはたいそう心地よいらしく、乙姫様は竜宮城《りゅうぐうじょう》で美しい舞を見ているような至福の笑みを浮かべ、歓声を上げ続けた。

乙姫様は浦島太郎のほうを向き、抱き合って、口を吸い合った。いままでの激しい動きとは打って変わって、舌と舌とが愛《いと》しげに絡み合い、しっとりと口を吸っている。それは交合よりもずっといやらしく見えた。

そのあとは乙姫様の独り舞台となり、仰向けになった浦島太郎の上で、縦に横にと動き回った。

ほどなく、浦島太郎の断末魔のような声とともに、二人の動きは止まった。

立ち上がった浦島太郎は彦太郎に挨拶《あいさつ》し、乙姫様のお水に何度も礼を言ってから、衣服を身に着けて帰っていった。

「お待たせいたしました。お上がりください、旦那様《だんなさま》」

お水が微笑んで言う。

「お月はどうした？」

「まだ二階で休んでおられます。師匠は明け方まで仕事をされたそうでして」

お玉の顔の絵の仕事に相違ない。彦太郎は少々気が咎《とが》めた。

海の上に上がって坐ると、乙姫の衣裳《いしょう》を着たお水が、茶を運んできてくれた。

「描く者もおらぬのに、大した熱の入れようだな」

「わざわざ来てくれたのに、師匠が朝寝しているからって、手ぶらで帰すわけにもいきません。稽古《けいこ》をつけてやりました」

「楽しい稽古だな。お前も男も」

彦太郎は笑ってしまった。

「段一郎はどこにいる？」

「あの痩《や》せ亭主じゃ、浦島太郎は務まりません。家におりますよ。炊事、洗濯、掃除……仕事はいくらでもございます」

「教えてくれぬか。亭主相手と、ほかの男が相手では……何か違うのか」

「何も違いません。亭主にさせることは、ほかの男にもさせますよ。相手を楽しませて……私も楽しみます。ただ……心は段一郎のものです。旦那も、心だけはご新造様に残しておかれて、体のほうは、師匠にも使わせてやってくださいな」

からかってみたら、とんだ逆襲を食らってしまった。

お水の裸は見慣れているのだが、こんな透けた衣裳を着て、前に坐られてしまうと、かえって、目のやり場に困ってしまう。

いくら不忍池の事件が落着したとはいえ、お水相手に長々と油を売っているわけにもいかない。お月を起こして、絵を受け取って帰ることにして、彦太郎は立ち上がった。

「私は帰ります。旦那様は、ごゆっくりお過ごしください。師匠をいたわってあげてください。お百合がいなくなって、淋《さび》しそうですよ。仕事のごほうびもお忘れなく」

お水はまた余計なことを言った。

彦太郎は二階に上がった。

衣桁《いこう》も、文机も、葛籠《つづら》も壁際に寄せられ、部屋の真ん中に布団が敷かれていた。

文机には、お玉の顔の絵が載っている。

お月は夜着から顔だけ出して、すやすやと眠っていた。

愛おしさが、彦太郎の心に満ちてきた。

自分のために、徹夜で働いてくれたのだ。なんといじらしく、可愛い女だろう。

彦太郎は布団のそばに刀を置き、お月の体に掛かった夜着の縁を、少し持ち上げて覗いてみた。

お月の裸の肩と、きれいな乳房が見えた。

彦太郎の股間《こかん》は、炎熱に焼かれたように熱くなってきた。

お月を抱いて何が悪いのか。

心底自分に惚れているお月を抱いてやって、どこがいけないのだ。

こんないい女を飼い殺し同然に取り扱っていることこそ、罪深いことではないか。

彦太郎は女房のお園の顔を思い浮かべようとしたが、浮かんでこなかった。先祖達も諦めたようだ。

彦太郎は着物を順に脱いでいき、褌一本になった。夜着をめくり上げ、お月の隣に入っていく。お月も白い湯文字しか纏っていなかった。

「北沢様」

お月が目を開き、幸せそうな笑みを浮かべた。

「来てくださると信じておりました」

お月が唇を寄せてきて、彦太郎の口を吸った。手は股間へと向かい、褌の中に入り込んできた。

「うれしい！　夢ではないかと疑ってしまいます」

「夢ではない」

彦太郎はお月の乳房を握った。細身の体にしては大きめの、きれいな乳房である。揉《も》むのと吸うのを繰り返して、お月は歓喜の声を上げ続けた。

お月は起き上がって、己れの湯文字を外し、彦太郎の褌も外してしまった。

それから、仰向けに寝転がり、両膝《りょうひざ》を抱えた。

「私の隅々まで、奥の奥までご覧ください」

お月は震えるような声で言った。

黒い茂みから続いて、疎《まば》らに毛の生える土手があり、薄茶色の襞《ひだ》が閉じている。

襞を開くと、薄紅色の玉門が現われた。すでに愛液で濡れている。

急いだほうがいい。ぐずぐずしていると何が起こるかわからない。飛んだ邪魔が入ることがあるし、突然自分の気が変わってしまうかもしれない。

上体を起こし、膨れ上がった竿を、玉門に押し当てた。

お月の悦楽の表情を見ながら貫こうと顔を上げた時……。

彦太郎は驚愕《きょうがく》の余り、硬直した。

恐かったのではない。

こんな時でなければ、これほど驚くこともなかっただろう。

だが、今は金縛りにあったように動けなくなってしまった。

お月が彦太郎の表情に気付いたのか、首を捻《ひね》って、己れの頭の上方にあるものを見た。

そこには、大きな鼠が一匹、静止していた。

お月の乳房を吸っていた時には、こんな異様なものはいなかった。玉門を眺めているうちに、どこからか出てきて、居座ったらしい。

「何でお前がここに！　馬鹿！　馬鹿！」

お月は怒り狂った様子で、鼠に向かって手を振り回した。

鼠も驚いたようだが、反撃してお月に嚙み付くようなことはなかった。一目散《いちもくさん》に走り出し、階段のほうへ消えた。

「ああ！　なんて不幸せな私」

お月は夜着で顔を覆ってしまった。

彦太郎はとても答えられない。幹のようだった茎物は、だらしなく股間に垂れている。今すぐに、頭の中から、巨大な鼠の像を追い払うのは難しい。お手上げの状態に近かった。

「すまない」

彦太郎はお月の髪を撫《な》でた。

「北沢様のせいじゃありません。私が悪いんです。あの鼠に懐かれてしまいました。鼠に餌《えさ》をやるような愚かなことをしたからです。お百合がいなくなってから、ついつい淋しくて……」

夜着から顔を出したお月は、もう怒っても、嘆いてもいなかった。

「お前が気に入って、頭のそばに来たわけか。驚いて悪かった。この家の住人なら、仲良くすればよかった」

もう少し早く、頭のそばに来る前に気付けば、さほど驚かずに済んだかもしれないが、すべてはあとの祭りであった。

「今日はあきらめます」

お月はさっさと湯文字を纏い、襦袢《じゅばん》を着た。彦太郎も褌から順に身に着けていった。

「もう一度、今日のような機会がありますように」

お月は両手を合わせた。

彦太郎は文机の上の絵を数えた。たしかに十枚あった。

この絵をもらって帰ろうかとお月を見て、様子のおかしいことに気付いた。

お月は布団の上に坐ったまま、何やら考え込んでいる。

「どうしたのだ？」

「鼠です。鼠のことを考えておりました」

「今の鼠か？」

「いえ、古寺で死んでいた鼠のことです。実は明け方に寝付く前にも、鼠のことを考えておりました。忘れておりましたが、今の鼠を見て思い出しました」

「怪しいな」

となると、今の鼠が現われたのは、古寺の鼠に注意を向けるため、彦太郎の先祖達が仕組んだことかもしれない。また、先祖達は彦太郎とお月の交合を妨害して、大事な嫁のお園を守ったつもりなのかもしれない。

「何が怪しいのですか？」

お月は聞き返す。

「何でもない。古寺の鼠がどうしたのだ？」

彦太郎は本題に戻した。

「あの鼠は、家の中にいる鼠でした。かなり大きゅうございましたね。鼠は餌を充分に食べるとよく太るものです。ところが、あの古寺の本堂の中には、食物の類《たぐい》はありません。その割りにはよく太っておりました。どこで餌を食べたのでしょう？」

「鼠は何でも食う」

「ええ……それでも、話が出来すぎているような気がいたします。死体の腟が食い千切《ちぎ》られていて、鼠のせいかと思ったら……その鼠が近くで死んでいたとは……」

「出来すぎかどうかはともかく、妙な話ではない。毒の廻った死骸を食えば、鼠に毒が廻るのはありえなくはない」

「毒が腟まで廻りますでしょうか？　喉《のど》の辺りを食い千切ったのなら、合点が行きますが……」

お月はかなり考えたらしい。次々と反論を打ち出してきた。だが、彦太郎にはすべて合点が行くように思われた。

「腟に毒がなくとも、死骸の吐いたものを舐めたり、食ったりすれば……死に至っても当たり前だ」

お月は黙ってしまった。

襦袢姿で布団の上に行儀よく坐り、じっと考え込んでいる。

そんなお月は艶《なまめ》かしく、美しい。もう一度抱き締めたくなってきたが、それは場違い、心得違いというものだろう。

さっきまで彦太郎との房事に身も心も委《ゆだ》ねようとしていたのに、今は鼠の死骸のことに没頭しているのだから、お月も妙な女である。

だが、検屍のことを大真面目で考えてくれるのだから、有り難いことではある。

「もしも、あの鼠が腟を齧って、ほどなく死んだのなら、腹を開けてみれば、腟の肉のかけらが見つかるはずですね」

お月はとんでもないことを言い出した。

「鼠の解屍《かいし》をさせるつもりか！」

「人の解屍はご法度ですが、鼠の解屍はご法度ではございませんね？」

ご法度であろうがなかろうが、鼠の解屍をする者などいない。

「玄海に頼むにしても、あの男も解屍などできはしない」

「長崎まで行かれて、シーボルトから西洋の医術を学ばれたのですから、鼠の解屍ぐらいおできになるでしょう」

もう片付いた事件と思っていたのに、たいそうな話になってきた。

わざわざ今からあの古寺まで行って、鼠の死骸の腹をたち割ってみても、腟のかけらが見つかって、これまでの当て推量が確かめられるだけのことだろう。そんなことに時間を費やしているよりも、早くお玉の探索に戻るべきようにも思われる。

だが、鼠の解屍という思い付きは悪くはない。腹の中から腟のかけらを見つければ、それだけでも、彦太郎の検法（検屍法）に新たな手段を付け加えることになる……これは価値のあることのように思われた。

「よし、やってみるか」

彦太郎は立ち上がった。

三

彦太郎は玄海に文を書いた。お月は近所の子供に駄賃をやり、その文を玄海の家まで届けるように頼んだ。

彦太郎とお月は本所の古寺へと向かった。

寺は昨日の検屍の賑《にぎ》わいは嘘《うそ》のように、元の廃墟《はいきょ》に戻ってしまっていた。

しかし、静かなことと、卯吉の死骸がなくなったこと、釣瓶が井戸に戻されたことを除けば、昨日の様子と何ら変わりない。

鼠の死骸は、昨日と同じ場所に転がっていた。

お月の疑っているのは、卯吉の死の背後には誰か人がいて、その人間と、卯吉の腟の疵との間に関《かか》わりがあるのではないかということだろう。

もし、その通りなら、脛の疵は鼠や犬に噛みちぎられた痕ではなく、何か別の原因でできたことになる。そして、鼠の死骸は、鼠が卯吉の屍の脛を齧り、毒に当たって死んでしまったと思わせるために、その人物によって、この場所に置かれたことになるだろう。

しかし、ここまで来て、そんな当て推量は成り立たないことが、彦太郎にはわかった。

畳間から、死骸の場所までは五間ほどの距離がある。死骸を置くためには、手に持って運んでいくしかない。ところが、この間には、勘左の手下の足跡のほかには、鼠の足跡しかなかったのだ。

彦太郎はそのことをお月に話した。

お月は答えない。ただ唸《うな》っていた。

鼠の死骸を畳間に持ち帰って待っていたら、玄海が息を弾ませてやってきた。

「驚いたな。屍の疵の詮議《せんぎ》のために、鼠の解屍をすべきとは……」

「昨日も今日もすまないな」

「とんでもない。光栄だよ。これまで、鼠の解屍をして、人の屍の疵の原因を明らかにした者はおらん。俺は検屍の歴史に名前を残すことになる。シーボルト先生にほめていただけるか……そういえば、シーボルト先生は帰路の長い旅を終えられて、出島に落ち着かれているだろうか」

玄海ははしゃいでいるように見えた。

野ざらしに近い畳間には充分に日の光が入るので、鼠の解屍はここでやることにした。

玄海は、持ってきた板を畳の上に置いた。

それから、板の上に鼠の死骸を仰向けに置いて、両手両足を針で留めた。

「鼠の内景はご存じですか？」

お月が遠慮なく尋ねた。

「知らん。案ずるな。シーボルト先生のお話では、人も鼠も、内景はほとんど変わらぬそうだ。同じ種類の生きものだから。人の内景なら、本で飽きるほど見て、実物も見た」

玄海には不安のかけらも見られない。

「人と鼠が、同じ種類なのですか？」

お月は合点が行かないらしい。

「どちらも、女の乳を吸って大きくなる」

玄海は平然と言い放つ。

お月がそばにいたために、彦太郎はつい顔が赤くなってしまった。『女』ではなく『母親』ではないかと思ったが、口には出さなかった。

玄海は持ってきた箱を開いた。

光沢のある金属の道具がきれいに並んでいる。彦太郎が初めて見るものもあるし、これまで見たことがあるものもあった。

ものをつかむ鑷子《せっし》（ピンセット）、ものを挟む鉗子《かんし》、よく切れそうな鋏《はさみ》、縫うための針。そして、研ぎ澄まされた手術用の刀。

玄海は手術刀を鼠の鳩尾《みぞおち》の辺りに当て、縦に切った。

一太刀《ひとたち》で腹の壁はすべて切れてしまい、はらわたが顔を覗かせた。

玄海は鋏に持ちかえ、腹の中で鋏を使っていく。胃や腸を腹の中に留《とど》めている膜を切るのだと説明した。すぐに膜は切られてしまい、長く繋《つな》がった臓物が、腹の外に取り出された。

「これが胃だ」

玄海は逆さ茄子《なす》の形をした臓物を示し、壁を切り開いた。

中から水が流れだす。人間の脂や肉のかけらのようなものは出てこなかった。

「水が多いな」

玄海は呟きながら、胃の壁の内側を調べていた。

「何もない」

さらに、細長い腸を鋏で開いていく。

だが、中途の辺りで、調べる興味をなくしたように止めてしまった。

「何もない」

玄海はもう一度言った。

「鼠は死骸を食っておらぬということか」

彦太郎は聞く。

「そうは言い切れぬ。二日前に死骸を食ってから、死骸の吐いたものを舐めて死んだのなら、ここに何もなくとも、妙ではない。違う！　そんなことはどうでもいい！　おかしい！　水が多い。おう、おう、何の水だ！」

玄海は途中から、ものに憑《つ》かれたようになってきた。

「大丈夫か？　刃物を振り回すなよ」

彦太郎は一瞬後ろに退いた。

「銀簪の旦那よ。おぬしも俺も、希代《きたい》の愚か者だ。この鼠を毒薬死などと決め付けて……」

玄海は大げさに首を振り、顔を顰めた。

「毒薬死でなければ、何なのだ？」

「そいつは今から明らかになる」

玄海は、鼠の喉の辺りから鳩尾まで、手術刀で一気に切り下ろした。胸の前にある骨を鋏でばちばち切って行く。肋《あばら》が折れるほど左右に大きく開くと、赤黒い臓物が姿を現わした。

右と左に膨れ上がった盾のような臓物があり、それらに挟まれて、真ん中の下のほうに丸い臓物が見えていた。

「左右が肺臓、これで息をする。真ん中が心の臓、こいつが血液を送り出す」

玄海が説明する。

「やはり、そうか」

玄海は一人で頷いている。

「毒薬死でなければ、何なのだ？」

彦太郎はもう一度尋ねた。

「よく見てくれ。両方の肺臓が膨れ上がっている。それからその赤い斑《はん》だ」

玄海は指差した。

肺が膨れ上がっているかどうかは彦太郎にはわからないが、肺臓に赤い斑がいくつも見られるのはわかった。

「江戸でシーボルト先生をお訪ねした際に、検屍の話題が出た。シーボルト先生は教えてくださった。こういう死に方をした屍を解体すると、四つの特徴が見られると。一つは胃に水が多いこと、一つは肺臓が膨れ上がること、一つは肺臓に赤い斑が見られること。もう一つはこれだ」

玄海は喉を通る白っぽい管を切り開いていった。

そこから、出てきたのは、いくつもの泡の交じった水だった。

彦太郎にもやっと、シーボルトがどういう死骸について話したのかわかった。こういう泡なら、これまで数え切れないほど、人の検屍で見てきていた。喉ではなく、鼻に付いていたのだが。

「水死なのか」

「ああ、まんまと騙されるところだった。この鼠は、水に漬けられて殺されたのだ」

四

三人は土の上に降り立った。

彦太郎が手で穴を掘り、気の毒な鼠の死骸を埋めてやった。

とんでもない結果が出たばかりに、彦太郎はすっかり混乱してしまった。

鼠の死因が水死であることには合点が行った。ここには鼠が自ら溺《おぼ》れ死ぬような場所もないから、水死させられたことも合点が行く。

だが、その先がわからない。

「誰かが鼠の死骸をあの場所に置いたとして、どうやって足跡も残さずに運べるのか？」

「釣瓶だな」

玄海が答えた。

「釣瓶の桶と竿を繫ぎ直して、杓《ひしやく》のような形にする。桶の中に鼠の死骸を入れて、畳の間から竿を伸ばして、あの辺りまで届いたら、杓を引っ繰り返せば、鼠は床に落ちる。竿と桶を繫ぎ直して、畳間に戻しておく」

「鼠の足跡は、どうした？」

「桶に入れる前に、鼠の死骸を竿に縛り付けて、竿を操って、上げたり下ろしたりすればよい」

「あの鼠は、どこで捕まえたのか？」

「その誰かの家にいた鼠じゃないか。鼠取りで捕まえて、水に漬けて殺したのさ。毒を飲ませて殺せば、未来永劫《えいごう》発覚せずに済んだのに、その辺りは手を抜いたのさ。鼠が解屍されるなどと考える奴はおらん」

いずれの話にも、彦太郎は合点が行った。だが、もっと大事な問題が残されている。

「あの疵を作ったのは、鼠を殺して、あの場所に置いた奴だな。あの疵は、たまたまできたような疵ではない。それも、生前の疵ではない。死後の疵だ。わざわざ死後にあんな疵を作って、鼠が齧ったように見せ掛けたのは、何のためなのか？」

「それは……」

玄海は詰まった。

「何かを隠すためではありませんか？　あそこにあってはならないものを」

お月が言った。

「そうか、文身か、黒子《ほくろ》か、古い疵痕か……」

玄海が引き継いだ。

「待ってくれ。それでは、死んだのは卯吉でないということになってしまう。ありえないことだ」

彦太郎は口を出した。

「では、何を隠したのだ？」

玄海が聞き返す。

彦太郎は考えた。ああやってえぐり取ってまで隠したかったのは……。

「疵ではないか。古い疵ではなくて、できたばかりの疵。疵を隠すために疵を作ったのだ」

「元の疵は、鼠が齧ったようには見えない疵ですね」

お月がすぐに応じた。

「わかってきた。卯吉が死んでから、誰かが卯吉の屍に疵を作ってしまった。そのことが明らかになると、たいそう具合が悪い」

玄海が言う。

「どんな疵ができたかではなくて、疵ができたこと自体が具合が悪いわけですね。どうして、疵ができたのでしょう?」

お月が先に進めた。

「そうか」

彦太郎は思い付いた。

「誰かが屍を動かしたのだ。その際、屍が何かに当たって、脛に疵ができてしまった。その疵を見れば、屍を動かしたことがわかってしまう……」

「なるほど、さすがは北沢様だ。ついでに教えてくれ。誰かは、何のために、卯吉の屍を動かしたのか?」

玄海が尋ねた。

彦太郎はこれまで取り扱った数限りない事件の中から、屍が動かされた事件を思い出そうとした。

「屍が動かされた場合、一番多いのは、屍を隠すためだ。屍を土に埋めたり、焼いたり、解体したり、川に沈めたり、林に放り込んだりして、人の目に触れぬようにしてしまう」

「この場合には、当てはまりませんね。死骸は隠されてはおりませんから」

お月が言った。

「そのほかとなると、死んだ場所をごまかすためか、死んだ日をごまかすためだ」

「死んだ日をごまかす……」

玄海が唸った。

「そんなことができるものか。卯吉は検屍の二日前に死んだのだ。間違いない。人間はごまかせても、蛆はごまかせない。蛆は大きいのと小さいのと二種類しかなかった」

玄海のその言葉に、彦太郎は思い付いた。

「もしも、蛆の湧かぬ場所に屍を移したら……」

これを聞いた時の玄海の顔を、彦太郎は一生忘れることがないだろう。いつも強気の玄海の顔が、まるで幽霊でも見たように青ざめ、白くなり、体はぶるぶる震え出し、今にも倒れそうになってきた。

「何ということだ」

玄海は坐り込んだ。

「出てこい、どこのどいつか知らないが、どこまで俺をこけにするつもりだ。いや、出ないでくれ。お前の顔を見るのが恐ろしい。お前は鬼か、化物か。お前にしてみれば、蛆なんぞごまかすのは容易《たやす》いことなのか」

玄海は空に向かって吠《ほ》えた。

「蛆がごまかせるのか？」

「できる。人が死んでからさほど時の経たぬうちに、布切れで顔から足まで覆って、土の中に埋めてしまえばよい。土の中では腐るのも遅いし、蛆も湧いてこない。一日経てば、死骸を掘り出して、畳間に戻せばよい。それで、蛆の湧き出すのが一日遅くなる」

もしも、その通りなら、卯吉は七月四日にお弓を殺してからここに来て、その日のうちに死んだことになる。いや、違う。おそらく、ここで待ち受けていた誰かに、毒を飲まされて殺されたのだろう。

「どこに埋めたのか？」

本堂の回りの土には、人を埋めて、また掘り返したような痕跡は見られない。

「そこしかない」

玄海は本堂の床の下を指差した。そこには人一人でも入れそうな隙間があるが、外から見ると、暗く、不気味であった。

彦太郎は四つんばいになって、その隙間に入り込んだ。あとから、玄海とお月が、同様の格好で付いてきた。

少し入ったところに、怪しい箇所を見つけた。土の色が回りと少し異なり、また土が細かく砕かれている。誰かがここの土を掘り、砕いて元に戻したとしか思えなかった。

「畜生」

玄海は再び唸った。

「こいつは人殺しの仕業だな」

「ああ、卯吉は殺されたに違いない。下手人はここで卯吉を待っていたようだ」

彦太郎は言った。

「そうなると、下手人は前々から卯吉を恨んでいた奴か。それとも、お弓を殺された仇討《かたきう》ちに、ここに先回りをしたのか。いずれにしても、下手人はとてつもなく頭がよくて、とてつもなく恐ろしい奴だ。この玄海を手玉に取りやがって」

元気になった玄海だが、次のお月の言葉で、再び闇《やみ》の中に突き落とされた。

「お二人とも、下手人の本当の恐さが、おわかりになっておられません。下手人が卯吉さんを殺した日を、一日遅く見せ掛けようとしたわけが、おわかりになりませんか。下手人はここで待っていて、逃げてきた卯吉さんを殺したのではありません。卯吉さんは、ここから不忍池に行く前に殺されたのです。下手人は七月四日にここで卯吉さんを殺してから、土の下に埋めてしまい、卯吉さんに化けて、不忍池の『おぼろ』へ、お弓さんを殺しに出掛けたのですよ」

まるで、背中に刃物でも突き立てられたような痛みと震えが、彦太郎の体を走った。

お月の言葉が本当なら、彦太郎は、鬼であり、化物であり、世にも狡猾《こうかつ》なる悪党でもある下手人を相手に戦わねばならないのであった。

第五章　泥地獄

一

玄海は一人で帰り、彦太郎はお月を神田松田町の家まで送っていった。途中、両国で勘左を捕まえて、古寺で腐った匂《にお》いがしたという噂《うわさ》の出所を調べさせた。

お月を送ってから、奉行所に寄って青木に報告し、家に帰った。

青木には、誰かが卯吉を殺したことだけでなく、その男が卯吉に化けてお弓を殺したことまで報告した。お月と話し合っている間に、いくつかの疑問が解決したからだった。

まず、卯吉に化けた男が『おぼろ』に入る際に身に着けていた、唐草文の単衣《ひとえ》と、煤竹《すすたけ》色の帯と、灰色頭巾《ずきん》については、その日の朝、本所の古寺に来た卯吉が纏《まと》っていたのと同じものと考えられた。

すなわち、卯吉は不忍池に行く前に、男との約束で古寺に立ち寄ったものであり、当然『おぼろ』でお弓と逢《あ》うための服装であったと思われる。下手人は卯吉を殺して、その衣服を剝《は》ぎ取り、自ら纏って『おぼろ』へ向かったのであった。

刃物で突き刺せば血を浴びることは予想できたから、着替えとして、鍵紋《かぎもん》の単衣と白頭巾を風呂敷《ふろしき》に包んで持っていった。これらはおそらく、下手人がどこかで手に入れたものだろう。

次に、お弓が卯吉に化けた男に体を許したのかという問題があった。玉門の奥で射精がされていたから、情交があったことは間違いないが、お弓が容易《たやす》く許したとは思えない。短刀で脅して、手籠《てご》めにしたのではないかと思われた。

それから、下手人は初めから、お弓まで殺すつもりであったのか、それとも、ただ手籠めにするつもりが、ついつい殺してしまったのかが問題となった。これは着替えまで用意していたことから、初めから刺し殺すつもりであったと解することにした。

家に戻ると、新次が勘左からの伝言を伝えてくれた。

あの噂の元を辿《たど》ると、一昨日、両国の芝居小屋で、客の誰かが話していたことまではわかったが、その客がどこの誰だかわからなくて、その先にまで、辿ることはできなかったという。

彦太郎は書物部屋に閉じ籠《こ》もって、二つの事件の時の流れを纏めてみた。

七月四日
朝、卯吉は『おぼろ』に行く前に、本所の古寺に寄って、下手人に会う。

下手人は卯吉に毒を飲ませて殺し、卯吉の衣裳を奪い、裸の死骸《しがい》を布で巻き、本堂の下に穴を掘って埋める。

下手人は卯吉の衣裳を着て、『おぼろ』に行く。待っていたお弓を短刀で脅して手籠めにし、そのまま帰ると思わせておいて、短刀で刺し殺す。

下手人は鍵紋の単衣に着替えて、逃げる。どこかでもう一度着替えして、己れの家に戻る。

七月五日
下手人は古寺に行って、卯吉の死骸を掘り出す。その際に、死骸の脛《すね》に疵《きず》ができる。

下手人は死骸に鍵紋の単衣を着せて、畳の上に置く。釣瓶《つるべ》を井戸から持ってきて畳間に置く。

下手人は脛の疵の辺りを削り取る。

下手人は家に帰る。家で鼠《ねずみ》を捕まえて、水に漬けて殺す。

七月六日
下手人は古寺に戻り、鼠の死骸を奥に置いたり、鼠の足跡を付けたりの小細工をする。

下手人は両国に行き、古寺の悪臭の噂を立てる。

七月七日
卯吉の死骸が見つかる。

こうやって、下手人の動きを纏めてみると、下手人の狡猾《こうかつ》さが際立ってくる。思慮もなく突き進むと、たちまち罠《わな》にはめられてしまいそうだ。

厄介《やっかい》な悪人を相手にすることになってしまったが、これも成り行きでやむをえない。卯吉の探索は終わったので、小者や岡っ引きを、お玉の探索に動かすことはできても、彦太郎自身は当分、この下手人探しにかかりっきりになるしかない。

江戸のどこかに潜《ひそ》んでいるはずの下手人に近付いていくためには、下手人について一つでも多く知らねばならない。彦太郎は、下手人がどのような男なのか、思案してみた。

下手人には、お弓を殺すわけがあった。

下手人には、卯吉を殺すわけもあった。

下手人はお弓を手籠めにしたかった。

下手人は男である。

下手人は卯吉とお弓の仲を知っていた。あの日に『おぼろ』で逢うことも知っていた。

これらのことから、下手人はこれまで、お弓か卯吉、またはその両方に関《かか》わりがあったと思われる。まずは、お弓と卯吉の周りで、調べ残したところを、調べてみなければならなかった。

翌日。

通油町の河口屋は相変わらず店を閉め、喪に服していた。

それでも、帳場にいた手代によると、主人の善右衛門は商いの用で出掛けていた。

お草に会えるかと手代に尋ねると、手代は引っ込んで、そのお草が帳場まで出てきた。

お弓の顔付きも体付きも母親譲りであることがよくわかる。汚れなき生娘がそのまま妻になり、母親になってしまったような、清楚《せいそ》で、清純な顔立ちをしているのに、体のほうはいささか肉が付きすぎて、不釣り合いとなっている。

「具合はよくなりましたかね？」

彦太郎は尋ねた。

「いつまでも悲しんでいてはいられません。お弓には妹も弟もおりますし……私がしっかりいたしませんと……」

お草は気丈なところを見せた。

「遅れ馳《ば》せながら、大事なことがわかりましたので……」

彦太郎は、お弓を殺したのは卯吉ではなく、卯吉に扮《ふん》したほかの男であることを話した。

「卯吉という男を憎み始めておりましたのに……それが名無しの男に変わりましては、恨むこともできません。なにとぞ、その男を捕まえていただいて、お弓を成仏させてやってくださいませ」

お草は不満げに言った。

「お弓さんを殺した者に、心当たりはありませんか?」

「ございません」

即座に返事が返ってきた。

「お弓は一昨年の秋に、乾物問屋の小津屋に嫁にまいりまして、去年の夏に帰されてまいりました。その間に、昔の知り合いは離れてしまいました。戻ってからは、外に出ようともいたしません。女中のお滝が世話を焼きまして、外に連れ出すようにしておりましたが、知り合いを作るわけでもありません。できた知り合いは、卯吉という男だけのはずです。知り合いもいないのに、恨まれるようなことはないはずです」

「心当たりは卯吉だけ、ということですかな?」

「実は、私は卯吉という男のことを存じておりました。お弓は今度の縁談にはたいそう乗り気でございまして、近頃では、すっかり明るくなって、はしゃいでおりました。それで、かえって、気が咎《とが》めたのかもしれません。卯吉という男と知り合って、月に一度は逢瀬《おうせ》を重ねていると教えてくれました。お弓の話では、卯吉もお弓の縁談を喜んでくれて、今月限りで別れてくれるとのことでした。ですから、卯吉がお弓を殺したと伺って、たいそう驚きました」

幸せな嫁入りを前にして、母親に、小さな秘密を打ち明けたくなったというところか。

「卯吉とお弓さんは、前々から知り合いでしたか？」

「存じません。お弓はそのことは何も申しませんでした。お滝を叱《しか》らないでくれと、繰り返し申しておりましたが」

「小津屋への嫁入りは、お弓さんの気に入らなかったのですか？」

「あれは私と主人も悪かったのです。もっと心から喜んで、心から励ましてやればよかったと悔やんでいます」

「親も娘も気に入らないところへ、どうして嫁にやったのですか？」

「小津屋が気に入らないというよりも、夢破れて、仕方なく嫁に行くという形になってしまいまして……愚かな親でした。もっと地道に考えれば、小津屋も身に余るほどの嫁入り先でしたのに……」

「夢？　どのような夢でしたか？」

「幼い頃から、お弓を、数多くの習いごとに通わせてまいりました。唄《うた》に、踊りに、お茶に、お花に……とりわけ、唄と踊りは上手になりました。顔立ちもとてもきれいで、たいていの娘さんにはひけを取りません。おかげで、私も主人も、夢を見てしまいました。お弓が大きなお屋敷にご奉公に上がるのを許されて、お屋敷で出世していく夢でございます。その夢がかなうためには、山王祭の踊り舞台で、晴れ姿を披露せねばなりません。山王祭には、あちこちのお屋敷から、奥向きの方が来ておられます。その方々の前で上手に踊り、きれいな顔で微笑《ほほえ》んだら、祭りのあとで、奉公のお話が舞い込んでくるはずでございました。お弓はこのうえなく上手に、美しく踊りました。親の欲目と言われましても、あれほど清らかで、心に染みる舞台は、これまで見たことがございません。それなのに、祭りが終わりましても、お弓には、どこのお屋敷からもお誘いがまいりません。来たのは、商家の嫁入り話ばかりでした。お弓も私も、さっぱり気乗りがいたしません。悩んでいましたら、お弓が品川の小津屋へ行くと言い出しました。それで、小津屋に決めた次第です」

「小津屋を選んだわけは？」

「一番遠かったからでしょう」

ここにも、武家屋敷かぶれの親が一人いた。夢を見ることも、憧《あこが》れることも、夢がかなうように努力することも悪いことではない。だが、武家屋敷への奉公が、はたして夢に値するのか？　今や武家の時代ではなく、商人の時代ではなかろうか。それなのに、娘に妙な夢を植え付けて、あげくひどく落胆させてしまうのは、愚かな親としか思えなかった。

お弓と嫁入り先の不仲も、おそらく、この落胆が尾を引いているのだろう。

だが、彦太郎としても、お弓を殺されたお草に、説教をすることはできなかった。

「お弓さんが小津屋に行く前に親しくしていたのは？」

出戻りになってから知り合った者がいないなら、嫁入り先と、嫁入り前のことを調べるしかない。

「お八重《やえ》ちゃんです。ご近所の八百屋の娘さんです。小さい頃から仲がよくて……習いごとにも一緒に通っていました」

「八百屋へ行けば、会えますか？」

「お八重ちゃんは大木《おおき》様のお屋敷に奉公に上がっています。もう二年になります」

お八重もお弓と同じように祭りの舞台で踊ったのだが、お八重には祭りのあとで奉公の話が舞い込んできたのだと、お草は羨《うらや》ましそうに言った。

「どの大木様ですかね？」

「大木雄五郎《ゆうごろう》様です。小姓組の」

大木雄五郎は五百石の旗本に過ぎない。大名や大身《たいしん》の旗本への奉公ならともかく、八百屋の娘が五百石の旗本に奉公に上がるのを、大店《おおだな》のお内儀が羨むのは、いささか妙なことのように思われた。

八百屋の場所と、お弓が通っていた六人の師匠の居場所を聞いてから、彦太郎は河口屋をあとにした。

二

八百屋は近くの表通りにあり、二階建ての二軒長屋のうちの一軒で、土間には、胡《きゅ》瓜《うり》、茄子《なす》、南瓜《かぼちゃ》、西瓜《すいか》などが並べられていた。

三十路《みそじ》半ばぐらいの女が店に出ていて、奥の畳間では、少し年上の男が帳面を付けている。

彦太郎は、お弓の件で来たと女に話した。女はお八重の母親で、お弓が殺されたことは知っていた。

「お弓ちゃんは本当にお気の毒で……こちらに戻ってこられたことは存じておりまし

たが、すっかりご無沙汰《ぶさた》しておりまして……」

お八重の母親はそう言ってから、彦太郎を奥の畳間に上げてくれた。お八重の父親は帳面を閉じ、彦太郎に丁寧に挨拶《あいさつ》した。

母親は気掛かりなのか、店に戻らずに、父親の横に坐《すわ》っていた。母親はありふれた顔立ちだが、父親は芝居の立ち役でも務まりそうな美男だった。

「お八重はこちらには……？」

「去年の暮れに来たなりです。今年の盆には帰れそうもないと文に書いてまいりました」

父親が答えた。

「常陸屋の卯吉という男を知らないか？　お弓の昔からの知り合いらしい」

「存じません」

母親の顔を見つつ、父親が答えた。二人とも、穏やかな人柄のように見えた。

「昔のことを聞かせてくれ。お八重とお弓は小さい時から、仲がよかったのか？」

「一緒に稽古《けいこ》に通っておりましたから。お八重は勝ち気で……いわゆるおちゃっぴいでございまして、お弓ちゃんは、見かけはおとなしくても、しっかり者でした。それで、かえって、気が合ったようでして……」

今度は母親が答えた。

「お八重には、ずいぶん熱心に、習いごとをさせたそうじゃないか？」

「一人娘ですから。それでも、うちには河口屋さんのような身代はありません。身を削って、稽古に通わせておりました」

父親が答えた。

「旗本屋敷に奉公させたかったのか？」

「いえ、私どもは……これからの世の中では、女といえども、技能を身に付けていないと、世渡りが難しいと考えまして、稽古に通わせておりました。ですが、お八重は、お武家様のお屋敷にご奉公に上がることのほかは、考えられなくなりまして……私どもも、できればそのようにさせてやりたいと願っておりました」

「それなら、大木の家から奉公の話があって、願ったりかなったりというところだな？」

「私どもは喜びました。ところが、お八重は案に相違して、ひどく気落ちしてしまいました。話を断ってくれとまで言い出しまして……」

「わけを申したのか？」

二人が顔を見合わせたところに、表のほうから客の声がした。どちらが出ていくか迷っていたが、母親のほうが残った。

「ご勘弁ください。お武家様の前では、とても口にできないようなことでございまして……」

青くなった母親は、頭を下げた。

「かまわん。ここだけの話とする。大木の家に伝わるようなことはない」

「お八重に言わせますと……失礼の段お許しください……五百石のお家では、ご奉公に上がっても先行きが知れているし、そもそも、五百石ぐらいのお家からしか話が来ないのは、自分が安く値踏みされたことになる。よそでは大身のお旗本様からご奉公の話が来た家もあるのに、自分がこんなふうに扱われるのは侮辱だと……。お弓ちゃんも当てが外れましたので、二人で怒ったり、悲しんだり、慰め合ったりしておりました」

母親は強《こわ》ばった声で、ひどく恐縮しながら話したが、彦太郎は別段腹は立たなかった。お八重の話はそれなりに筋が通っている。武家奉公なら何でもよいと考えるほうが、甘いというべきであろう。

「そのうち、気が変わったのか？」

「私どもから見れば、身のほど知らずの思い上がりということになります。さんざん叱り付けたら、祭りから一月ほど過ぎてから、諦《あきら》めて、ご奉公に上がってくれました」

「無事に二年が過ぎたのか?」

「いったん心を決めれば、もともとが、ひとあしらいが上手で、そつのない娘ですから……奥様にすっかり気に入られまして……可愛《かわい》がっていただいております。便りによりますと、奥様のご実家のご親戚《しんせき》が額島勝之助《ぬかじまかつのすけ》様でございまして、その額島様に見初められまして、ご側室として迎えていただけるというお話も持ち上がっております。額島様の奥方は胸の病を患っておられますので」

額島勝之助といえば、二千石の旗本で、役職は使番で、暮らし向きもよい。歳の若い割りには、かなりのやり手と評されていた。

早く赤子を宿してしまい、額島の奥方が亡くなれば、あわよくば正室に伸《の》し上がろうというのが、お八重の皮算用らしい。あちこちから横槍《よこやり》が入ることが予想され、そうは問屋がおろさぬだろうが、もしも実現すれば、世間も驚く大出世と言えるだろう。

こういう手があるとなると、五百石でも三百石でも、武家屋敷ならよいということになって、踊りや唄の習いごとも、祭りの踊り舞台もますます加熱していきそうだった。

八百屋夫婦の話は面白かったが、お弓殺しの探索の手助けにはなりそうもない。結局は娘の自慢話を聞かされたように思った。

踊り、琴、生花、お茶、小唄長唄、常磐津《ときわず》の師匠の順で回った。

どの師匠も、お弓の死を悲しみ、お八重の奉公を喜びながらも、二人の評価、評判については、率直に、むしろいささか厳しく話してくれた。

二人が稽古熱心で、技量に優れていたことはどの師匠も認めた。しかし、二人は器量よしであることと、技量に優れていることを鼻にかける傾向があり、また、二人でいつも固まっていたので、ほかの娘たちからは、浮いているように見えた。

さらに、お弓はさほどではなかったが、お八重は相手によって態度を変え、気に入らぬ相手にはずけずけとものを言ったため、かなり恐れられていた。

踊りの師匠の話によると、二人に勝るとも劣らぬ器量よしで、素質のありそうな娘が、お八重に目を付けられ、人前で罵倒《ばとう》されて、途中で止《や》めてしまった例があるとのことであった。

もう一つ、お八重が生花の師匠に打ち明けたところでは、お八重は十四の時に、店に来ていた客がすっかり気に入って、両親のいない間に二階に上げ、生娘をくれてやっていた。だが、その時は痛いだけであまり楽しくなかったし、先のことを考えると、大事な体を無駄遣いすべきではないと思ったので、それからは、一度も男に体を許していないとのことであった。

最後の常磐津の師匠は、橘《たちばな》町一丁目の裏長屋に住んでいた。

平屋ではあるが、間口二間、奥行三間ほどもあって、裏長屋にしてはかなり広い。露地は片付いていて、家も小綺麗《こぎれい》な感じがした。

娘達が通ってくるだけあって、長屋の住人には音曲《おんぎょく》の師匠が多く、あとは女の勤め人、手習いの師匠や、儒者などで、荒々しい男はいないようだった。

師匠は三十路の痩《や》せた女で、顔色はあまりよくない。陰気な女に見えるのだが、声はどこから出てくるかと思えるほどよく通った。

「そのうちいらっしゃると覚悟しておりました」

師匠は妙なことを言った。

「お弓が殺されたからか？」

「お弓ちゃんと卯吉さんが殺されたからでございます」

「卯吉を存じておるのか？」

「はい、ここに習いに来られていました」

彦太郎はお弓付きの女中のお滝の言葉を思い出した。卯吉は芝居に、音曲に、寄席に、囲碁に、遊んでばかりの男であったという。それならば、音曲の稽古《けいこ》に通っていたとしてもおかしくはない。

「お弓やお八重と一緒に習っていたのか？」

「滅相もない。娘さん方と、殿方とでは、日を分けております」

「それでも、卯吉はちょっかいを出そうとした……」

「はい。常陸屋さんの次男坊とおっしゃいますから、ただの芝居好き、唄好きの方と思っておりました。まさか、あんな放蕩者《ほうとうもの》とは……唄も三味線《しゃみせん》もお上手でしたけど、習いの日でもないのに、木戸の辺りにうろうろしていて、娘さん達にちょっかいを出しますので……祭りの前の大変な時でしたし、何かあったらと……本当に困りました」

「お弓を狙《ねら》っていたのか？」

「お弓ちゃんにはあんまり……しつこく声を掛けていたのはお八重ちゃんでした」

「お八重に？」

彦太郎は少し意外に思った。卯吉とお八重の結び付きは考えていなかった。

「はい、お弓ちゃんは大店の箱入り娘ですから、いくらしつこくしても、恐《こわ》がられるだけのことです。お八重ちゃんはおませに見えますし、もの怖《お》じしませんから、ものにできそうに見えるんです」

「見かけはそうでも、撥《は》ね付けられたのではないか？」

河口屋と八百屋とほかの師匠達に話を聞いてきたおかげで、彦太郎はお八重という女がよく理解できるようになっていた。放蕩者の誘いに容易く乗ってしまうなど、お八重らしくない。

「はい。あっさり断られていました。卯吉さんには、上手すぎて、ここで教えることはないからと申し上げて、やめていただきました」

「おとなしくやめたのか？」

「はい、あれは一昨年の山王祭の一月前のことでした。それからは、木戸の辺りもうろつかれなくなって、安堵《あんど》いたしました」

「お弓と卯吉は、本当に何もなかったのか？」

「何もございません。お八重ちゃんと一緒の時は、いつもお八重ちゃんが声を掛けられて……一度だけ、お弓ちゃんが一人の時に声を掛けられて……一目散に逃げたと話してくれました」

　すると、お弓は嫁入り前の生娘の時は一目散に逃げたのに、出戻りになってからは、逆らいもせずに卯吉を受け入れたことになる。それはそれで合点の行くことであった。

　相変わらず、お弓と卯吉が、誰に、何故《なぜ》殺されたかは不明だが、お弓と卯吉がいつどこで知り合ったかがわかっただけでも、ここに来たかいはあった。

　彦太郎は礼を言って、露地に出た。

「旦那《だんな》様！」

　木戸の辺りまで来たら、後ろから声がして、痩せた師匠が追い掛けてきた。

「お戻りください。お知らせしたいことが……」

　師匠は小走りに先に戻った。彦太郎は何の話か察しのつかないまま、再び畳に上がった。

「申し訳ありません。隠し事をしておりました」

　師匠は畳に頭を着けた。

「話してくれ」

「恥ずかしながら、私のような者にも、相手をしてくれる男はございます。一昨年のことです。山王祭までは忙しくて、忙しくて、男に逢うこともかないませんでしたが、祭りが済んで一段落しますと、ようやく暇もできまして、男と薬研堀の料理茶屋で待ち合わせることにいたしました。料理茶屋といいましても、出合茶屋のようなところです。一階と二階に四つぐらい、そういう部屋がございます」

師匠は顔を上げて話した。よく通る声が、おのれのことになると、蚊の鳴くような声に変わっていた。

「夜の六つ半（午後七時）ごろです。私は少し遅れてまいりました。すると、二階に上がる階段から、男と女が降りてまいりました。驚きまして、外に飛び出して、隠れておりました。男と女は、茶屋の前で別れました」

「卯吉とお弓か？」

「いいえ、卯吉さんとお八重ちゃんです」

師匠ははっきりと言った。

「祭りから、どのぐらい過ぎていた？」

「二十日経《た》っていました」

よく考えてみると、まだ生娘だったお弓と卯吉よりも、もう男を知っていたお八重と卯吉の組み合わせのほうが合点が行く。卯吉のしつこさに音を上げたお八重が一度だけ許してやって終わりにしたかったのか、それとも、堅苦しい武家奉公に行く前に、一度は楽しんでおく気になったのか、それとも、大身の旗本屋敷から誘いが来ずにやけくそになって、卯吉に身を任せたのか……いずれもありうる話であった。

三

家に帰ってから、お八重が卯吉に体を許したという話が、卯吉殺し、お弓殺しに関わりがあるのか、じっくり思案してみた。

はじめは関わりのないことのように思われたのだが、次第に、お八重の母親から聞いた、お八重の出世の話が気になってきた。

すなわち、お八重には、二千石の額島勝之助の側室になるという、願ってもない話が持ち上がっている。

側室とはいえ、二千石の旗本が、素行の悪い女を屋敷に入れるのは、お家の恥になりかねない。奉公に来る前に、放蕩者に一度体を許しただけでも、そのことが噂になれば、この願ってもない話は、消えてしまう恐れがある。

となると、お八重には、卯吉の口を封じたい理由があったことになる。また、卯吉とお弓の仲がお八重に伝わっていたとしたら、卯吉がお弓に話したと疑って、お弓も殺したくなったとしてもおかしくはない。

お八重にとって、今回の側室の話は、人生の正念場であったから……人二人を殺す価値はあったはずである。

むろん、旗本屋敷にいるお八重は、本所の古寺にも、不忍池にも行けるはずがない。お八重が殺しを企てたとしても、直《じか》に手を下した下手人がいなければならない。

噂や評判や推論だけで、一人の女を、人二人を殺した下手人の黒幕と決め付けるのは公平ではない。彦太郎は、お八重に会ってみようと思った。

翌朝。

お八重の吟味の件で、青木に話してみたところ、与力を通じて、大木雄五郎に申し入れてみる、と約束してくれた。

町廻《まわ》りの途中に、河口屋で騒動が起きたと、新次が知らせに来た。

話を聞いてみると、お弓の前の亭主だった小津屋新太郎の件だった。新太郎は昨日から、商用で京橋の旅籠《はたご》屋に泊まっていた。今朝は河口屋まで、お悔やみを言いに出掛けたのだが、善右衛門と話をしていて、ずいぶん無礼なことを口走ったため、とっくみあいの喧嘩《けんか》になってしまい、店の者が苦労して引き分けたとのことであった。

「何が無礼なのだ?」

「二人とも、喧嘩のあとは、黙り込んでおりまして……お弓についての話のようですが、よくわかりません」

「小津屋はどうした?」

「軽い怪我《けが》をいたしまして……医者に寄ってから、旅籠屋に帰ると申したそうです」

「連れてこい!」

「どこへ連れていきますか?」

善右衛門が手を出したぐらいだから、おそらくはお弓の顔に泥を塗るような話なのだろう。周りに余計な人のいないところで話を聞いたほうがよい。

「家に連れてこい」

新次は駆け出していった。


新次より早く、八丁堀の家に帰ることができた。

お園にわけを話して、居間で二人が着くのを待っていた。

四半刻《しはんとき》ほどして、新次が三十ぐらいの男を連れて入ってきた。男は額の辺りに瘤《こぶ》ができ、目が赤く、唇が少し切れていた。

「小津屋の新太郎と申します。不様なところをお見せいたしまして……」

新次は気を利かせて出ていた。お園は茶を運んできて、これもすぐに出ていった。

「災難だな。善右衛門も気が立っておって、まともじゃないからな」

「私も率直にものを言い過ぎました。お弓が殺されるようなことがなかったら、口が裂けても黙っておるつもりでしたが……」

「ぜひ、率直な話を聞かせてほしい」

この男が善右衛門に告げに来たのが、お弓を離縁した本当の理由であることは見当がついていた。

「お弓のことなのです」

男は茶を飲んでから話し始めた。

「お弓は若いのに、来た時からよく働いてくれました。夜の勤めも、きちんと果たしてくれましたし、申し分のない嫁でした。ですが、何か妙なんです」

「妙というのは？」

「心がこもってないというか、形だけ整っていて、中身がないというか……ですから、文句の付けようがないのに、こちらとしては不満が残ります」

「わざとそのようにしているとか？」

「そんなふうには見えません。一生懸命やろうとしているのに、心がどこかへ行ってしまうのではないかとか、何か気になっていることがあって、形を繕うだけで終わってしまうのではないかとか……そんなふうに考えて、様子を見ておりましたら、去年の五月にあの忌まわしい事件が起きました」

「お弓が不義を働いたのか？」

「あれは不義とは言えません。不義ならば、その旨を河口屋に告げて、お弓を送り返せばすむことです。お弓を叱り付けて、二度とせぬように約束させるという方法もございます。あれは……不義よりも、はるかに恐ろしいことでございました」

「不義よりも、はるかに恐ろしいこと……」

それに該当することは、彦太郎には殺しぐらいしか思い浮かばなかった。

「私が商いのために、二日ほど家を留守にしたことがございました。その間に、家に二人組の泥棒が入りました。盗んだのはわずかな金でしたが、酷《ひど》いことをしでかしていきました。住み込みの雇い人を縛り上げて、女中の目の前で、お弓を手籠めにしたのです。女中の話では、二人でさんざん弄《もてあそ》んでから、一人ずつ犯したとのことでした」

金を盗むのは付け足しで、お弓の体が目当てで忍び込んだのは明らかだった。これは不義より恐ろしいことには違いない。彦太郎は声が出なくなった。

だが、すぐに疑問が湧《わ》いてきた。

「お弓に罪はない」

「むろんです。こんなことで離縁をしたら、男がすたります。お上に届けはせずに、お弓にはできるかぎり優しくして、慰めてやりました。二人組の男は余所者《よそもの》で、二、三日前からこの辺りをうろついていたことがわかりました。そのうちに、もっと恐ろしいことがわかりました。表の戸の鍵が中から掛けられていて、戸の壊された様子もないのに、二人の男は、表の戸から出入りしていたのです」

「店の者が手伝ったのか?」

「はい、そのように考えて、一人一人厳しく調べることにしました。ところが、お弓が自ら白状して、他の者を調べる必要はなくなりました」

「何を白状したのだ?」

「表の戸の鍵を、お弓が外しておいたことです」

やりきれないような口調で、新太郎は言った。

「お弓は二人の悪党とつるんでいたのか?」

「違います。たいそうわかりにくい話ですが、お弓は、そいつらとは話をしたこともありません。三人で企んだことではないのです。二人の悪党が企み、お弓はお弓で企んで、両方の企みが一本になって、二人がお弓を手籠めにしたのです」

「おぬしにはわかるのか？　俺にはさっぱり合点が行かん」

「お弓は私に白状しました。二人が店の外をうろついているのがわかっていて、胸元をはだけた着物姿で外に出ていったり、二人が覗《のぞ》き込んでいるのがわかっていて、太腿《ふともも》を剝出《むきだ》しにしてしゃがみ込んだりしたそうです。それから、女中に大声で、今日は主人が留守だと怒鳴ったり……あげく、表の戸を外しておいたのですから、お弓は自ら災いを招いたようなものです」

「いや、お弓は手籠めにされるのを望んでいたことになる」

「仰せの通りです」

「お弓はわけを話したか？」

　世の中には、男を挑発しておいて、手籠め同然に犯されることを喜ぶ女もいる。だが、これまでに彦太郎が何人もの人間から聞いたことを基に、作ってきたお弓の像は、そのような女からは遠かった。

「話しません。自分はこういう女だから、好きなようにしてくれと、泣くばかりでした。お弓にしましても、まだ若くて、先のある身ですから、こういう理由で離縁するのは気の毒です。それで、表向きは家風に合わないことにして、河口屋には詫《わ》び金まで出してやりました。細かく聞かれると、私と仲良くできないということにいたしました」

しかし、お弓が殺されたと聞いてから、急に不安になってきて、河口屋善右衛門と相談してから奉行所に届けようと、こちらに来たついでに寄ってみたのだが、話の途中で善右衛門が怒り出し、今の事態となったという。

このことがお弓殺しと関わりがないのなら、ぜひ内緒にしてほしい。自分はお弓が大好きで、今でも代わりの嫁をもらっていないぐらいだから、と言い置いて、新太郎は帰っていった。

小津屋新太郎の恐ろしく、きわめて異常な話を聞き終えて、彦太郎が強く感じたのは、この話の裏には、自分の知らない何かがあるということだった。

すなわち、これまでは、お弓が小津屋に馴染めずに離縁に至ったのは、お弓が武家奉公の夢破れて、仕方なく小津屋に嫁に行ったからだと考えていた。だが、お弓がこのような異常な事件を引き起こしたとなると、話が違ってくる。

むしろ、お弓は別の理由があって、それが新太郎の女房としての生活を不幸にし、最後の破局に至ったと考えたほうが合点が行く。最後の事件は、あたかも、お弓が、それまで抱えてきた問題に、自ら決着を付けたように感じられた。

別の理由は、おそらく、お弓が品川へ行く前からあったことなのだろう。となると、お八重が知っているかもしれない。これについても、ぜひお八重から話を聞いてみたかった。

夕方には、大木雄五郎からの返事が届いた。

屋敷まで訪ねていくことになると覚悟していたのだが、大木雄五郎からの返事は、盂蘭盆《うらぼん》も近いので、明日の十一日にはお八重を実家に帰すことにする。そちらで話を聞いてやってほしいという内容であった。

屋敷の主人としては、自分が頼んだわけでもないのに、町方同心に訪ねてこられるのは、痛くもない腹を探られるようで、愉快なことではないだろう。彦太郎としては、お八重から話が聞ければ、場所はどこでもよかった。

四

日の暮れ始めた八百屋の前には、屈強な中間《ちゅうげん》がうろついていた。

店には客はいないし、お八重の父親も母親も店には出ていない。奥の畳間に父親の姿が覗き見えた。

「これは、北沢様」

父親が気付いて、店に出てきた。

「八重は着いております」

父親は彦太郎を畳に上げてから、階段の下から、二階にいる女達を呼んだ。

母親、お八重、連れの年配の女中の順で、下に降りてきた。

お八重は千筋の単衣を着て、赤い小紋の帯を締めていた。

その美貌《びぼう》に、彦太郎は息を呑《の》んだ。あでやかで、垢抜《あかぬ》けして、目鼻は細かいところまできれいに整っている。体つきも、太りすぎず、痩せすぎず、首から足まですらりと伸びていた。

二年前にはおちゃっぴいだったかもしれないが、今や旗本屋敷どころか、大名屋敷や江戸城の大奥に上がっても、すぐに主人に見初められそうないい女となっていた。

「こちらから伺うつもりでしたのに、わざわざ来ていただくことになりまして……」

彦太郎はお八重に言った。

「おかげで、家に帰れましたし、お弓ちゃんの位牌《いはい》を拝んでくることもできました」

お八重は微笑んで言った。

「どちらでお話を伺いましょうか？」

「外に行きましょう。その辺を歩いてみたいのです」

母親が『お八重』と怒るのと、女中が『お八重様』と注意するのが同時であった。

「北沢様と二人だけで、お話がしたいのです。奉行所の方がご一緒なら、誰も襲ってきますまい。これほど心強いことはないですよ」

母親は反対しなかった。女中は何かあったらと拘《こだわ》っていたが、中間が離れてついていくことを条件に、認めてくれた。

彦太郎は提灯《ちょうちん》を持って外に出た。お八重がすぐに追い付いた。

「どちらへ？」

「両国へでも」

日は落ちかかり、江戸の街には宵闇《よいやみ》の色が濃くなってきた。土蔵造りの建物の輪郭が薄れ、白の世界が黒の世界へと変わっていく。

彦太郎には見慣れた光景でも、屋敷の中にいるお八重には久しぶりなのだろう。辺りを見回しながら歩いていた。

あちこちの店の前に、盆提灯や白張り提灯が点《とも》り始め、両国広小路に着いた時には、日はもうすっかり沈んでいた。

ここは、日が沈んでも眠るわけではない。往来する人は増え、見世物小屋も、茶屋も、もの売りも、一段と賑やかになってくる。

ことに、今日は、ものを買い求めに来た人が多いのか、盂蘭盆前の慌《あわ》ただしさに包まれていた。

明日になれば、ここには盂蘭盆市が立ち、露店がぎっしりと並び、さらに多くの人で賑わうことになるだろう。

お八重が団子を食べたいというので、大川沿いに並び建つ、葦簀《よしずば》張りの店のうちの一軒に入った。

ついてきた中間は、店の前で立っていた。

食台はなく、床几《しょうぎ》を並べただけの店であるが、ほとんどの床几は、客で埋まっていた。客は皿を膝《ひざ》に置いたり、床几に置いたりして、思い思いの格好で、団子を口に運んでいた。

彦太郎は、空いていた隅のほうの床几に、お八重と並んで腰掛けた。店の女が、皿に載せた串団子を運んできてくれた。

「こんなところでお団子を食べるなんて……お弓ちゃんと二人で、稽古の帰りに寄り道して、両国をぶらつき歩いて以来です」

百目蠟燭《ろうそく》の明かりに照らされた店内は、夜と思えないほど明るく、お八重の笑っている顔もよく見えた。

お八重は十三、四の娘のように、団子を手早く口に運んでいた。

「楽しかったですか？」

「とっても。でも、あれから、ずいぶん長い年月《としつき》が過ぎたみたい。お弓ちゃんも亡くなってしまったし……」

「お屋敷での暮らしも楽しくはないですか？　お母様から、額島様のことを伺いましたよ」

「額島様の件は、ご辞退申し上げることにいたしました。それで、暇になりまして、こうして、ここにいられるのでございます」

「ご辞退？　申し分ないお話ではないですか？」

「申し分ないお話でも、私にとっては、生きていることが第一です。死んでしまえば、お受けすることはかないません。たとえ、生きていられても、この先、いろいろ嫌な話が出てきて、煩わしいことになってまいります。額島様のお申し出をご辞退することなど、お弓ちゃんのしたことを思えば、ほんの些細《ささい》なことでございます」

お八重の顔から笑いが引っ込んで、声も硬くなっていた。

「お弓のしたことをご存じなのですか？」

「はい、見知らぬ二人の男に、無理遣《むりや》り犯されるように仕組んだことですね。お弓ちゃんは、六月の初めに文をくれました。祝言が決まって、心も落ち着いたので、書く気になったと思います。品川にいた頃からのことが書き綴《つづ》ってありました。あとは、出戻りになって、死ぬことばかり考えていたこと、卯吉さんに月に一度会うようになって、少しは落ち着いてきたこと……秋の祝言のことは心から喜んでおりました。本人は、もう一度人生をやり直せると考えておりましたのに、あんなことになってしまいました」

「気の毒に」

「殺されるなんて、夢にも考えていなかったと思います。お弓ちゃんとしては、心のわだかまりだけが問題でした。見知らぬ二人の男に、無理遣り犯されたので、自分で自分を許したんです。なんて健気《けなげ》な……文を読んで涙が出てきました。どんなに辛《つら》かったことでしょう。でも、なんて子供っぽい、愚かなことでしょう……自分は許しても、人は許してくれなかったのに」

お八重は着物の袖《そで》で、目を拭《ぬぐ》った。

「誰がお弓を殺したか、ご存じなのですね」

「存じています。旗本屋敷にも、いろいろな人が出入りします。中には、市井《しせい》のできごとに詳しい者もおります。お弓ちゃんが殺されてから、その者からあれこれ話を聞きまして、私なりに考えてみました。お弓ちゃんがなぜ殺されたかも、卯吉さんがなぜ殺されたかも、ほかのことも、すべて推測がつきました。次に私が殺されることも、そのわけも、重々存じております」

「下手人の名前を教えていただけますか？」

「できません」

お八重ははっきりと言った。

「なぜですか？」

「その人に許しを請いたいからです。悪うございましたと。殺さないでくださいと。その人は恐ろしい人です。たぶん、私達のあとを付けてきたと思います」

彦太郎は店の中を眺め回した。誰もが団子を食うことか、隣の者と話をすることに夢中のようで、こちらを見ている者などいなかった。

「人を呼びますか？」

「いいえ、北沢様さえいてくだされば……北沢様がおられるのに、襲ってくるような人じゃないと思います。でも、じっと、私達を見ているかもしれません。私達の話を聞いているかもしれません。その人が気を悪くするような話をしたくありません。所詮《しょせん》は無駄なことですが……何もかも遺言状に書いてあります。死んでしまえば、人に気を遣わずともすみます。私が殺されたら、それをお読みください」

「下手人とは知り合いなのですか？」

「話をしたことはありません。遠くから見たことが一度あるだけです」

「卯吉と料理茶屋に行かれたのはなぜですか？」

お八重は少し驚いてから、なあんだという顔になった。

「さすがは銀簪《ぎんかんざし》の北沢様。常磐津の師匠から聞かれましたね。あれは卯吉さんが頼み事をやり遂げてくれたので、代金を支払ったんです。お弓ちゃんに支払わせてもよかったんですが、生娘には気の毒ですから、生娘でない私が支払いました。あの頃の卯吉さんは、私に執心していましたし」

「どんな頼み事でしたか？」

「思い出したくありません。若気の至りです。十七の娘が十五の時にしたことを、若気の至りというのはおかしいでしょうけど、本当にそうなんです。今にして見れば、どうしてあんなことを頼んだのかと思ってしまいます。十五の娘というのは、自分も傷付きやすくて、人も傷付ける、繊細で、意地悪で、残酷な生きものなんです」

「卯吉に、誰かを傷付けるように頼んだのですね？」

「はい、でも、頼んだことと、起きたことは同じじゃないんです。私達が頼んだのは意地悪に毛の生えたぐらいのことでした。ですが、卯吉さんがしてくれたのは、目を塞《ふさ》ぎ、耳を塞ぎたくなるような残酷なことでした。子供の意地悪が、大人の残酷になってしまったんです。そして、そのあとに、夢にも思わぬことが起きてしまいました。そのことがわかった時には、私は奉公に、お弓ちゃんはお嫁に、行くばかりになっていました」

　ここまで話してくれると、彦太郎にもおおよその成り行きはわかってきた。

　お八重とお弓には、気に食わない娘がいて、卯吉に焼きを入れるように頼んだのだろう。その代償として、お八重は卯吉に抱かれた。

　お八重とお弓が卯吉に頼んだのは、脅すとか、傷付けるとか、汚物をかけるとか、その場限りのことのつもりだった。だが、卯吉はこの機会を利用して、連れを誘い、二人でその娘を手籠めにしてしまった。

　娘はどうなったか？　おそらく、屈辱に耐え切れず、自ら命を断ったのだろう。

そして、二年が経ち、娘に関わりのある者が娘の仇討《かたきう》ちを始め、まずはお弓と卯吉を血祭りに上げたのだ。

その通りなら、次に狙《ねら》われるのは当然お八重ということになる。

「これから、どうするつもりですか？」

「生き残りたいと思います。十七の若さで、死にたくなんかない。でも、生き残るためには、何をすればいいでしょう？」

お八重は逆に聞き返してきた。

「旗本屋敷なら……」

「屋敷なら大丈夫とは言えません。多くの人が出入りしていますから」

「下手人に詫びるのは……」

意味のないこととわかっていながら、つい言ってしまった。

「詫びて済むのなら、いくらでも詫びます。些少《さしょう》の金でしたら、奥様にお願いすることもできます。でも……きっと無駄でしょう」

「俺が下手人をあげるしかないわけか」

それが、お八重が生き残る唯一の道であることはわかっていた。お八重が下手人と娘の名前のほかは、かなり詳しく話してくれたのは、彦太郎が、自分で調べ、下手人を突き止めて、捕まえてくれるのを願ってのことだろう。

お八重は辺りを見回した。下手人が近くにいないことに合点が行ったらしく、声を落としながらも、彦太郎の問いに答えた。

「はい、北沢様のお力におすがりするほかありません。もしも、下手人が処罰されましたら、私も犯した罪の罰を受けねばなりません。生きてさえいられれば、島流しでも、江戸払いでも、耐えられると思います」

先のことにせよ、この潔さは彦太郎の気に入った。この娘を何とか守ってやりたいと思った。

「それだけの覚悟があるなら、今のうちに、すべてを白状して、縄につくという道もある。牢《ろう》の中に入れば……」

「それほど恐ろしい道はありません。下手人が手先の者を牢の中に送り込んでくれば、私は食物を取り上げられ、裸にされ、板で殴られて殺されます。今は捕まりたくありません。ですから、北沢様にすべてをお話しできないのです」

お八重の心配はいささか大げさでも、起こりえないことではない。彦太郎は、こちらの提案は引っ込めた。

彦太郎とお八重は、再び外の闇の中に出た。

横山《よこやま》町一丁目まで来て、お八重が立ち止まった。

「聞こえるでしょ？　私達を付けています」

彦太郎は耳を澄ました。五間ほど後ろから近付いてくる中間の足音も、遠く両国広小路の喧騒《けんそう》も、通りを行く人の声も、すべて入り交じって聞こえてきた。

中間のほかには、付けてくるような足音は聞こえない。

「気のせいですよ」

彦太郎は言った。

八百屋に帰ってから、お八重を守る陣を敷いた。お八重と年配の女中は二階で休ませ、父親と母親が下に寝る。中間は土間で寝る。

彦太郎は近くの自身番に泊まって、夜中に何度か、見回りにくることにした。

五

次の朝、盂蘭盆の到来を待たずに、お八重は大木の屋敷に帰っていった。

彦太郎は眠気を堪《こら》えて、下手人の探索に取り掛かった。

お八重の話からは、卯吉が娘を手籠めにした事件は、一昨年の六月か七月に起きたと推測された。

そこで、控えをめくってみたら、若い娘が手籠めにされた事件は、その頃に七件届けられていたが、いずれも下手人が判明していた。若い女の自死も五件ほどあったが、三件は岡場所の女で、一軒は店を馘《くび》になった女中であり、一件は長年患っていた娘であった。

南町奉行所へも行ってみたが、そちらでも、怪しい事件は見つからなかった。

お八重の話から、簡単に見つかるものと思い込んでいただけに、彦太郎は困惑してしまった。

手籠めの事件は、届けられずに闇に葬られることも多いから、控えに見つからなくとも仕方がない。

だが、若い女が、しかも、商売女でない普通の娘が、自ら命を断ったのだから、これを闇に葬るというのは、容易いことではないはずだ……。

考えているうちに、彦太郎は闇に葬る方法を思い付いた。それは、自死の死骸を病患死に見せ掛けることであった。明らかな病患死であれば、奉行所が関わることはない。

いや、何も病患死に見せ掛けなくとも、医者に頼んで自死を病患死と診断してもらえばいい。

もし問題の娘が手籠めにされたことが、届けられずに闇に葬られ、娘が自死したことも、医者に頼んで病患死にしてしまったとしたら、奉行所の記録を調べてみても何もわからない。

しかし、この隠滅に関わった医者はいる。その医者を見つけ出し、本当の死因を白状させれば、下手人に繋《つな》がる道は開けることになる……。

急がねばならない。彦太郎は玄海の家に行き、待っている客の間に割り込んで、玄海に医者の探索を頼んだ。

玄海は、玄朴とおしのにも手伝わせて、知っている限りの江戸の医者に文を送って尋ねてみると約束してくれた。

彦太郎は、新次と手分けして、一軒一軒医者を訪ねた。日本橋の北側を廻っているだけで夜になり、お園と約束していた盂蘭盆市へも行けなくなってしまった。

次の日も、盂蘭盆に入ったにもかかわらず、医者を訪ねて外神田から浅草へと廻った。どの医者も心当たりはないという。嘘をつかれればそれまでだが、信じて進んでいくしかなかった。

日が落ちてくると、さすがに、魂迎《たまむか》えに行かねばならなかった。檀那寺《だんなでら》に行って、墓前に灯《あか》りを点し、家ではお迎え火を焚《た》いて、お園と二人で、先祖達の魂を出迎えた。

戻ってきた先祖の魂が、迎えはほどほどにしておいて、早く医者を探しに行け、と

言っているように聞こえた。

次の日も医者を訪ねて歩き続ける。浅草から吾妻《あづま》橋を渡って、本所に移った時に助けが来た。玄海が駕籠《かご》の中から顔を出していた。

「京橋山王町の磯田龍玄《いそだりゅうげん》だ。すぐに行ってくれ」

往診があると言って、玄海は行ってしまい、彦太郎は京橋へと向かった。

山王町なら、八丁堀からはわりと近い。灯台もと暗しというか、近いから早く返事が来たというべきか、とにかく、いつ終わるともしれぬ探索に光が射《さ》してきて、ありがたいことだった。

本道医かと思っていたら、磯田龍玄は金創医《きんそうい》であった。

盂蘭盆だというのに、待合には、手や、足や、顔や、頭に傷のある者が番を待ち、血塗《ちまみ》れの顔の子供が、大声で泣きじゃくっている。辺りに血の匂《にお》いが漂っていた。

弟子らしい男が、待合まで出てきて、頭に傷のある男の、ぱっくり割れた傷を調べ

た。男は彦太郎に気付き、奥のほうへと案内してくれた。

文机と行灯《あんどん》だけの、光の入らない小部屋で待っていると、玄海に似た、小太りの、四十ぐらいの男が入ってきた。

「黙っていようかと思いましたが、気が咎めまして、玄海先生に正直に書いてしまいました。たいそう困っております」

龍玄は文机の向こうに坐った。せかせかした、落ち着きのなさそうな男に見えた。

「お困りになることはありません。本当のことさえ教えていただければ……できるだけのことはします」

彦太郎は姿勢を低くした。とにかく話してもらわねば始まらないことだった。

「では、話しましょう。一昨年の六月の末のことなんです。その日は朝から雨が降りまして、夕方には上がっていました。暗くなってから、八官《はちかん》町の市郎治《いちろうじ》が駆け込んできました。市郎治は腕のいい彫金職人です。娘が道で転んで大怪我をしたと言いました。痛がって連れてこられないから、往診してくれと頼みます。道具一式を持って駆け付けました。娘は新しい単衣を着て、横向きに寝ていました。手で顔を覆って、泣いています。母親が背中を擦《さす》って、落ち着かせようとしていました。単衣を開くと、下には何も着ていません。転んで泥まみれのうえに、血で汚れたから、全部脱がせて、拭《ふ》いたうえで、単衣を掛けてやったと言います。裸にして、診察してみますと、尻と、腿と、股《また》の間に疵《きず》がありました。泥も少し残っています。血は大体止まっていました。疵はさほど深くはありません。軽い切り疵と、擦《す》り疵が主でした」

「本当に転んだのですか？」

勢いよく飛び出す龍玄の言葉を、彦太郎は一旦遮った。

「むろん、違います。手籠めにあったんです。生娘のしるしが裂けていて、襞《ひだ》の後ろも裂けていました。いずれにせよ、大した疵じゃありません。お産のほうがもっと酷い疵ができますよ。なるべくきれいに拭いてやって、塗り薬を塗って、体を温めるような処方をしました」

「命に関わるような疵ではなかったのですね？」

「ええ、その通りです。ただ、気掛かりなことがありました。母親の話では、疵が泥だらけだったというのです。泥濘《ぬか》るんだ場所に連れ込まれて、乱暴されたんでしょうね。暗いからよく見えなくて、男のあそこにも泥が付いてしまいます。泥の付いたあれを、無理遣り入れられると……」

龍玄は、文机に置いた手を、絶え間なく動かしていた。動かしていないと落ち着かないかのように。

「泥だらけでは、疵が膿《う》むということですか？」

「それもあります。でも、もっと恐いことが……。次の日は何事もなくて、疵も少し乾きました。その次の日に行ってみて、背筋が寒くなりました。娘の口が開きにくなっていたんです」

「破傷風ですか」

彦太郎はため息が出そうになった。何と運の悪い娘なのか。

「そうです。あとはもう往診に行くのが辛い日々が続きました。娘はおかしくもないのに、にやりと笑った顔になって、そのうち背筋が反り返り、総身に震えが来て、息が止まって、死んでしまいました」

「両親はしまいまで、転んだ疵だと言い張ったのですね」

「はい。私もしつこくは聞きませんでした。わざわざやっかいごとに巻き込まれたくはないですから」

「娘は夜に出歩いていたのですか？」

「問屋から材料をもらったり、できたものを問屋に届けたりは、娘の仕事でした。娘が習いごとで忙しい時は、父親が行っていたそうです。その日は問屋で待たされて……帰りが遅くなり、災難にあったようです。もう少し明るいうちなら、誰かが助けてくれたかもしれません。雨が降らなければ、破傷風にならなかったかもしれません。悪い時は悪いことが重なるものです」

「きれいな娘でしたか？」

「ええ、きれいなきれいな娘でしたよ。もう気の毒で、気の毒で……あの娘はその半月前に、山王祭の踊り舞台に出ているんです。それはもう、この世のものとは思えないほどで……誰かが言いましたよ。あれはかぐや姫だと。でも、あんなところで、大事な娘を披露するものではないですよ。手籠めにした奴らも、あの舞台を見て、娘をものにしたくなったはずですから」

ここまで聞けば、この娘こそ、お八重とお弓に憎まれた哀れな娘であり、手籠めにしたのが、卯吉とその連れであることは明らかだった。

「娘の名前は？」

「お竹《たけ》です。歳は十五でした」

かぐや姫を思わせるような名前であった。

「両親はどんな人でした？」

「父親はさっきも言いましたように、真面目《まじめ》一徹の腕のいい職人です。歳は四十ぐらい。母親のことはよく知りません。名前はお京《きょう》、おとなしくて、地味な服を着て、真面目そうな人でした。母親もきれいな人です。まともなものを着せたら、娘よりきれいに見えるかもしれません。ああ、母親といっても、あれは後妻ですよ。歳が娘と、五つか六つぐらいしか違いませんから」

「後妻の継子《ままこ》いじめとか?」

彦太郎はついつい言ってみた。

「そんなことはないですよ。母親はひどく悲しんでいました。あれは嘘《うそ》じゃありません。父親はもっと激しくて……娘が死んだ時には、狂い出すんじゃないかと心配しました」

「今は、どうしていますかね?」

「父親はまもなく、家を出ました。それから、母親もいなくなって……今では、ほかの者が髪結床をやっています」

どうやら、下手人に辿り着いたらしい。お弓と卯吉を殺し、お八重を狙っているのは、娘のお竹の仇討ちに立ち上がった、彫金職人の市郎治以外には考えられなかった。

相変わらず落ち着かない龍玄には、両親が転んだと言い張った以上は、届けをしなくとも、罰を受けることはないだろう、と安堵させてやった。

六

彫金職人のあとを引き継いだという髪結床は、表通りの三軒長屋の一番端にあった。

刈り終えたばかりの古株の髪結いを外へ連れ出して、市郎治の一家のことを尋ねてみたが、この家は髪結床が入る前は縁起が悪いと二月ほど空き家になっていた、ゆえに誰も前の住人のことなど知らないという返事が返ってきた。

髪結床の隣は提灯屋であった。色とりどりの提灯の並ぶ中に、三十ぐらいの、人のよさそうなお内儀が坐っていた。

お内儀は市郎治一家のことならよく知っている、と答えてくれた。

「お竹ちゃんは、前のご新造さんの娘さんですよ。その方は、六年前に風邪《かぜ》を拗《こじ》らせて亡くなっておられます。それからは、市郎治さんが一人でお竹ちゃんを育てていました。お京さんが後妻にもらわれてきたのは、三年前の夏のことでした」

「どこで知り合ったのかね？」

「橋の上です」

「いいお話なんです。お京さんは板橋《いたばし》の生まれで、江戸に来て線香問屋の女中をしていました。たまたま吾妻橋の上で、無頼の者に絡まれ、困っていたところを市郎治さんに助けられたんです」

「橋の上？」

市郎治は義侠心《ぎきょうしん》のある男らしい。それに憎しみが加わると、娘の仇討ちというほうに向かってもおかしくはない。

「お竹はどういう娘だった？」

「いい子でしたよ。おとなしいのに、芯《しん》の強い子でした」

「大事にしてもらったようだな？」

「ええ、お京さんは、目の中にいれても痛くないような可愛がり方でした。歳《とし》もそんなに違わないから、姉さんと妹みたいだし……自分は傷んだ着物を着ていても、お竹ちゃんにはきれいなものを着せてやって……習いごともさせて……お竹ちゃんは稽古熱心だから……踊りも唄も上手になって……日に日にきれいになって……お京さんが、肌の手入れの仕方とか、化粧の仕方も教えたんです」

「継母《ままはは》は親切でも、よそでいじめられたのではないか？」

「そりゃ、踊りも唄も、習いに来るのは、芸者の子か、大店のお嬢さんが多いから……そうでないのは、気が強くないと、踏み潰《つぶ》されるでしょうね。お竹ちゃんもやられたようです。意地悪な娘に、人前で大恥を掻《か》かされて、習いごとを止めたこともあるとか……でも、お竹ちゃんは負けず嫌いだから、師匠を替えて、またやり直したんです」

彦太郎は踊りの師匠の話を思い出した。お八重にいじめられて、途中で止めてしまった器量よしの娘とは、お竹に間違いなさそうだ。

お内儀が好奇の目で、彦太郎を見つめていた。市郎治一家の話を聞きたいわけを、このお内儀に告げていなかった。

「じつは、市郎治とお京の行方を探している者がいる」

彦太郎は言った。

「あれから、もう二年も経ったんですね。お竹ちゃんが破傷風で亡くなってから、市郎治さんは死にかけの病人のようでした。何もかもお京さんに任せっきりで……十日ほど経つと、どこかへ出て行ってしまいました。それからは、お京さんも糸が切れたみたいで……何とかお竹ちゃんのお墓ができると、家をきれいに片付けて、溜《た》まっていた勘定を支払って……姿を消しました。それから、市郎治さんもお京さんも、見たことはありません」

「どこにいるだろう？」

「市郎治さんの郷里ではないですか？　小田原《おだわら》です」

小田原にいたのでは、お弓と卯吉を殺せたはずがない。市郎治は、江戸のどこかにいるはずだ。

「夫婦仲はよかったのか？」

「ずいぶん」お内儀は笑った。「夜はお竹ちゃんがいるから、お静かで……お竹ちゃんが習いごとに行っている間に、励んでいました。真っ昼間から、お京さんの声が聞こえてきて……おとなしいお京さんも、あの時は……」

「お竹は一人で習いごとに？」

「お京さんは出歩くのが好きじゃないんです。人で賑わうところは行きたがりません。橋の上で襲われてから、知らない人が恐くなった、と弁解していました」

お京は、問屋から材料をもらったり、問屋にできたものを届ける仕事を、娘と夫に押しつけていた。それもこれも、大勢の人のいるところへ行きたくなかったからか……それとも、人目に付きたくなかったからか。

或《あ》いは、お京も、脛に疵を持つ女であったのかもしれない。

「出歩かずに、何をしていたんだ？」

「市郎治さんから彫金を習って、市郎治さんの仕事を手伝っていました。上手でしたから、市郎治さんに重宝されて……」

「祭りこそ、知らない人間だらけではないか？」

「お祭りは格別ですよ。踊り屋台は、お竹ちゃんの一世一代の晴舞台でしたから。お京さんの心持ちはよくわかります。お竹ちゃんを、武家屋敷に奉公に出したかったんです」

「お京がそのように話したのか？」

「祭りから四日ほど過ぎて、立派な駕籠がとなりの家の前に止まりました。お女中が降りられて、しばらくして、お帰りになりました。お京さんに聞いてみましたが、笑ってごまかされました」

「その駕籠は……一度きりか？」

「二度目に来られた時には、お竹ちゃんは病に苦しんでいました。お客様はすぐに帰られて……それっきりでした。可哀相《かわいそう》なお竹ちゃん」

お八重とお弓が、お竹を辱めた本当の理由が、彦太郎にわかってきた。

よそには、大身のお旗本様からご奉公の話が来た家もある……お八重は母親にそう言ったらしい。この家こそ、お竹の家ではなかろうか。

かつて、罵倒して追い出したお竹のところへ、自分達のよりはるかに上等な奉公話が舞い込んできて、お八重とお弓は怒り狂い、悋気《りんき》の炎を燃やすことになったのではないか。

聞くべきことは聞いてしまった。あとはこのお内儀をお月のところに連れていって、市郎治の顔形について、お月に話してもらわねばならなかった。

お内儀は主人が帰ってくるまで、四半刻ほど待ってくれという。彦太郎は街路をぶらついて、待つ暇を潰した。

これからどうすべきか考えた。

今度の事件が市郎治一人の仕業なのか、お京も絡んでいるのかは不明だが、主犯が市郎治であることは間違いない。

また、市郎治がこの江戸にいて、お八重殺しの牙《きば》を磨《と》いでいることも間違いない。

全力を上げて、市郎治を探してみても、この巨大な江戸で、一人の男を見つけ出すのはきわめて難しい。

努力はするにしても、結局は、市郎治が現われるのを待つしかなさそうだ。残ったたった一人の仇であるお八重を殺しに、市郎治が現われる時が、市郎治を捕らえる最後の機会となるかもしれない。

いや……彦太郎はその思案の誤りに気付いた。

お八重は残ったたった一人の仇ではない。市郎治の仇はもう一人残っている。卯吉と一緒にお竹を手籠めにした男が……その男の正体はまだ突き止めていない。

あるいは、それはただの乱暴者で、殺されたとしても、大した騒ぎにならない男なのかもしれない。それなら、市郎治に真っ先に仇を討たれているかもしれない。

そんな事件はなかったか？　乱暴者の殺された事件が……。

まさか！

彦太郎の足が止まった。冷汗が出てきた。

馬鹿な！……しかし、そんな事件はあったのだ。しかも、二件も。一月と六月に。

彦太郎は走り出す。

提灯屋のお内儀は、提灯の中に手を入れて、紙を伸ばしていた。その前に、息を弾ませて辿り着いた。

「こ、これを見てくれ」

彦太郎は帯の間から、畳んだ紙を取り出した。どこへ行くにも、離したことのない紙である。

「お京はこんな顔の女か？」

紙を広げて聞く。

「はい、これがお京さんです」

お内儀は、お玉の顔の絵を見て言った。

第六章　圧地獄

一

お竹の墓は、芝《しば》の中念寺《ちゅうねんじ》にあった。

暮れかかった日が、赤みを帯びた光が墓石の群れに降り注ぎ、お竹の墓もその黄昏《たそがれ》の光の中にある。墓の間を、涼しげな風が吹いていた。

並び立つ立派な墓石の中では、ほんの小さな墓石にすぎないが、きれいに洗われ、磨かれていて、樒《しきみ》や米が手向《たむ》けられていた。線香を燃やした跡も見受けられた。

提灯《ちょうちん》屋のお内儀は、墓参りはしていないと言っていた。死んで二年も過ぎたお竹の墓に訪ねてきてくれる者が、お玉のほかにいるとは思えない。ここに来たのは間違ってはいなかった。

今日は七月十五日、盂蘭盆《うらぼん》はまだ済んでいない。どこの墓の魂も、迎え火に迎えられ、それぞれの家に帰っているはずである。

だが、お竹の魂はどこに帰っているのか。この江戸のどこで、お玉は迎え火を焚《た》き、お竹と市郎治の魂を迎えているのか。そんな思いを抱きながら、彦太郎は線香を焚き、お竹の墓を拝んだ。

昨日、お京の正体がわかった時には、駒七と儀助は、お京ことお玉が殺して、お弓と卯吉は市郎治が殺したと、彦太郎は考えていた。

だが、提灯屋を出てから、考え直して、新次を連れてきた。二人で髪結床の畳を外し、床下の土を掘り返した。

出てきたのは、白骨化した死骸《しがい》であった。もはや誰の死骸か調べるすべはないが、彦太郎としては、市郎治しか考えられなかった。

お玉が市郎治を殺したとは考えにくい。お竹の死を嘆き悲しんだ市郎治が自ら死んでしまい、番屋に届けることもかなわぬお玉が、仕方なく死骸を床下に埋めてしまい、市郎治が失踪《しっそう》したように見せ掛けたというのが真相と思われた。

となると、殺された駒七、儀助、お弓、卯吉の四人は、お竹の仇《かたき》であったばかりでなく、市郎治の仇でもあったことになる。駒七と儀助は、泥土の上でお竹を手籠《てご》めにした張本人であり、卯吉は二人にそのように指図したのだろう。

お玉を捕まえねばならないと彦太郎は思う。だが、その中身は、これまでと少し違ってきた。

これまで散々煮え湯を呑《の》まされたお玉なのに、今回の四つの殺しについては、あまり憎しみが湧《わ》いてこない。むしろ同情すら覚えてしまうのだ。

お弓には同情の余地があるにしても、駒七、儀助、卯吉の三人はお玉に殺されても仕方のない人間のように思えてくる。

これまで、彦太郎は決してこんな考え方はしなかった。どんな人間にも生きる権利があり、殺された人間には下手人の処罰を求める権利があり、人を殺す者はその罪に応じて罰せられなければならないと考えてきた。

それなのに、今回に限って、殺された者が悪いと考えてしまうのは、お玉の毒気に当てられたのか、お竹があまりに不憫《ふびん》だからか。

だが、駒七、儀助、卯吉の三人とも、お竹を殺してはいないし、殺すつもりもなかった。破傷風にかからせて、地獄の苦しみにあわせ、死に至らしめたとしても、すべてが三人の責任とは言えない。

そして、お玉がこれまで殺したのは四人だけではない。兄の仇のお伝は別としても、おくめ、お粂、下っ引きは殺されて当たり前の人間とはいえない。

さらに、お玉を捕まえないかぎり、お八重は死の恐怖に怯《おび》え続けなければならない。お八重のしたことが死に値するかどうかを決めるのは、お玉ではなく、お上でなければならなかった。

昨日のうちに青木の家を訪ねて、お八重、お竹、お京ことお玉についてわかったことを報告しておいた。

青木は目を白黒させて驚いたあと、しばらく考え、次のように言った。

「お八重の罪については、今のところ、思慮にいれずともよい。お玉を捕まえてから、お八重の罪についても吟味することになる。おぬしはお玉を引き上げることだけを考えろ」

それで、彦太郎もあれこれ考えずに、お玉を捕まえることだけを考えた。

出てきた答えは、まずお竹の墓に行ってみることだった。盂蘭盆が終わるまでに、お玉は墓に来るかもしれない。そう考えて、朝から墓の近くで見張っていた。

ゆったりと時が過ぎていった。

お玉についての古い記憶が蘇《よみがえ》り、寒地獄、熱地獄、刃地獄、毒地獄、泥地獄が、順に心に広がっていく。悦楽ののち、殺されることも知らずに死んでいった駒七と儀助、胸を二度刺されて死んだお弓、毒に苦しんで死んだ卯吉、総身を震わせて息絶えたお竹、そして、物音と人影に怯えながら過ごしているお八重……お玉とお玉に関わった者達のことだけを考えて一日が過ぎ、辿《たど》り着いたのは、やはりお玉を捕まえねばならないという当たり前のことだった。

以前にお玉が墓に来た跡は見られても、盂蘭盆の最後の日には、お玉は来なかった。

日は落ちて、辺りは薄暗くなってきた。彦太郎は提灯を持って立ち上がった。

何かが飛んできて、彦太郎の頬《ほお》に当たった。小さな石だった。

飛んできたほうを見る。並び立つ墓石の向こうに、紺色《こんいろ》の袖《そで》と女の髷《まげ》が動くのがちらりと見えた。

彦太郎は駆け出した。だが、墓の入り口まで来た時には、石を投げた者は消え失《う》せていた。

足元を見ると、樒の枝葉が落ちていた。

寺の門まで急いだが、紺色の着物の女は見当たらない。闇《やみ》の帳《とばり》が降りてきて、人を追うのは困難になってきた。

彦太郎はしゃがみ込み、提灯に灯《あか》りを点《とも》した。

灯りの向こうの土の上に、樒の枝葉が落ちていた。

彦太郎は門前を右に曲がった。

街路沿いよりも街路そのものが気になって、地面を照らしながら進んでいく。樒の枝葉は落ちていなかった。

ふと思い付いて、引き返す。

門を過ぎさらに進んでいくと、樒の枝葉が落ちていた。

それからは、十間置きぐらいに樒の枝葉が落ちていて、曲がるところには必ず落ちていた。

女がどのぐらい先に進んでいるのかわからない。おそらく、さほど離れてはいないはずである。

こちらは提灯の灯りを消すわけにはいかないが、女は月明かりをたよりに、提灯なしで歩いているのだろう。遠くからでも、彦太郎の位置がわかるのだから、女のほうが有利であった。

女はおそらく、お玉かお玉の手先だろう。応援を頼んで、捕まえにいくことも考えたが、逃げられてしまっては元も子もない。しばらくは、おとなしく付いていくことにした。

女が何を企んでいるのか全くわからない。こんな奇妙な闇討ちはないだろうし、彦太郎を拐《かどわ》かしてみても始まるまい。

武家屋敷の間の通りを何度も曲がらされたが、大体北に向かって進んでいると思っていた。前方に坂が現われて、それが正しいことがわかった。これは汐見坂《しおみざか》である。登り切ると、闇に沈んだ巨大な溜《た》め池のそばに出た。

ここまで来ると、女がどこへ彦太郎を連れていきたいのかわかってきた。おとなしく付いていくしかない。まさか仲間が飛び出してきて、縛られて、溜め池に投げ込まれるようなことはないだろう。

溜め池沿いの道を進んで、田町に入り、並び建つ町家の灯りが見えてきた。

櫺が残り少なくなってきたのか、落ちている間隔が長くなってきた。彦太郎はもう下を見ずに、目的の家へと向かった。

お玉がかつて住んでいた家は、未《いま》だ借り手もなく、住みたがる妾《めかけ》もなく、空き家のままとなっていた。

お玉は先に着いているはずなのに、家は真っ暗で、中の様子は全くわからない。彦太郎は提灯をかざして、濡《ぬ》れ縁《えん》から上がった。

「お玉！　出てこい！」

呼んでみても、返事はない。物音一つしなかった。

障子を開いて、左端の居間に入った。三部屋続きの居間のうちの、玄関に近いほうだった。

丸い鏡の付いた鏡台も、前に来た時のままに置かれている。

隅にあった行灯《あんどん》を覗《のぞ》いてみると、まだ油が残っていた。提灯の火を行灯に移そうとかがみ込む。

その時、闇の中から、水の固まりが飛んできた。

水は彦太郎の顔を打ち、着物を濡らして、彦太郎を震わせた。

同時に、提灯の灯りは消えて、辺りは何も見えなくなった。

襖《ふすま》の動く音が二回した。

彦太郎は刀を抜く。

「卑怯《ひきょう》だぞ。出てこい」

闇に向かって怒鳴った。

「刀をお納めになってくださいな。濡れた着物は脱がれたほうが……」

離れたところから、女の声がした。

「おまえこそ、いさぎよく縄に付け」

彦太郎は声のしたほうへ近付いていく。だが、そこには襖があるだけで、誰もいなかった。

「次には、菜種油をおみまいいたします」

襖を開いた。

再び、離れたところから、女の声がした。

奥で襖の動く音がした。

「止《や》めろ！」

彦太郎の足は止まった。

もし菜種油を掛けられて、火打ち石を摺《す》られれば……家は燃え、彦太郎も人間松明《たいまつ》になってしまう。

「行灯のところにお戻りください」

初戦はお玉に勝たれてしまった。

彦太郎はおとなしく行灯のそばに戻った。

「お玉なのか？」

彦太郎は闇に向かって尋ねた。

「はい」

「こんなところへ連れてきて、俺に何をさせたいのだ?」

「墓でお姿を拝見いたしました。ぜひとも、一度はお会いしたくて……」

お玉の声は、くぐもったような感じがした。一番奥の居間にいるはずなのだが、その割りに、声はよく聞こえてくる。

「案ずるな。お前がお縄になれば、嫌になるほど顔を合わせることになる」

「私がお縄になりますれば、お調べになりたい方が大勢おられて、たぶん、北沢様とは、ほんの束《つか》の間《ま》しか……」

「よし、話してみろ」

こんなことで言い争っていても仕方がない。お玉が話してくれるなら、聞くべきだと思った。

「主人の亡骸《なきがら》を掘り出していただきまして、ありがとうございました。やむをえずそこに埋《う》めましたものの、何とか娘のそばに移してやりたいと、ずっと気になっておりました。お骨《こつ》を中念寺にお預けくだされば幸いです」

「それぐらいのことなら……願いを聞いてやろう。市郎治は自死したのか?」

「はい。梁《はり》から縄を垂らして、首を吊《つ》りました」

「気の毒に……橋の上の話は本当なのか?」

「橋の上……ああ、馴《な》れ初《そ》めですか？」

　声に笑いが交じった。

「もちろん、板橋の生まれも、線香問屋の女中も大嘘《おおうそ》でございます。橋の上で襲われたのはまことでございます。あの時は、危《あや》ういところでした。こちらも脛《すね》に疵《きず》を持つ身で、大騒ぎできません。主人が助けてくれなければ、どこかに運び込まれて、さんざん玩《もてあそ》ばれて、殺されておりました」

「それで、地道に暮らす気になったのか？　妾のお粂殺しからたった一年半で、奉行所の目と鼻の先で」

「主人の家はいい隠れ家でした。しばらく休んでいこうかと……そのうちに、一生いてもいいような気になって……彫金の仕事が気に入りましたし、お竹も気に入りましたし」

「お前がよく母親になれたものだ」

「いけませんか？　あの子にいろいろしてやるのが楽しくて……あの子も応《こた》えてくれますし……そうなると、自分がみすぼらしい身形《みなり》をしていても気にならないんです。あの子を磨き上げ、習いごとを仕込んで、武家屋敷に奉公に出してやりたいと思いましたよ。私もひねくれる前は、そんな夢を持っていましたから」

「奉公の話はどこから？」

「名前はよろしいでしょう。四千石のお旗本の奥向きの方からです。お竹には、くれぐれも、外に洩《も》らさぬように命じておきましたのに、たまたま、お弓に道で会ってしまいまして、ついつい、口走ってしまったのです。悔やんでも悔やみ切れません」

「お弓を殺すのは理不尽ではないか。お八重もお弓も、お竹を少々恐《こわ》がらせて、少々恥を掻《か》かせるように、卯吉に頼んだにすぎん」

「何をおっしゃいますか」

お玉の怒りの声が響いた。

「北沢様ともあろうお方が、鬼娘どもの言葉にたぶらかされて……卯吉は寝物語に話してくれましたよ。娘二人に、手籠めにするように頼まれたと。世の中に若い娘ほど恐ろしい者はないと……少々恐がらせる？　少々恥を掻かせる？　それなら、私もお弓を少々恐がらせて、少々恥を掻かせただけですよ」

その言葉は、ぐさりと彦太郎の胸を刺した。お八重の言葉をそのまま信じたのは、軽率であったようだ。

だが、卯吉が死んだ以上、どちらが真実かはもうわからない。できれば、お八重の言葉のほうを信じたかった。

「どうやって、駒七を突き止めたのだ？」

「二人の男の片方が、『こま』と呼ばれていたと、娘が話してくれたからです。手がかりは、たったそれだけ。卯吉のことも、お弓とお八重が陰にいることも、何も知らなくて……全く霧の中でした。駒七を突き止めるだけで、一年半近くかかってしまいました」

「重兵衛の妾になって、この立派な家で過ごしながら……」

　彦太郎は嫌味を言ってみた。

「人を探すのには、金も暇も要《い》りますよ。両方手に入るのは、妾か金貸しかありません」

　暗闇に目が慣れてきて、二部屋向こうの壁際に坐《すわ》っているお玉の姿が見えてきた。口に何かを当ててしゃべっている。末広がりの筒のような形をしている。これで声が大きくなるらしい。

　お玉のそばには桶《おけ》が置かれている。この中に、油が入っているのだろう。火が付くまでには、あそこまで辿《たど》り着けそうにも思えるが、失敗すれば、死んでしまう。

　彦太郎は話を続けることにした。

「儀助のことは、駒七が教えてくれたのか？」

「駒七は、儀助のことも、卯吉のことも教えてくれました。卯吉のあとを付けたら、お弓とできていることもわかりました」

「駒七殺しから儀助殺しまで、半年近く経《た》っている。ずいぶん待ったものだな」

「焼き殺してやりたかったから」

「卯吉とは、どこで知り合った?」

「道で声を掛けました。遊び慣れている男だから、扱いやすかったですよ」

「お弓の玉門の奥には、精液が残っていた。あれはどこで手に入れた?」

「卯吉のものですよ。あの古寺で、朝のうちに、卯吉の魔羅から吸い取ってやりました。卯吉は昼にお弓に会うつもりだったから、出すのは渋っていましたがね。そのあとで、卯吉に石見《いわみ》銀山を飲ませて殺しました」

「四人も殺せば、もう気が済んだろう。お八重は助けてやれ」

彦太郎は一番肝心な問題に入った。

「いくら北沢様のお指図でも、そいつは従えません。お八重こそ、お竹を殺した張本人ですよ」

「お八重はひどく悔やんでいる。お前に土下座しても詫《わ》びるはずだ。いずれ、罰も受けることになる」

「許せるものですか！　地獄に落としてやりますよ。三人の男はまだ罪が軽いから、地獄へやる前に、極楽に遊ばせてやりましたよ。お弓は罪が重いから、ただ突き刺して、地獄に落としてやりました。お八重は一番罪が重いから、さんざん苦しめてから、地獄に落としてやりますよ」

「お八重を傷付けないと約束すれば、黙ってここから逃がしてやろう」

彦太郎は本気で言ってみた。

「有り難いお言葉ですが、私は大手を振って、ここから出ていきます」

お玉は声高に笑った。

「逃がさんぞ」

一気に突進すれば、油は浴びても、火を点《つ》けられる前に、お玉を取り押さえられる……彦太郎は確信した。

「お好きなように……お八重を許す気はございません」

彦太郎は立ち上がる。

闇の中のお玉目掛けて突進した。

お玉が桶を持って立ち上がる。

あと数歩で、お玉のところに到達する。お玉にはもう火を点ける時間がない……この勝負はこちらの勝ちとなる。

桶の中のものが飛んできた。

とたん、彦太郎には何も見えなくなった。あまりの痛みに、目を開けていられない。涙がぽろぽろとこぼれてきた。

ちくしょう！

彦太郎は呻《うめ》いた。

これは……唐辛子の液だ。

お玉の逃げていく足音が聞こえた。

二

大木の屋敷の奥向きの者が連れ立って、七月二十八日に中村座《なかむら》に出掛けるという知らせが青木からもたらされた。

この狂言見物はずっと前から決まっていたことで、上桟敷《かみさじき》も予約されており、お玉の件があっても、取り止めるというわけにはいかないらしい。

お八重は止めてもよいといわれたらしいが、本人は、一人で残されるのはかえって怖いから、連れていってくれと頼んだとのことだった。
青木はさほど案じていなかった。
お玉は中村座には来ないという。そのわけは三つほどあった。
まず、二階にある上桟敷なら、平土間の升席《ますせき》と異なり、見知らぬ者が入り込むのは難しい。入り込んだとしても、警護の者が一人二人付いていれば、彼らを倒さないかぎり、お八重には近付けない。
次に、中村座でお八重を狙《ねら》うとなれば、大勢の目線の前でお八重に襲いかかること
になる。そんなことをすれば、お八重を殺せたとしても、閉ざされた芝居小屋から逃
げるのは難しい。
そして、中村座には役人が見張っていることも予想されるから、そんな場所をわざ
わざ殺しの場所に選ぶとは考えにくい。
一方、舘仁建の見解は、青木とは大きく異なっていた。すなわち、お玉は中村座に
来ると考えていた。
一連のお竹の仇討ちを、お玉は一人でやってのけており、お八重殺しも一人でやる
つもりと推測される。だが、顔を知られてしまったお玉が、大木の屋敷に入り込むの
はきわめて難しい。

そうなると、お八重が外に出る機会を狙うしかないが、この先、お八重が外に出る機会は当分ないから、お玉がこの芝居見物という機会を見送るとは思えない。

しかし、青木の言うように、お玉がお八重に近付くのは難しく、お玉にはお八重は殺せない。だが、中村座には来るだろう。そうであるなら、お玉が姿を現わすのを待ち、出口をすべて塞《ふさ》いで、お玉を捕まえるのに力を注いだほうがよい。

これが舘仁建の見解であった。

彦太郎はというと、青木よりも、舘仁建よりも、案じていた。

むろん、お玉がこの機会を見逃すはずがなく、中村座に来ることは間違いない。さらに、お八重を殺しにかかることも間違いない。

ここまでは舘仁建と同じであるが、彦太郎は、必ずしもお玉が失敗するとは考えられなかった。あのお玉のことだから、お八重に近付く方法も、逃げる方法も、練りに練ってあるに相違ない。油断をすると、またまた煮え湯を呑まされてしまう。

彦太郎としては、お玉に逃げられてもよいから、お八重殺しだけは何としても阻止したかった。舘仁建が人を配置して、出口を塞いでくれるなら、自分はお八重の警護に力を貸そうと思った。

お玉は例の唐辛子を使い、警護の者の目を潰《つぶ》してから、お八重に襲いかかるつもりかもしれない。かもしれない。目潰しには充分気をつけるようにと、青木と舘仁建を通して、大木の屋敷に申し入れてもらった。

だが、お玉がどうやってお八重に近付くつもりかは、実際の芝居小屋を見てみないと、なかなか推察が難しい。彦太郎は芝居見物などめったにしないのだが、たまには一家で出掛けるのも悪くはないかと、お園に話してみた。そのとたん、お園は子供のようにはしゃぎ出した。すぐに、娘のお近にも、女中のお妙にも伝わって、行く前から、お祭り騒ぎのようになってしまった。

大木家ご一行の芝居見物の二日前、彦太郎、お園、お近、お妙、お園に負われた小太郎、新次の六人で、中村座のある堺町《さかい》へ出掛けた。

空は青々と晴れ渡り、風も涼しさを増して心地よい。日の光が大事なことでは、検《けん》屍《し》も芝居見物も変わりがなく、今日は絶好の芝居見物日和《びより》といえた。

親父《おやじ》橋を渡り、芳町の一つ北の葺屋《ふきや》町の通りに入っていく。ここには市村《いちむら》座があり、向かいに茶屋が並んでいる。通りには人が溢《あふ》れていた。

中村座のある堺町のほうへ進んでいく。中村座には銀杏《いちょう》の紋の付いた櫓《やぐら》が高く掲げられ、その下に看板が並んでいる。引っ張りが通行人に声を掛けていた。

こちらの向かいにも茶屋が並んでいる。桟敷客の弁当は茶屋で用意するので、お玉は弁当に毒を入れることを目論《もくろ》んでいるかもしれない。大木家の贔屓《ひいき》の茶屋に立ち寄って、当日の弁当は充分に毒味するよう厳命した。

木戸をくぐって、小屋の中に入った。

舞台の向かいに、平土間の升席があり、左右に、上下の桟敷が連なっている。上桟敷がもっとも料金の高い席であった。

大木家の一行が坐るのは、上桟敷の中でも、舞台に近い辺りである。彦太郎一行は、その辺りがよく見あげられるような土間の升席を確保していた。

その升席に着き、どっかりと腰を下ろした。見回すと、ここはきれいに飾られた別世界であった。舞台のみならず、見物人達もあでやかに着飾って、この世界の中に溶け込んでいる。祭りがそのまま小屋の中に移ってきたように見えた。

上桟敷の見物人達は、地位の高い者や、金のある者、それらに誘われた者が多く、衣服は一段とあでやかで、まさに絵になっている。土間と違って、ゆったりと坐れるため、のびのびと寛《くつろ》いでいるように見えた。

桟敷に坐れなくとも、お園、お近、お妙の三人は、辺りを見回し、互いにおしゃべりをして、存分に楽しんでいる。小太郎も立ち上がって、きょろきょろと辺りを見回していた。

前座に当たる若手の狂言が演じられている間、彦太郎は、上桟敷とその下を交互に見ながら、お玉の取る手段を推測していた。

まずは、弁当に毒を入れることが考えられる。

次に、上桟敷に入るとすれば、裏からが一番入りやすいが、ここは桟敷への唯一の道だけに、警護の者が当然見張ることになり、すぐに対応できるだろう。

その次は、下から上がる方法で、これは桟敷を支える柱をよじ登ることになる。すばしこいお玉ならできるだろう。警護の者が早く気が付けば、充分対応できるが、知らないうちにするする上がられてしまうと、お八重が切り付けられるのが先になるかもしれない。

あとは飛び道具となり、弓、鉄砲、石つぶてなどが考えられる。いずれの場合も、下から二階へ飛ばすため、命中させるにはかなりの技量を要し、お八重が前に出てこないとさらに難しい。弓、鉄砲の場合は、道具が目立ってしまうことも難点であった。

恐ろしい飛び道具がもう一つある。それは油であった。上桟敷めがけて油の袋を投げ、袋が破れて、お八重がびしょ濡れになったところに、火の点いた矢を飛ばせば、お八重は燃え上がって死んでしまう。

だが、女一人でこれだけのことをやり遂げるのは至難の業である。また、お八重のほかに何人も死ぬような殺し方を、お玉が選ぶとも思えない。

お玉がいずれの手段をとっても、警護の者や、奉行所の者が素早く対応すれば、お八重がやられてしまうことは考えにくい。上と下を比べれば、下のほうが危ういため、当日、上は警護の者にまかせて、彦太郎は下を見張ることにした。

前座が終わり、『神霊矢口渡《しんれいやぐちのわたし》』の四段目が始まった。江戸の大奇人福内鬼外《ふくちきがい》（平賀源内《げんない》）作の浄瑠璃《じょうるり》を芝居に仕立てたものである。

矢口渡の渡守頓兵衛《とんべえ》の家に、宿を求めて、新田義岑《にったよしみね》とその妻が来る。義岑の宿敵竹《たけ》沢監物《ざわけんもつ》に通じる頓兵衛は義岑を殺そうとするが、義岑に一目《ひとめ》惚《ぼ》れした頓兵衛の娘のお舟《ふね》は、身代わりになって義岑を逃がし、父親の頓兵衛に刺されて死んでいく……。

女どもは、可憐なお舟のひたむきさに涙し、頓兵衛の悪辣《あくらつ》さに怒りの炎を燃やしていた。

死にかかったお舟が太鼓を乱れ打って、芝居が終わると、お園も、お妙も、お近も、目を真っ赤にして、泣き腫《は》らしていた。新次にも涙の跡が見える。小太郎一人がすやすやと眠っていた。

お玉の企みは打ち破ることができる。

そのように確信しながらも、彦太郎の心の底には、不安が残っていた。

唐辛子についても、この前彦太郎に使ったから、今度は使わないようにも思える
し、そう見せ掛けて、また使うようにも思える。

油についても、殺しには使わなくても、どこかで火を燃やして、彦太郎達を惑わせ、その隙《すき》にお八重を襲うといった使い方をするのかもしれない。

あれこれ思い悩んでいるうちに、七月二十八日が来た。

当日になって、玄海も中村座に行くと言い出した。お園を羨《うらや》ましがったおしのにせがまれて、仕方なく、おしの、お豊、玄朴の三人を連れて出掛けることにしたという。

しかし、たとえおしのにせがまれても、玄海が、おしのやお豊、はたまた玄朴まで連れて芝居見物に行くとは思えない。玄海の狙いは、あこがれのお玉を一目見ることにあると思われた。

彦太郎は、新次と磯吉を連れて、奉行所から中村座へと向かい、小屋の前で、新次の手下二人と落ち合った。

木戸の前はたいそうな賑《にぎ》わいで、客の列がゆったりと奥へ進んでいく。

木戸の辺りで、館仁建が配置した者の姿を見つけた。お玉はまだ見つかっていないと、彦太郎の耳元で囁《ささや》いた。

彦太郎一行五人は、木戸をくぐり、一昨日と同じ平土間の升席に陣取った。

次々と客は入ってきて、升席は埋まっていく。五つ、六つ離れたところに、玄海一家の姿が見えた。玄海はむっつりして、お豊は陰気そう、おしの一人が大はしゃぎで、玄朴は無理遣り、その相手をさせられているように見えた。

下桟敷も、上桟敷も次第に客で埋まっていく。だが、大木家の一行はまだ現われず、彼らの桟敷は、二区画分がぽっかりと空いていた。

彦太郎は繰り返し繰り返し、平土間の升席、前土間、左右の上桟敷、下桟敷、向桟敷と、お玉が隠れていないかと眺め回した。

人が多すぎて、すべての客の顔を確かめることなどできないが、見える範囲には、お玉らしき女はいなかった。

上桟敷の空いていた場所に、大木家の女中の一団が入ってきた。皆が綿帽子をかぶり、上品に、美しく着飾っていた。女中が八人で、警護の中間が二人付いている。彼らは横棒で区切られたそれぞれの区画に、女四人、男一人ずつ入った。お八重は前の区画に入った四人の、一番後ろにいて、警護の中間に、ぴったりと付き添われていた。

茶屋の者が、桟敷の前の手摺《てす》りに緋《ひ》色の毛氈《もうせん》をかけ、その前の台に、菓子や果物を並べた。

女中三人が手摺りに沿って並び、お八重は女中達の頭の間から、舞台を眺め始めた。ほかの女中達が屈託のない笑顔を見せているのに、お八重の顔だけが、笑いがなく、強《こわ》ばっているように見えた。

『神霊矢口渡』の四段目が始まった。

重々しく、義太夫節が流れ、彦太郎が一昨日見たばかりの芝居が進んでいく。

舞台を見下ろす女中達も、義岑の身代わりになって、父親の頓兵衛に刺されるお舟の可憐さ、ひたむきさに、涙を流して泣いていた。お八重の顔からも硬さが消えて、涙顔になっていく。

何も起こらない。

お玉も姿を現わさない。

お玉はこの小屋には来なかったように思えてきた。

死にかかったお舟が太鼓を乱れ打つ……舞台も観客も、このうえなく盛り上がってきた。

その時……。

上桟敷に奇妙なことが起き始めた。

手摺りが動いている！

地震？

彦太郎も初めはそう思った。だが、こちらには何の揺れもない。動いているのは、上桟敷の手摺り、それも、大木家の女中のいるあたりだけだった。

手摺りは下へ下がっていく。いや、手摺りだけでなく、上桟敷自体が下へ下がっていた。

女中達の悲鳴が、彦太郎のところにも届いた。

桟敷崩れ！

今や、支柱が折れ、桟敷が崩れ落ちつつあることは明らかだ。彦太郎は、四条河原《しじょうがわら》の田楽見物の桟敷が崩れ、五百人が死んだという、太平記《たいへいき》の記事を思い出した。

だが、たった十人で、上桟敷が崩れ落ちるとは……！

もはや、観客の目線は舞台ではなく、上桟敷へと向かっている。観客の悲鳴も響いた。

彦太郎は升席から飛び出した。

その時、上桟敷の一部が大きな音と共に、崩れ落ちた。八人の女中と中間も落ちていく。十人は硬い舞台にぶつかり、落下は止まった。

彦太郎は舞台に駆け寄ろうとしたが、升席の客はめいめいに立ち上がり、大混乱に陥っていて、たやすくは間を抜けられない。

見上げると、崩れた桟敷の近くで、奇妙なことが起きていた。若い男が、支柱を登り、落ち残った上桟敷に上がろうとしている。そこにいた客は、すでに後方へと移っていた。

若衆が桟敷の上に立ち、彦太郎には顔が見えた。その顔はお玉のものだった。刃物は持っていない。

お玉が手摺りを乗り越えた。

彦太郎はようやく邪悪な企みを察した。だが、もう間に合わない。

舞台の上には五人の女が倒れている。そのうちの一人がお八重で、仰向《あおむ》けに倒れていて、動かなかった。

お玉はそのお八重めがけて、上桟敷から飛び降りた。膝を抱え、体を丸めて落ちていく。

あちこちで、悲鳴が上がった。悲鳴に交じって、体のつぶれるような音が聞こえた。

お八重の悲鳴が響いた。

三

お玉は丸まったまま、お八重の上に落ちた。その瞬間、軽業師《かるわざ》のように、両手でお八重の体を叩き、その反動で立ち上がった。すぐに走り出す。

彦太郎がようやくお八重のところへ辿り着いた時には、お玉はすでに逃げてしまっていた。

お玉が足を先にして落ちなかったのは、うっかり足を折ったり、強く捻ったりして、逃げられなくなるのを恐れたのだろう。どこまでも悪賢い女だった。

芝居の終わりが告げられ、客はぞろぞろ帰り始めた。舞台に上がってきた好き者の客は、新次と磯吉と新次の手下の二人が押し返した。

お八重はまだ死んではいない。だが、顔も唇も青白く、息は見るからに苦しげであった。うめき声は出ても、話はできなかった。

玄海と玄朴が舞台に上がってきた。玄海はお八重のそばに来て、玄朴がほかの女中達を診《み》始めた。

玄海は、お八重の着物と襦袢《じゅばん》の前を開き、胸の辺りを顕《あらわ》にさせた。

お玉は、お八重の右胸の上に落ちたらしい。板で殴られたような広く赤い斑《はん》が、右の乳房に現われていた。

「苦しい……」

お八重の声が出た。

「変だ」

玄海が、右の乳房の外側寄りの辺りを指差した。

「何が変なのだ？」

彦太郎にはわからない。

「胸の動きが変だ。普通は、息を吸えば胸は膨らみ、息を吐けば胸はへこむものだ」

そう言われてよく見ると、確かに、玄海が指差した辺りは、普通の場合と反対に、お八重が息を吸うとへこみ、息を吐くと膨らむように見える。

「右の肋《あばら》が何本も、あちこちで折れているようだ。それで、胸ががたがたになって、まともな息ができないのだろう。フレーヘルか。初めて見た」

お八重の両方の胸を触っていた玄海が言った。お八重は呻き続けている。

「それは何だ?」

「西洋の古い戦《いくさ》の道具だ。長い棒の先に鎖が付いて、鎖に鉄の棒や球が付いている。これを叩き付けられると、鎧《よろい》が貫かれて死んでしまう。すぐに死なないと、こんな怪我になる。胸がフレーヘルの鎖のように揺れるのだ。シーボルト先生が言われた」

「助かるのか?」

彦太郎はうっかり大声で聞いてしまった。

「十中八九助からん。いや、もっと厳しい。そのうち、息ができずに、死んでしまう」

玄海は彦太郎の耳元で言った。

「何もできんのか?」

彦太郎は苛立《いらだ》った。すぐに死んだのなら諦《あきら》めもつこうが、お八重はまだ生きていた。医者もここに二人いる。

「俺だって助けてやりたい。こんなきれいな女に死んでほしくないさ。それでも、無理なものは無理だ」

「何とかしろ。長崎帰りではないか!」

「よし、胸を押さえていよう。がたがたが少しでも減るように。どれだけ効くのかわからんが、それしかなさそうだ」

玄海は両手を揃えて、お八重の胸の、奇妙な動きをする辺りを押さえた。

「痛い！」

お八重の呻き声が悲鳴に変わった。

「すまない。強すぎたか」

玄海は手はそのままで、少し力を抜いたようだった。

玄朴が来て、中間二人は腰を打っただけ、ほかの女中は一人が足を折り、二人が頭を打ち、一人が背中を打ち、一人が腹を打ち、二人があちこち打っているが、命にかかわる疵はなさそうだと報告した。

「お前もここにいろ。命にかかわらぬ疵など放っておけ」

玄海が玄朴に言った。

「代わりましょうか」

「まだいい」

「うー！」

お八重の呻き声が大きくなった。

「痛みを減らさんと、息ができんな。おしのを呼んでこい」

おしのとお豊が、玄朴に連れられてやってきた。普段なら、若い女の乳房を摑んでいるところをおしのに見られたら、引っかかれるか、棒で殴られるところだが、さすがに、今日のおしのは、心配そうに覗き込んでいるばかりである。

「手伝えることがありますか？」

おしのが玄海に尋ねた。

「阿片《あへん》しか効かん。早くほしい。家に少しある。お豊は家に行け。おしのは近くの薬種問屋と蘭方医と金創医を回れ。どこかにあるだろう」

おしのとお豊は足早に去って行った。

花道を通って、舘仁建がつかつかと歩いてきた。

「北沢、お玉を引き上げたぞ！」

小屋内に響き渡るような声で言う。

「お喜び申し上げます……どちらにおりましたか？」

彦太郎が聞く。

「小屋の前だ。三人で押さえ込んだ。大番屋へ連れていく。明日までには、すべて白状させてみせる。おぬしは、その女の命を助けてやれ」

隣で聞いていた玄海の顔に、怒りの赤い色が浮かんだ。舘仁建の前でとんでもないことを言い出さないかと、彦太郎はひやひやした。

「女一人を捕まえるのに三人がかりか。情けない！」

舘仁建が去ってから、玄海が口を開いた。

「油断ならない女だ。一人では逃げられてしまう」

彦太郎が言い返す。

「ああ、ついにお玉もお縄になったか。いい女が殺されてしまう。惜しい！　俺がもしお八重を助けたら、おぬしはお玉を助けてやってくれるか」

玄海は押さえ続けながら言う。

「無茶を言うな」

お玉の斬首を惜しいと思う気持ちは彦太郎にもなくはない。だが、お玉を獄門や死罪にしなくて、一体誰を獄門や死罪にできるだろうか。お玉は捕まった以上は、死を免《まぬか》れぬ運命であった。

お八重がよくなってきているのかどうか、彦太郎にはわからない。玄海に押さえ込まれたので、奇妙な呼吸はなくなったようだが、胸の動きがよく見えないので、息をしているのかどうかもよくわからない。顔も青白いままだった。うめき声は続いているので、すぐに死ぬことはなさそうだが……。

大工の一団が来て、上桟敷の修理を始めた。彦太郎は、大工の一人と一緒に折れた支柱を調べてみた。折れた支柱は二本だが、いずれにも、四分の三ほどの切れ目が、斜めに入れられていた。おそらく、お玉が夜のうちに忍び込んで、のこぎりで入れたものと思われた。

お豊よりも早く、おしのが戻ってきた。玄朴がお八重に阿片を服用させる。お八重は苦しみながらも、どうにか飲み下すことができた。

大木の屋敷から迎えが来た。玄朴が家人にお八重の容態を説明し、彦太郎は、お玉が捕まったので、再度の襲撃の恐れはないことを説明した。家人は元気な女中一人に残るように命じ、他の者を連れて帰って行った。

お八重の顔は一段と白く、雪のようになっている。彦太郎が脈に触れてみると、消え入りそうなほど弱かった。胸の中で血が出たのだ、と玄海が言った。

それでも、唇の青みは薄れ、わずかに赤くなったように見える。

「どうなんだ？」

彦太郎はしゃがみ込んだまま尋ねて、耳を玄海に近付けた。玄海が耳元で答える。

「まだ生きているから、心の臓や、大血脈が破れたわけではなさそうだ。そうなると、この先の問題は、肺臓がどれだけ痛め付けられたか、胸の中にどれだけ血が出たかじゃないかな。そんなことはシーボルト先生でも、お分かりになるまい。俺には、軽いとは思えんな。だが、俺はやるべきことはやっている。ほかには……そうだ、清気だ。瓶の中に清気を入れてやれば、死にかかった小鳥が生き返る……」

「清気……おぬしの吸っていた瓶か」

「あれはもう空だ……俺の腰痛には効かなかったが……玄朴！」

玄海が叫んだ
「深田稔友の家へ行ってくれ。駕籠を飛ばせ！　わけを話して、清気を譲ってくれと頼んでくれ」

玄朴はすぐに走り去った。

玄海はそれっきり、何も言わなくなった。彦太郎も何も話すことがない。お八重の呻き声と、おしのがお八重を励ます声だけが響いていた。

時が流れた。

お八重は相変わらず苦しそうだが、顔の険しさと呻き声は、少し和らいだように感じられる。阿片が効いてきたのかもしれない。

辺りはすっかり暗くなり、提灯に明かりが点された。座の頭取が来て、舞台の掃除をせねばならぬので、空いている楽屋に移ってほしいと頼んだ。

「仕方ないな。移そう」

玄海が受け入れたので、移すことになった。男六人で、うめくお八重を抱《だ》き抱《かか》え、玄海が胸を押さえて、進んでいった。

楽屋は何事もなかったかのように、明日の準備に忙しい。蠟燭《ろうそく》の点る廊下を進んでいくうちに、町娘、腰元、相撲《すもう》取り、浪人、馬の足とすれ違った。

空いていた部屋には毛氈が敷かれていた。そのうえに、お八重の体をゆっくりと下ろすと、お八重は悲鳴を上げたあと、すみません、と小声で言った。

「お玉の悪だくみを見破れなかった。申し訳ない」

彦太郎はお八重に頭を下げた。

「私が……悪い」

お八重がそう言ったように聞こえた。

ようやく玄朴が戻ってきたが、清気は携えていなかった。深田稔友は白金《しろかね》のほうへ出かけていて、明日にならないと帰ってこない、家人は蔵を開けることを厳しく禁じられている、提灯を近付けるだけで清気が燃えて、大火事になると脅かされている、と玄朴は言った。

「その通りだな。仕方ない」玄海は表情を変えずに言った。彦太郎の耳元で囁く。

「こうなると……お八重の運のいいことを、願うしかないな。運のいい者は、三途《さんず》の川を渡りかかっても、戻ってくることがある」

「ほかに、何かないのか？」

頼るのが運しかないのは、何とも淋しいことだった。

「お八重が女であることに頼ろう」

玄海は突然大声で言った。

「女？」

「女は血が出るのには慣れている。女は乳があるので、肺臓への当たりが和らぐ。女は男より、命の力が強いのだ……おぬしはもう帰れ」

「お八重が気になる」

「おぬしがここに居ても、何の役にもたたん。おぬしの仕事はお玉ではないか」玄海は煩わしそうな口調になってきた。彦太郎の耳元で囁く。「お八重が死んだら、すぐに知らせてやる」

玄海の話は正論であった。玄朴もお豊も残るようなので、お八重のことは三人に任せて、彦太郎は帰ることにした。

その夜、彦太郎は、お園と二人で、お八重の回復を先祖達に願った
「よくなりますよ、きっと。お八重さんは若いし、八百屋娘のおちゃっぴいだから」

楽天的なお園は言った。

お八重の死の知らせはなかった。

翌日
お前の仕事はお玉だと玄海に言われたが、そのお玉は舘仁建の配下の者が捕まえたので、青木も、彦太郎も、お玉の取り調べについては、出番がなくなってしまった。

お玉はほんの束の間の調べとか言っていたが、その束の間もなかったことになる。

お玉とは、田町の家で充分話し合ったから、もう会えなくとも心残りはない。しかし、舘仁建からどのような吟味を受けているかは気になったし、知りたいこともあった。

「覗きにいっても、よろしいですか？」

青木に尋ねた。

「かまわん。遠慮せずともよい。ただし、余計なことは言うな」

お玉が連れて行かれた大番屋は茅場《かやば》町にある。昼から行ってみると、舘仁建はちょ

うどお玉を吟味中だった。覗いてみると、若衆姿のお玉は、諸肌脱《もろはだ》がされ、手を背に回されてくくられていた。

舘仁建は自ら鞭《むち》を持ち、白状しろ、と迫りながら、お玉の背中を激しく打っていた。

お玉は悲鳴一つあげない。その単衣《ひとえ》は血に染まっていた。半分死んだような、力ない、虚《うつ》ろな目であった。化けて出られるのではないかと、彦太郎はかえって怖くなった。

舘仁建は手を休めて、彦太郎のそばに来た。

目を逸《そ》らせる前に、お玉と目線が合ってしまった。

「奴が白状したのは、お八重を殺そうとしたことだけだ。これまでの殺しは一つも白状せん」

舘仁建は腹立たしげに言う。

「お玉は、いかにして、中村座に入り込みましたか？」

四件の事件とも、彦太郎はもう熟知していた。わからないことが残っているのは、昨日の事件だけである。

「昨日のうちに楽屋口から入っている。隠れていたのは小道具の葛籠《つづら》の中だ。夜中に抜け出して、鋸《のこぎり》で支柱を引いたようだ」

舘仁建はお玉のそばへ向かい、再び鞭をふるい出した。

夕方になって、玄朴が奉行所に訪ねてきた。

お八重は苦しみながらも、まだ生きている。見た目には、容態は昨日より悪くなっている。高い熱が出て、苦しそうな息をして、氷水で冷やされている。何も食べられなくて、水と薬だけどうにか飲んでいる。阿片は効いているようだが、痛みは取り切れてはいない。顔は青白い。話はできるが、しゃべると苦しいので、しゃべらせないようにしている。脈は少し触れやすくなった。下《しも》の世話はお豊と大木家の女中がしていて、小便は少し出ていると話した。

「事件のことがすぐに広まりまして、蘭方医と金創医の方が何人も、小屋まで手伝いに来てくださいました。ありがたいことです」

辛そうだった玄朴の顔に、やっと笑みが浮かんだ。

「清気はどうなった？」

「すみません。真っ先にお伝えすべきでした。朝になって、深田稔友先生が駆けつけてくださいました。蔵にあるものをすべて使わせてくださるそうです。順次、荷車で運んでくださるそうで」

「効いたのか？」

「ずいぶん楽になります。ですが、限りあるものですし、古いものもありますので、大事に使わねばなりません。お八重さんには気の毒ですが、本当に苦しい時だけにしています」

「よかったな。玄海はまだ胸を押さえているのか？」

「いいえ、金創医の方が、もう砂嚢《さのう》でよいと言われたので、手を離されて、砂嚢を載せられました、むろん、手を離されても、ずっとお八重さんのそばについておられます」

「それで、先生方の見立ては？」

「血は止まったようだが、肺臓は悪くなっている。これ以上悪くなると、助からない。何とか痛みを止めて、痰《たん》を出させて、痰が詰まらないように時々体の向きを変えて……皆さん、明日も来てくださるそうです」

つまりは、お八重が助かるにせよ、死ぬにせよ。ここ数日が山ということなのだろう。話をさせると容態が悪くなるのなら、訪ねていかないほうがよい。彦太郎は家で回復を祈り続けることにした。

第七章　絵地獄

一

名医が集まって助けてくれたからか、お八重は次の日も生きていた。玄朴の話では、熱はまだ高く、息も苦しそうだが、痰は出せていた。

その次の日、熱は少し下がり、お豊と女中が、粥《かゆ》を匙《さじ》でお八重の口に入れ、それをどうにか食べられるようになっていた。

それからは、ゆるやかに快方に向かい、お八重は芝居小屋から、小屋の近くの旅籠《はたご》へと移されることになり、多くの医者に見守られて運ばれた。玄海とお豊の居場所も、芝居小屋から旅籠へと移った。

短い時間の話なら、お八重の体に障らないと玄朴が言うので、彦太郎も旅籠を訪ねてみた。玄海がいると話が長引きそうなので、二人だけにしてもらった。

会ってみると、お八重は相変わらずきれいだが、元に戻ったというにはほど遠い状態だった。まだ寝たきりで、頬はこけ、目に力がなく、衣服の上からも、痩せたのがわかってしまう。話の間に息切れし、時々咳をして、横を向いて痰を出したあと、痛そうに胸を押さえた。

しかし、事件のすぐあとに比べれば……お八重が命を失うおそれは、相当低くなったと言えるだろう。彦太郎は安堵した。

お八重の罪については詮議しないことになったと青木から聞いていた。そのことをお八重に伝えた。

だが、大怪我のせいか、恐ろしい目にあったせいか、体の衰えのせいか、お八重は心も弱ってしまっていて、彦太郎の知らせを喜んではくれなかった。

お八重の口から出てくるのは、自分を責める言葉ばかりだった。

お竹ちゃんにすまなかった、息ができずに、どんなに辛かったろう。お弓ちゃんにも悪いことをした、手籠めを言い出したのは自分なのに……そんな言葉を繰り返した。

お八重が大木の屋敷に帰ることになって、玄海とお豊も家に帰ってきた。玄海は大木の屋敷へ往診を続けた。下心があるようにも思ったが、命を救ったことは間違いない。おしのは怒らなかったし、彦太郎も冷やかしはしなかった。お八重の体は少しずつよくなっている、と玄海は言った。

お玉は、舘仁建の拷問《ごうもん》にもかかわらず、さっぱり白状しないまま、大番屋から伝馬町の牢《ろう》に送られた。

その先は全く彦太郎の手から離れてしまったが、お玉が白状しないために、舘仁建の拷問が続いているという話は、何度も耳に入ってきた。

大番屋と違って、牢屋敷での拷問は、目付や牢医師やほかの与力が立ち会っていて、作法通りに行なわねばならない。

お玉もまず鞭《むち》打ちが行なわれたが白状せず、次に膝《ひざ》に石を載せていく石抱きが行なわれた。

石抱きは男なら、たいてい五枚（約二百四十二キログラム）も積めば白状するか気を失うかのどちらかなのだが、女には三枚以上は積むわけにはいかない。お玉は一度目は二枚積んだところで糞尿《ふんにょう》を洩《も》らして取り止《や》めとなり、二度目は三枚積まれて苦痛のあまり気を失い、取り止めとなっていた。

三度目も、三枚積まれて気を失って終わってしまった。

ここで、舘仁建は町奉行を通じて老中に文を送り、八件の殺しのいずれも、罪状は明らかであり、ほかに下手人がいるはずはないので、察斗詰《さっとづめ》にしてほしいと申し入れた。察斗詰とは、拷問を行なっても下手人が白状しない場合、罪状明白なことより、老中に罪状に相当する刑を言い渡してもらうことを言う。

だが、老中は舘仁建の努力が足りないとして、察斗詰を断り、さらに拷問を続けて、白状させるようにと返答した。

そこで、お玉の体力の回復を待って、拷問蔵で海老責《えびぜ》めが行なわれた。

海老責めは、胡座《あぐら》に組ませた足を、顎《あご》に密着させて縛ってしまい、一刻ほどそのままにしておくもので、普通なら堪え難い苦痛を与えるものである。

だが、お玉はむしろ極楽に遊ぶかのように、うっとりして、糞と尿を洩らして気を失ってしまうので、拷問の効果は見られなかった。

次はいよいよ釣り責めかと噂《うわさ》が囁《ささや》かれていた頃、彦太郎は舘仁建に呼ばれた。

「お玉が死んだ」

舘仁建は一言言った。

「さようでございますか」

予想できないことではなかったが、いざそうなってみると戸惑った。聞きたいことが多すぎて、何から聞いていいのかわからない。

「昨日の朝に女牢の中で死んでいた。無駄な拷問をやりすぎた。お玉の性根《しょうね》を直せずに、体を弱らせただけだ。あげく、死なせてしまった」

無念の思いが、顔一杯に浮かんでいた。

「拷問中に死んだわけではありませんから……」

拷問中に死なせてしまうのは、適切な拷問ができなかったことになり、吟味方与力としては名誉なことではない。

「拷問がもとで死んだのだから、似たようなものだ」

「囚人にやられたのでは？」

「今の女牢に、お玉にかなう奴はおらん。俺と牢医者の千庵《せんあん》が検屍《けんし》をした。お玉は、脈が触れずに、冷たくなっていた。怪しい点は何もない。あるのは拷問の疵《きず》だけだ」

舘仁建は、拷問がもとで死んだと信じ込んでいる。おそらくその通りだろう。だが、舘仁建は、検屍については素人に近い。念のため、牢医師の千庵に確かめておくことにした。

牢医師の中には、金目当てに、牢内の殺しを病死と見立てる者が少なくない。しかし、千庵は真面目《まじめ》な男で、そのようなことは考えにくかった。

千庵は朝夕の見回りが仕事で、昼間は牢屋敷に詰めてはいない。彦太郎が夕方に牢屋敷で待っていたら、千庵が出勤してきた。

「お玉ですか。あの死骸《しがい》は、舘様と二人で診ましたよ。息が止まって、瞳《ひとみ》が一杯に開いて、冷たくなっておりました」

「誰かに殺されたのではないか？」

「刺されてもおりませんし、毒を飲まされても、首を絞められてもおりません。舘様のおっしゃる通りと思います。拷問で弱ったところに、牢の暮らしがこたえたのです」

舘仁建と千庵は、彦太郎と玄海がするような仔細《しさい》な検屍をしたわけではない。四人の死骸を詳しく調べるような習慣も暇もなく、これは当然のことなのだが、彦太郎としては、詮索《せんさく》しようとすればいくらでもできてしまう。

鼻と口を塞《ふさ》いでしまえば、痕《あと》を残さずに殺すことができる。盥《たらい》に満たした水に顔を漬けさせても同様である。腹を殴られて死んでも、痕の残らないことがある。或《ある》いはお玉は拷問に耐えかねて、自ら命を断ったのかもしれない……。

だが、そんなことを詮索して何になるだろう。お玉は捕まった以上は死ぬことになる運命であったのだ。獄門になるのも、拷問のしすぎで死んでしまうのも、同じ牢の女囚に殺されるのも、どこが違うだろうか。

館仁建自身が、拷問のしすぎでお玉を死に至らしめたと認めている以上、彦太郎としては、それを受け入れるしかない……。

「お玉の死骸は小塚原へ？」

聞くまいと思いながら聞いてしまった。

「ええ、昨日のうちに捨てに行かせました」

明日の朝にも小塚原へ行って、お玉の死骸を捜し出し、仔細に検屍をしてみれば……と愚かな思案が浮かんだが、すぐに打ち消した。

お玉の死について詮索することは、彦太郎の仕事ではなかった。

その晩、久々に玄海が彦太郎の家に訪ねてきた。新次は帰ったあとで、相手になれるのは彦太郎とお園しかいなかった。

一件落着ならぬ全件落着のお祝いという触れ込みであったが、当の玄海が、どことなく元気がないように見受けられた。

それでも、酒が回ると、いつもの玄海の毒舌が出てきた。

「同心様や与力様のなさることは、しもじもの者にはさっぱりわからんぞ。きれいな女の背中を鞭で殴ったり、膝に重い重い石を載せたり、海老のように縛ったり、女は優しく抱いてやるもので、鞭で殴るものじゃない」

「白状すれば、拷問にあうことはない」

　彦太郎は言い返した。

「その代わり、首を切られて殺される」

「因果応報だ。やむをえん」

「舘仁建が怪しい。奴が殺したのではないか」

「怪しいも何も。舘殿自身が、拷問のやりすぎで死なせることになったと認めておられる」

「俺の言いたいのは、もっと怪しい話だ。舘仁建は女囚に金でもやって、お玉を殺させたのではないか」

「馬鹿馬鹿しい。お玉はどのみち殺される。白状すれば獄門か死罪。白状しなければ、察斗詰で獄門か死罪」

「白状しないから手を焼いたのさ。女一人をさんざん拷問しながら、白状させられなくては、鬼与力の名前が泣く。察斗詰にしてほしいと頼んでも、老中は努力が足りんと言う。拷問を続けたところで、お玉はすぐに気を失ってしまう。気を失った者をさらに拷問すれば、牢医者や目付に止めさせられる。無理な拷問で殺すのもみっともない。にっちもさっちもいかなくて、ほかの者に殺させることにしたのさ」

彦太郎は返答に困った。そこまでは考えていなかった。

「舘殿はそのような方ではない」

「上役をかばうのか?」

「かばうわけではない。舘殿が拷問中に死なせてしまうなら、合点が行くが、人に殺させるのは合点が行かない」

「おぬしはお玉の屍《しかばね》を見たのか?」

「見ていない」

「銀簪《ぎんかんざし》の北沢様のお言葉とは思えんな。自ら検屍もせずに、死因がわかるのか?今からでも遅くはない。小塚原へ出掛けたらどうだ?」

「行く気はない」

「ほう、北沢様も腐り果てたか。三度検屍をして、死因を突き止めた北沢様はどうなった? 与力が検屍をした屍を、夜中に墓から掘り返した北沢様はどこへいった?」

「あれは、俺が命じられた事件を調べるためだ。俺はおぬしのように、趣味で検屍をしているわけではない」

「趣味で検屍をして悪かったな。これからは、おぬしが呼んでも、二度と行ってやるものか」

「言い過ぎた。勘弁してくれ。俺の言いたいのはこういうことだ。仕事のためなら何でもするが、お玉の検屍は誰からも命じられていない。今回の事件については、お玉が四人を殺したことに何の疑いもない。それなら、お玉が伝馬町に送られた時に、俺の仕事は済んだのだ」

「所詮《しょせん》は言い訳にすぎん。北沢様も上役のしたことには詮索したくない。長々と言わなくとも、その一言で充分だ」

「まあ、そのようにお怒りにならずに……今日はお祝いの席なのですから。事件が落着したことを喜んで、お玉さんの亡くなられたことを悲しんであげましょう」

お園が見兼ねて口を出した。

お園が仲介に入れば、玄海の攻撃の勢いも衰えてしまうのが普段のことである。ところが、今日の玄海はどうしたことか、お園にまで、非難の矢を放った。

「おかしいじゃありませんか。お園さんは、死んだ者はものを言わないから、きちんと検屍をして、その叫びを聞いてやれと、常々おっしゃっておられますね。お玉のような極悪人は、叫びを聞いてやらずとも、よろしいんですかね」

「お玉さんは叫んでおられません。受け入れておられます」

お園はきっぱりと言った。

「そうですか。わかりました」

神懸《かみが》かりのようなお園の言葉を、玄海はあっさり受け入れてしまった。

「それはそれとして、奉行所もお上も、何を考えていなさるのか。お玉のような女はこの世に二人とおらん。仇討ちは終わったから、この先、悪さをする恐れはない。いじめぬいて、殺してしまうより、いくらでも使い道はあったのに。お玉を岡っ引きに取り立てれば、江戸中の悪党は、震え上がったことだろうよ。ああ、世の中は愚かなことばかり……」

玄海は深い深いため息をついた。

「お八重さんの具合はよろしいですか？」

お園は優しく尋ねた。

「お八重は歩いています。七、八間ぐらいなら。止まらずに歩けます。いずれは、古疵の痛みはあっても、たいていのことは元通りできるようになります」

「それは、よかった」

彦太郎はうれしかった。

「いや……お八重は出家することになった」

玄海は重々しく言った。

「出家！」

彦太郎は驚いた。

「せっかく命を拾ったのに、毎日毎日、己れを責めてばかりさ。お竹に悪いことをした。お弓にも、卯吉にも、市郎治にも悪いことをした……酷い目にあったから、償いは済んだと諭《さと》しても、みんな死んでしまったのに、一人だけ気楽に生きてはいけない……そんな話ばかり繰り返していて、とうとう、髪を下ろして、お竹やお弓の冥福《めいふく》を祈りたいと言い出した。あとは、もう決めた、の一点張りだ」

確かに、旅籠で会った時のお八重も、自分を責めることばかり言っていた。大怪我のせいか、恐ろしい目にあったせいで、そのうちに元に戻ると思っていたのだが……。

「父親と母親は？」

「了解している。あんな事件が起きたから、怪我がすっかり治れば、大木の屋敷を出ていくことになる。嫁入り先も婿の来手もない。家で首でも吊られたら困る。歌や踊りが上手でも、人様に教えて金が取れるほどではない。今さら、その辺で女中奉公しろとは言えない。そういうことだ」

両国広小路で一緒に団子を食べた時、お八重は生きてさえいられれば、島流しにも耐えられると言っていた。それだけの覚悟があったわけだし、生き延びることができた今、安易な道を選べないことは理解できた。

しかし、お八重の様子は、ならず者に自ら犯される前のお弓に似ていなくもない。

「お八重は、まだ落ち込んでいるのか？」

「いや、出家すると決めたら、元気になってきた。熱心に体を動かして、熱心に本を読んでいる」

ようやく、お八重らしくなってきた。彦太郎は安堵した。

「出家して、どこに住むのだ？」

「大木の奥様が探してくれているが、江戸にはあまりいいところがない。お八重も江戸は出ると言っている。額島勝之助様の口利きで、上方《かみがた》の寺に行くことになりそうだ。上方には尼寺も尼も多い。お竹の骨と、お弓の骨を分けてもらって……」

玄海は力なく俯《うつむ》いてしまった。

「さきほどから、お玉さんのことで、さんざん噛み付いておられたのは、お八重さんが出家されることになったので、八つ当たりされていたのですね」

珍しく、お園が厳しいことを言った。

「いや、あれはあれ。これはこれです」

玄海があわてて否定した。

「案ずるな。お八重はどこに行っても、そつなくやるだろう」

「俺は一晩、お八重の胸を押さえていた。そのあともずっと付き添っていた……」

玄海は泣き声になってきた。

「立派なものだ。お前は名医だ。検屍の達人だけではない。江戸一の名医だ。お八重の旅立ちを喜んでやれ」

「馬鹿を言え！」

玄海が泣き出した。

「あんなきれいな女が、股《また》も乳も閉ざしてしまうんだ。愚かの極みだよ……」

玄海は本気でお八重に惚れてしまったらしい。この男が泣くのをみるのは、ずいぶん久しぶりのことだった。彦太郎はもう何も言えなかった。

二

半月が過ぎた。

江戸の秋も深まって、赤とんぼが飛び回り、田では稲が刈られ、空には渡ってくる雁《かり》が見られた。

彦太郎は格別の用もなかったが、お月に会いたくなって、神田松田町の家を訪ねてみた。日は傾いてきて、黄昏時《たそがれどき》が迫っていた。

お水のよがり声が聞こえてくるかと思っていたのに、障子戸の向こうは、ひっそりと静まり返っていた。

戸を開けると、畳の上に坐《すわ》って絵を描いているお月の姿が見えた。彼岸もとっくに過ぎ、お月も合小袖《あいこそで》に着替えていた。

「お上がりください」

お月は手を休めて言った。

彦太郎は畳に上がって、描《か》きかけの絵を眺めてみた。描きかけといっても、もうほとんど出来上がっていた。

これまで見てきたお月の絵とはまるで違う。それは、風景を描いた絵であった。

描かれているのは、お馴染みの両国広小路であった。絵の真ん中辺りに、両国橋が長く延びている。川沿いに葦簀《よしず》張りの店が並び建ち、その手前に、見世物小屋や芝居小屋、野菜の市。それから、人、人、人……。

その場にいると、騒々しさと、薄汚さが耳につき、目についてしまうのだが、こうやって、遠景で捕らえられると、美しい両国橋の橋詰めで、人々がそれぞれの暮らしを営んでいるように見えてくる。人の世の楽しさ、悲しさ……美人も役者もいないのに、心を躍らせ、心に染み通っていくような絵であった。

「いい絵だな。枕絵《まくらえ》はやめて、これで売り出したらどうだ？」

彦太郎は本気で言ってみた。

「おからかいにならないでください。これは手慰みに描いたものにすぎません。私は淫乱《いんらん》無比、極悪無比の絵で名高い、枕絵師淫花でございます。ほかの何者でもございません」

お月がさらっとかわした。

「お水はほかの仕事で忙しいのか？」

「それが……ただ今、身を隠しております」

お月は困った様子で答えた。

「身を隠す？　段一郎ともめたのか？」

「いいえ、二人で身を隠しております。実はお水の絵を買われたお客様が、ぜひお水を抱いてみたいと……お水は二つ返事で承知したのですが、一度抱いてしまうと、お客様はすっかりお水の体が気に入りまして、もう一度。三度目はお水が断りますと、朝から晩までお水のあとを付け回して……あのお水がげっそりと痩《や》せてしまいました。段一郎が話を付けにいきますと、向こうのほうが強くて、ぼこぼこにやられてしまいました。そういうわけで、今は二人とも、身を隠しております」

「身から出た錆《さび》だな」

気の毒だと思いながらも、笑いが顔に出てしまった。

「ひどい北沢様。お水はいい子ですのに」

「その通りだ。俺でよければ、助けてやろうか」

「お願いします」

その男の名前と居場所を聞いて、彦太郎は笑ってしまった。男は湯島に住む大城屋の隠居であった。

あの男は還暦を過ぎたといっても、岩でも担げそうな頑丈な体付きをしていたから、華奢《きゃしゃ》な段一郎ではとても歯が立たないだろう。

不忍池で隠居が連れていた女は、孫ほども歳の離れた可憐な水茶屋娘だったらしいが、お水を抱いてから、好みが変わったのかもしれない。

あの男なら、新次が行って、ちょっと脅かせば、すぐに話がつくだろう。

「お百合がこちらにまいりました」

お月が話題を変えた。

「小間物売りは繁盛していたか？」

「そこそこ繁盛しておりましたが、その際にいろいろ話し合いまして、お百合は絵一筋でやっていくことになりました」

「ほう、二代目淫花か」

「お百合が描きますのは、枕絵ではございません」

「枕絵でなくて、やっていけるのか？」

「実は、一月ほど前に、ある方がここに訪ねてこられました。その方は、店でお百合の枕絵を買われまして……絵の技量がすばらしいと」

「絵の技量？　本物そっくりということか？」

「はい、枕絵としてみますと、潤いもなくて、華やかさも、季節の情緒もなくて……何しろ背景があれですから。ですが、あれだけ細部まで、真に迫って描かれた絵は見たことがないとおっしゃいました。ぜひこちらで働いてほしいと……それで、お百合を探しましたが、お百合はずっと長屋を留守にしておりまして、どこにいるのかわかりません。手紙を言付けておきましたら、十日ほど前に、長屋に戻ってまいりました。お百合をこちらに呼びまして、その方と三人で話し合った次第です」

「どこで働くのだ？　絵を描くのか？」

彦太郎は大いに興味を惹《ひ》かれた。

「その方はある藩のお留守居役でございまして……その藩のお殿様は、虫や、鳥や、花の絵を描かれるのが、ご趣味というよりも、生きがいのようでして……それぞれの虫や花の細かい違いまで描かれて、図鑑なるものを作っておられます。この仕事にぜひお百合の力が借りたいと……それで、お百合は、殿様のお城にご奉公に上がることになりました」

「どこの藩だ？」

「お留守居役から口止めされておりまして……西国のある藩ということでご勘弁ください」

「大きな藩なのか？」

「小さくはありません」

「行きっぱなしなのか？」

「いいえ、来年の四月に、お殿様は参勤交代で江戸に来られます。お百合も江戸に戻ってきます」

「その先は？」

「お殿様は、まだ四十代の立派な方ですが、もう大名の仕事はやり尽くしたとおっしゃられて、あとは図鑑の仕事に専念したいと……それで、二、三年したら、軽い持病を口実に、江戸の下屋敷で隠居暮らしに入られます。お百合もそこに住みます。下屋敷はずいぶん広いところで……」

口止めされたと言いながら、お月はぺらぺらとしゃべっていた。うれしそうだ。

「お百合は殿様の何になるのだ？」

「相談役です。側室でも、婢女《はしため》でもありません。お殿様は隠居のあとも、藩から、毎年八千石、数百両の支給を受けられますから、お百合には何の心配もありません。好きなだけ絵を描いて、お殿様が実物そっくりの絵が描けるように教えてあげればよいのです」

運命というのは皮肉なものだ。あのやせっぽちの、無口な、ありふれた顔立ちの、音曲《おんぎょく》も踊りも習ったこともない娘に、大名への奉公話が実現してしまうとは……殺されたお弓や、出家するはずのお八重が、このことを聞いたら、何を思うことだろう。

「お百合は明後日に江戸を立ちます。昨日またこちらにまいりまして、これを形見にしてくれと置いていきました」

お月は隅のほうから、一枚の絵を取ってきて、彦太郎の前に置いた。

「愉快な絵でしょう? これを見て、私のことを思い出してくれと言うんです」

なるほど、変わった絵であった。

描かれているのは丸い一枚の鏡である。錫《すず》と銅の合金に、錫と水銀を上塗りしたものに違いない。背景はただの壁である。

下には鏡台があるらしいが、鏡だけで絵のほとんどを占めていて、下は鏡を支える木の枠が一部だけ描かれているに過ぎない。

面白いのは、鏡の中に、お百合の顔が描かれていることだった。鏡の中のお百合は茶目っぽく微笑《ほほえ》んでいる。その目も、鼻も、口も、彦太郎の知っているお百合そのものだった。

「黒子《ほくろ》をご覧になって」

お月に言われて、頬《ほお》にある黒子に注意を向けた。右にある黒子が、絵では左に位置していた。これは鏡の中の絵だからであった。

「凝《こ》った絵だな」

「これを見る時は、鏡に映して見てくれって……あれで、なかなか面白い子なんです」

お月も楽しんでいた。

彦太郎は鏡の下の支え木に目をやった。それは黒い漆地に、金魚の絵が彫られ、金《きん》箔《ぱく》が押されていた。

金魚の絵？

彦太郎は、かつてこの鏡を見たような気がしてきた。丸い鏡に、黒漆地の鏡台にも、支え木にも、金魚の絵が彫られ、金箔が押されている。

この鏡は……田町のお玉の隠れ家にあったものではないか。

あのおとなしいお百合と、お玉の間に関《かか》わりがあったとは思えない。お百合が重兵衛の妾《めかけ》であったとも思えない。あるいは、こんな鏡や鏡台は、ほかにいくつもあるのかもしれない。

しかし、お百合に確かめる必要はあった。

「お百合の居所は？　一度会ってみたい。長屋にいるのか？」

「いいえ。もう荷造りを済ませてしまいまして……私の知り合いの店でごろごろしております。北沢様もご存じのお店です。不忍池の近くにございます」

そこまでいえば、彦太郎にはもうわかった。あどけない二人の娘が営んでいる、不思議な小間物屋のことに違いない。文政七年のお袖《そで》失踪事件の探索の際に、二度訪ねていったことがある。

「あの店においでになられたら、ぜひ私の絵をご覧ください」

お月は付け加えた。

三

その小間物屋は、茅《かや》町一丁目の裏通りにあった。

秋の朝の澄明な光が辺りに降り注ぎ、その店は、闇《やみ》の中から出てきたようにして、そこに立っていた。

この店名物の、あどけない顔をした二人の娘が、外から見えている。前にこの店に来てから二年が経《た》つが、二人の顔はほとんど変わっていないように見えた。

「ちょいと、覗《のぞ》かせてくれ」

彦太郎はそう断って、中に入った。

二人の娘の顔に怯《おび》えが走ったが、彦太郎と気付いて、元のあどけない顔に戻った。

「北沢様、お久しぶりでございます」

年嵩《としかさ》の娘のほうが挨拶《あいさつ》した。

二人とも可愛《かわい》らしいといっても似てはいない。二人は姉妹ではなかった。

この二人が店の主人であることも、二人が姉妹でないことも不思議なことだった。なぜそうなのかは、調べればすぐにわかることだが、調べる気にはなれない。世の中には、謎《なぞ》のままにしておいたほうがいいこともある。

ざっと見回してみたが、店内にお百合の姿はなかった。

「お百合と申す娘を探しておる」

「お百合ちゃんなら、虫探しに出ています。私が連れてきます」

若いほうの娘が出ていった。

「冷やかしでも、かまわぬか」

「ごゆっくりお過ごしください」

年嵩の娘が答えた。

娘の後ろの棚に並んでいるのは、様々な大きさ、色、形の張形であり、惚《ほ》れ薬その他の怪しげな薬を入れた罎《びん》、壺《つぼ》、包みであった。これらは、不忍池の出合茶屋へ濡《ぬ》れ事をしにいく男女を目当てに置かれている。

ここは小間物屋といっても、その種の小間物屋であった。

だが、彦太郎から見れば、ここは闇の中にいた者が、光の中に出ていく前に立ち寄る場所なのである。おそらく、お百合もそういう娘なのだろう。

彦太郎は奥のほうへ目を遣《や》った。そこには、枕絵が四、五枚並んでいる。その中にお月の絵を見つけた。

「そいつを見せてくれないか？」

彦太郎の頼みに、年嵩の娘が絵を取ってきてくれた。

「見事な絵でございます。淫花様が技巧のかぎりを尽くされた……」

年嵩の娘が誉《ほ》めた。

それは、海の中で、浦島太郎と乙姫様が交わっている絵であった。

釣り竿を担いだ浦島太郎が、乙姫様の透き通る衣裳の裾《すそ》をめくり上げ、後ろから荒々しく突いている。美しい乙姫様は、歓喜の表情を浮かべて、尻を突き出している。鯛《たい》や平目が泳ぎ回り、海藻がゆらゆら揺れている。

奇抜さの楽しい絵であった。二人が喜んで交わっているのもいいことだ。彦太郎は手籠《てご》めの絵が嫌いであった。

若いほうの女が、虫籠《むしかご》を持った女を連れて戻ってきた。お百合だった。

「私どもは、近くでカステイラでも食べてまいります。休みの札を掛けておきますので、中でゆっくりお過ごしください」

年嵩の娘がそう言って、二人の娘はさっさと出ていってしまった。

彦太郎とお百合は、畳の上に上がった。

「お茶でもお入れしましょうか？」

お百合が尋ねた。

「殿様のご相談役になられるお方に、茶を入れていただくのは恐れ多い」

「まあ……意地悪なお方」

お百合は一旦《いったん》引っ込んで、盆に湯呑《ゆの》みを二つ載せて戻ってきた。そのほかに絵のようなものを持ってきたが、描かれている面を伏せてしまった。

二人は並んでいる絵の前に坐った。

「痩せたのか？」

彦太郎は尋ねた。

「私は人に会うたびに痩せたと言われます。そんなに痩せたら、なくなってしまいます」

「これは……鈴虫か」

彦太郎は虫かごを覗いた。

「虫も鳥も、絵に描いたことなどございません。私にできることなのか、大いに案じております」

「虫や鳥の絵など、お前なら容易《たやす》い」

お百合は松田町にいた頃より、よくしゃべるようになっていた。あれほど優しいお月でも、師匠である以上、そばにいると気を遣うのかもしれない。

「北沢様がこちらに来られたわけは、察しがつきます。あの絵をご覧になったのですね」

お百合は平気な顔で言った。

「ああ、教えてくれ。あの鏡は、田町の伊勢屋重兵衛の妾宅《しょうたく》のものではないか」

「さようでございます。私はあの家に出入りしておりました。初めてまいりましたのは、去年の十一月でした。お須磨様は私の小間物商売の大切なお客様でした。私のような行商では、ご贔屓《ひいき》と言いましても、たかが知れております。あの方には高価なものをいろいろ買っていただきまして……本当に助かりました」

お百合は悪怯《わるび》れずに答えた。

「下心があったのではないか？」

「ご存じないのですか？」

お百合は俯いて、かすかに笑った。

「恥ずかしながら、見当もつかん。お前にいかなる役が振られたのか」

彦太郎は茶を飲んで、心を落ち着けた。

「お須磨様には絵師になるのが夢だと申し上げました。描いた絵を見ていただきますと、筋がいいと感心されまして……絵師で名を売るには、枕絵師が早道だから、その修業をするようにとご助言をいただきました。修業をするなら、神田松田町の淫花という女枕絵師を師匠にするのがよいとまで教えていただきました。これまで弟子はいないが、優しい女だから真剣に頼めば受けてくれると……ただし、お須磨様の名前は出さぬように約束させられました」

お百合の弟子入りのわけはわかったが、ここまで来ても、お須磨ことお玉の目論《もくろ》みは、さっぱりわからなかった。

「お月様に弟子入りしましてからも、お須磨様の家には始終出入りしておりました。お須磨様が品物を買ってくださらなければ、私の暮らしは成り立ちませんから……三月頃でしょうか。お須磨様から、自分の絵を描いてくれないかと頼まれました。絵は枕絵です。つまり、お須磨様と殿方の濡れ事の絵でございます。相手は旦那《だんな》様かと勝手に思いまして、承知いたしました。あとになって、相手は旦那様ではない男の人で、その男の人に知られぬように描くのだ、とお須磨様から聞かされました。覗き部屋があるから、そこに潜《ひそ》んでいればよいと……礼は一枚につき二分払うと言われました」

「わけは話してくれたのか？」

「ともかく一枚描いてほしいと言われました。二回目からはわけを話すからと」

「受けたのか？」

「一度は断りました。お須磨様は、お怒りにもならず、それまで通りに品物を買ってくださいました。私のほうが申し訳なくなりまして、一度だけならと承知いたしました」

「誰が来た？」

「おわかりになりませんか？」

「卯吉か」

三月なら、駒七はすでに殺されていて、卯吉と儀助はまだ殺されていない。儀助とお玉は、もっとあとに儀助の長屋で寝るようになったのだから、残るは卯吉しか思い浮かばない。

「お須磨様があの家に入れられた男の方は二人だけでした。一人は伊勢屋の旦那様。

もう一人は、卯吉さんではありません」

「絵は描けたのか?」

「初めての日は、二人ともずいぶん硬くなっておられました。男のほうは、ほとんど話されません。濡れ事のほうも、男のほうがすぐに気を遣られまして、早々と終わってしまいました。絵は描くには描けましたが、いささか淋しい絵になりました。男のほうが帰られたあとに、お須磨様はわけを話してくださいました。お須磨様によりますと、その男は、奉行所の者で、お須磨様の古疵を嗅《か》ぎ付けて、それを種に、お須磨様をゆすりにかかったのです。お須磨様も、牢屋入りは恐ろしいので、体は許すことにしたそうです。それでも、相手は奉行所の男ですから、証拠を取っておけば、あとでやりかえすこともできる。ぜひぜひもう一枚描いてくれと……結局二枚が三枚になり、三枚が四枚になりました」

「舘仁建か」

「はい」

ここまでくれば、ど素人にもわかることだった。

恐ろしいことである。お玉が駒七を殺してから、儀助を殺すまでに五箇月もの間を置いたのは、やがて対決することになる舘仁建の弱点を握るためであったのだ。

館仁建は、彦太郎がお島の絵を見せた時、その女がお須磨であることには気付いたろうが、お玉であることには気付かなかった。つまり、四年半前の人相書のお玉の顔を忘れていたのだ。だから、田町の家で濡れ事を繰り返していた間、お須磨の正体に気付かなかったとしても妙ではない。お玉は例により、巧みに近付いて、あの鬼与力を誑《たら》し込んだのだ。

「二度目からは、二人とも、濡れ事をすっかり楽しんでおられました。前から後ろから、上から下からと、長々と続きました、そして、出してしまわれると、お須磨様が口や手で大きくされて、また繰り返しです。一夜の濡れ事で、五枚も六枚も、絵が出来上がりました」

「いつまで続いたのか」

「お須磨様が、誰にも内緒で、あの家を出ていかれるまでです。館様が来られたのは、合わせて六夜でした。絵は三十枚出来上がりました」

何ということだ。師匠のお月が切《せつ》に願い、夢だと諦《あきら》めていたことを、この娘は易々《やすやす》となし遂げてしまったのだ……お玉の生の枕絵を描くということを。しかも、三十枚も。

「お前が弟子を辞《や》めたのは、お須磨の正体がわかったからか？」

「はい、あれは六月二十八日でした。師匠の人相書の模写を手伝いまして、それがお須磨様の顔であることに気付きました。師匠の話では、もともと極悪人の上に、近頃二人も殺しているとか……どうしたらいいのか悩みまして、師匠の家を出てから、お須磨様の家に向かいました」

「お須磨に伝えたのか？」

「いいえ、本当のことを聞きにいきました。お須磨様は何も教えてくれません」

「おまえは、お玉を逃がしたのだ」

「そのようになりましたが、そんなつもりはありませんでした。お須磨様は、自分も身を隠すから、お前も身を隠せと言われました。さもないと命も危ないと……ただし、すぐに消えては妙に思われるから、少しあとにするように言われました。私の行き先は、お須磨様が世話してくださいました。お須磨様の行き先は、私は存じませ ん」

「お前は受け入れたのか？」

「ほかにどうしようがありますか？　この江戸では、私は独りぼっちです。相談するとなると、お須磨様か、師匠しかありません。世話になった師匠を、こんなことに巻き込みたくありません」

いまさらお百合を責めても仕方がない。この点は目を瞑《つぶ》ることにした。

お百合がお玉に伝えたのが六月二十八日の夜で、お玉が田町の屋敷から消えたのが二十九日の朝、彦太郎が舘仁建にお島の顔の絵を見せて、これがお玉だと説明したのが、二十九日の朝である。舘仁建はおそらく、お玉に問いただすために、一人で田町へ直行したことだろう。お玉は間一髪逃げうせたのだ。

「絵はどうなった?」

「すべてお須磨様にさしあげました」

お玉はそれをどこかに隠してしまい、捕まってから、その絵を使って、舘仁建と取引しようとしたのだろう。そのことが、舘仁建の取り調べや拷問にいかなる影響を与えたかはわからない。しかし、お玉が死んだ以上、すべては無駄に終わったことは間違いない。

「お玉が死んだから、もう大丈夫と、長屋に戻ってきたのか?」

「はい、そのつもりでした」

「そのつもり?」

彦太郎はお百合の言い方が気になった。

「はい、間違っておりました。ここ数日、ご奉公のことで有頂天になっておりました。お須磨様のことも、舘様のこともすっかり忘れてしまいまして、昨日も不忍池の回りで、鯉《こい》を描くのに夢中になっておりました。すると、誰かに肩を叩《たた》かれました。振り向いてみますと……心の臓が止まりそうになりました」

「舘殿か？」

「いいえ、お須磨様でした。それから、一緒に団子を食べに行きました。歩きながら、拷問の疵痕を、あれこれ見せてくださいました。足がありましたから、幽霊ではございません。私の奉公のことをお話ししたら、たいそう喜んでくださいました」

「まさか！　ありえないことだ」

彦太郎は怒鳴ってしまった。

「ありうることなのです。舘様とお須磨様の企まれたことです。お須磨様は死んだように見えただけでした。検屍で死んだと認められて、外に出されました。小塚原まで運ばれて、捨てられて……それから、蘇《よみがえ》られたのです」

「わからんな。どうせ逃がすのなら、舘殿は、何のためにお玉を捕まえられたのか？」

「舘様は、絵が描かれていることなどご存じありません。お須磨様が濡れ事のことを持ち出されても、極悪人の大嘘《おおうそ》とお逃げになるつもりでした。そこで、お須磨様にさっさと白状させて、獄門にしてやろうと、早々と大番屋で拷問されたのです。ところが、その拷問のあとで、お須磨様が、絵の一枚の置き場所を教えられました。その絵をご覧になって、舘様ははなはだお困りになりました。あんな絵が江戸中にばらまかれたら、恥ずかしくて外も歩けません。全部取り上げるには、お須磨様を解き放つしかありません。うっかりお須磨様に死なれたら、絵が見知らぬ者の手に渡って、身ぐるみ剝《は》がされるまで、ゆすられることになります。ですが、お須磨様の罰は誰が考えても、獄門か死罪ですから、舘様が勝手に遠島や江戸払いにするわけにもいきません。残った手は一つだけでした。お須磨様が亡くなったことにして、牢から出すという手です」

「そこまでは合点が行く。合点が行かないのはその先だ。検屍をしたのは舘殿だけではない。牢医者と二人だ。牢医者は真面目な男だ。舘殿に頼まれて、嘘をつくような奴ではない」

「体の冷たいのは、舘様から前の日に氷を渡されて、それで冷やされたそうです。息が止まっていたのは、ご自分で止めておられたんです。何度も拷問を受けられて、息の止め方も覚えられたのです」

「脈まで止めていたのか？」

「脈は止められませんでした。ですが、脈に触れられたのは、舘様のほうなのです。お医者は触っていません。舘様が脈が触れぬとはっきりおっしゃっておられるのに、お医者もわざわざ触れたのでは、嫌味になりますから」

「目はどうなんだ？　瞳が一杯に開いていたと……これは牢医者の申したことだ。死にもしない、真っ暗でもないのに、瞳が一杯に開くのか？」

「そこが一番の難所でした。お須磨様はこの難所を越えるべく、前々から、準備をしておられました。これでございます」

お百合は袖の中から、紙に包んだものを取り出した。紙を広げていくと、一枚の緑の葉が出てきた。人の手ぐらいの大きさで、辺縁は目の粗い鋸《のこぎり》のようになっている。

「これは田町の家の庭に植えられていたものだ。名前は……ヒヨスとかいったな」

重兵衛は、白そこひに効く舶来の薬草と言っていた。

「はい、これはヒヨスでございます。伊勢屋の旦那様はそこひを患われて、名医を探してあちこち旅されたそうです。そのうちに、瞳を広げる薬さえあれば、そこひの手術はたやすくできることがわかりました。そこで、その薬を探し始めて……あるところで、シーボルトという医者から学んだ者から、耳寄りの話を聞かれました。瞳を広げる薬はヒヨスという草から取れると……それでヒヨスを手に入れられたのですが、どの医者も、恐がるか、信じないかのどちらかで、使ってくれません。それで、薬なしで手術を受けられて……草はそのままになっておりました。お須磨様はその話を聞かれると、草から汁を絞られて……」

「シーボルトか」

最後の最後になって、この阿蘭陀の医者がまた出てくるとは思わなかった。瞳を広げる薬のことは前にも聞いたことがあるが、それがヒヨスという草のこととは知らなかった。

「待てよ、お前の話の通りなら、お玉はあれだけ苛酷な拷問を受けずとも、もっと早く牢を出られたはずではないか。もしも、察斗詰が認められたら、どうするつもりだったのだ?」

「お須磨様が、舘様に、拷問を続けるように指図されたのです。体が本当に弱り切ってから死ぬのでなければ、誰かに見破られると考えられたのです。もしも察斗詰が決まれば、すぐに出してもらえばよいのです。察斗詰を免れたので、海老責めまで受けられました……これがお須磨様の言われたことで……」

お百合は別のことを言いたそうだった。

「嘘だと言うのか？」

「嘘ではありません。ただ、ほかにもわけがあったと思います。五年前のお須磨様のことは存じませんが、今のお須磨様は鬼ではありません。仇討ちが終わってしまうと、きっと、心のどこかで悔やまれたと思います。お弓さんをむごたらしく殺して、お八重さんを死ぬより怖い目にあわせたことを」

「考えすぎだ」

お玉が自らを罰するために拷問を受けたなどありえない、と彦太郎は思った。それは、お玉を好いているこの娘の、願いか、祈りか、感傷にすぎない。

「お玉は絵を皆引き渡したのか？」

「二枚残しておかれて、残りを舘様に渡されました。一枚はある人に預けられて、お須磨様に何かありましたら、その人が奉行所に届けることになります」

「舘殿が気の毒だ」

「お須磨様は舘様に約束されました。二度と正道を踏み外すことはしませんと……私には、ほとぼりが冷めたら、北沢様の手先になりたいと……おっしゃいました」

これは大変なことだった。

与力にも、同心にも、表に出せない手下を抱えている者はいるが、これまでの彦太郎にはそういう手下はいなかった。お玉に来られても、ありがた迷惑でしかない。お玉を出会い茶屋に誘いたい玄海、お玉の生の枕絵を描きたいお月……彦太郎のまわりは大混乱になるだろう。

いくら賢くて、大胆で、丈夫で、江戸の底の底に通じている女であっても、お玉は極悪人なのだ。手先に使うことなどできない。

だが、いざ、お玉が、彦太郎の前に、手先に使ってくれと現われたら……。

彦太郎は頭が痛くなってきた。

「ところで、もう一枚の絵は？」

「ここにございます。お須磨様がくださいました」

お百合は畳の上の紙を裏返した。

彦太郎はそれを見て、息を呑んだ。

舘仁建とお玉が、布切れ一つ身に着けずに絡み合っている。舘仁建が仰向《あおむ》けに寝て、お玉が腰の辺りに乗っていた。坐っているのではなく、しゃがみ込んでいるので、茎物と玉門の繋《つな》がり具合もはっきりと見えている。例によって、毛の一本一本、輪郭の一本一本、襞《ひだ》や土手の線の一本一本まで細かく描かれていた。

舘仁建も、喜んではいるものの、受け身にしか見えない。お玉のほうが明らかに優勢で、舘仁建のやせ気味の体を、むさぼり食っているように見えた。

これは、裸であることを除いても、舘仁建にとっては、かなり恥ずかしい絵ということになるだろう。

「この絵をどうするのか?」

「人目に触れぬようにして、大切に取っておきます」

舘仁建には気の毒だが、やむを得ない。この絵はお百合の描いたものであったから。

彦太郎は帰ることにした。

「虫や鳥が済んだら、人の内景を描いたらどうか。殿様に頼んで、腑分《ふわ》けを見せてもらえばよい。お前が描けば、見事な解屍の絵ができるはずだ」

はなむけの言葉のつもりで言った。

お百合が外まで送ってきてくれた。

この娘の未来を祝福するように、天から振り下りる光の束が娘を包んだ。

本書は、平成十三年十一月に角川春樹事務所・ハルキ文庫から刊行された作品に、著者が加筆、訂正したものです。

——編集部

一〇〇字書評

切り取り線

購買動機（新聞、雑誌名を記入するか、あるいは○をつけてください）

□（　　　　　　　　　）の広告を見て	
□（　　　　　　　　　）の書評を見て	
□ 知人のすすめで	□ タイトルに惹かれて
□ カバーが良かったから	□ 内容が面白そうだから
□ 好きな作家だから	□ 好きな分野の本だから

・最近、最も感銘を受けた作品名をお書き下さい

・あなたのお好きな作家名をお書き下さい

・その他、ご要望がありましたらお書き下さい

住所	〒				
氏名		職業		年齢	
Eメール	※携帯には配信できません	新刊情報等のメール配信を 希望する・しない			

この本の感想を、編集部までお寄せいただけたらありがたく存じます。今後の企画の参考にさせていただきます。Eメールでも結構です。

いただいた「一〇〇字書評」は、新聞・雑誌等に紹介させていただくことがあります。その場合はお礼として特製図書カードを差し上げます。

前ページの原稿用紙に書評をお書きの上、切り取り、左記までお送り下さい。宛先の住所は不要です。

なお、ご記入いただいたお名前、ご住所等は、書評紹介の事前了解、謝礼のお届けのためだけに利用し、そのほかの目的のために利用することはありません。

〒一〇一－八七〇一
祥伝社文庫編集長　坂口芳和
電話　〇三（三二六五）二〇八〇

祥伝社ホームページの「ブックレビュー」からも、書き込めます。
http://www.shodensha.co.jp/bookreview/

祥伝社文庫

江戸《えど》の検屍官《けんしかん》　女地獄《おんなじごく》

平成24年6月20日　初版第1刷発行

著　者　川田弥一郎《かわだやいちろう》
発行者　竹内和芳
発行所　祥伝社《しょうでんしゃ》
東京都千代田区神田神保町3-3
〒101-8701
電話　03（3265）2081（販売部）
電話　03（3265）2080（編集部）
電話　03（3265）3622（業務部）
http://www.shodensha.co.jp/

印刷所　堀内印刷
製本所　関川製本
カバーフォーマットデザイン　中原達治

本書の無断複写は著作権法上での例外を除き禁じられています。また、代行業者など購入者以外の第三者による電子データ化及び電子書籍化は、たとえ個人や家庭内での利用でも著作権法違反です。
造本には十分注意しておりますが、万一、落丁・乱丁などの不良品がありましたら、「業務部」あてにお送り下さい。送料小社負担にてお取り替えいたします。ただし、古書店で購入されたものについてはお取り替え出来ません。

Printed in Japan ©2012, Yaichirô Kawada ISBN978-4-396-33771-1 C0193

祥伝社文庫の好評既刊

川田弥一郎　赤い病院の惨劇

死体で発見された准看護婦は医師の子を妊娠していたが、彼にはその時刻手術中という鉄壁のアリバイが…。

川田弥一郎　闇医おげん謎解き秘帖

堕胎医が軒を連ねる江戸・薬研堀《やげんぼり》の腕利き闇医おげん。彼女のもとを訪れる娘たちが持ち込む難事件の数々！

川田弥一郎　江戸の検屍官　北町同心謎解き控

鳩尾《みぞおち》に殴打の痕。拳の大きさから下手人と疑われた男は…。〝死体が語る〟謎を解く！

笹沢左保　定《じよう》廻り同心　謎解き控

江戸の治安を預かる定廻り同心が、卓越した推理力と豪剣で奇怪な事件を一刀両断！

笹沢左保　定廻り同心　最後の謎解き

定廻り同心の活躍を、胸のすく筆致と情趣で描く筆者最後の作品！　森村誠一氏の追悼文収録。

風野真知雄　勝小吉事件帖

勝海舟の父、最強にして最低の親ばか小吉が座敷牢から難事件をバッタバッタと解決する。

祥伝社文庫の好評既刊

小杉健治

袈裟《けさ》斬り 風烈廻り与力・青柳剣一郎⑯

立て籠《こ》もった男を袈裟《けさ》懸《が》けに斬り捨てた謎の旗本。一躍有名になったその男の正体を、剣一郎が暴く！

小杉健治

仇返《あだがえ》し 風烈廻り与力・青柳剣一郎⑰

付け火の真相を追う剣一郎と、二年ぶりに江戸に帰還する悴《せがれ》・剣之助。それぞれに迫る危機！ 最高潮の第十七弾。

小杉健治

春嵐《しゅんらん》（上） 風烈廻り与力・青柳剣一郎⑱

不可解な無礼討ち事件をきっかけに連鎖する事件。剣一郎は、与力の矜持《きょうじ》と正義を賭け、黒幕の正体を炙《あぶ》り出す！

小杉健治

春嵐（下） 風烈廻り与力・青柳剣一郎⑲

事件は福井藩の陰謀を孕《はら》み、南町奉行所をも揺るがす一大事に！ 巨悪に立ち向かう剣一郎の裁きやいかに？

小杉健治

夏炎《かえん》 風烈廻り与力・青柳剣一郎⑳

残暑の中、市中で起こった大火。その影には弱き者たちを陥《おとしい》れんとする悪人の思惑が…。剣一郎、執念の探索行！

小杉健治

秋雷 風烈廻り与力・青柳剣一郎㉑

秋雨の江戸で、屈強な男が針一本で次々と殺される…。見えざる下手人の正体とは？ 剣一郎の眼力が冴える！

祥伝社文庫　今月の新刊

梓林太郎　**笛吹川殺人事件**
鍵を握るのは陶芸品!?　有名陶芸家の驚くべき正体とは。

天野頌子《しょうこ》　警視庁幽霊係　**少女漫画家が猫を飼う理由《わけ》**
幽霊と話せる警部補・柏木が死者に振り回されつつ奮闘!

夢枕　獏　**新・魔獣狩り8**　憂艮《うしとら》編
徐福、空海、義経…「不死」と「黄金」を手中にするものは?

西川　司　**恩讐《おんしゅう》**　女刑事・工藤冴子
一途に犯人逮捕に向かう女刑事。新任刑事と猟奇殺人に挑む。

南　英男　**悪女の貌《かお》**　警視庁特命遊撃班
美女の死で浮かび上がった強欲者の影。闇経済に斬り込む!

小杉健治　**冬波《とうは》**　風烈廻り与力・青柳剣一郎
事件の裏の非情な真実。戸惑い迷う息子に父・剣一郎は…。

野口　卓　**飛翔**　軍鶏《しゃも》侍
ともに成長する師と弟子。胸をうつ傑作時代小説。

岡本さとる　**妻恋日記**　取次屋栄三《えいざ》
亡き妻は幸せだったのか?　老侍が辿る追憶の道。

川田弥一郎　**江戸の検屍官　女地獄**
〝死体が語る〟謎を解け。医学ミステリーと時代小説の融合。

芦川淳一　**花舞いの剣**　曲斬り陣九郎
突然の立ち退き話と嫌がらせに、貧乏長屋が大反撃!